AF190291

Partnertausch –
Eine Liebe zu viert

Authentischer Roman

Elise gewidmet
von Henning, Hans und Dorothea

Henning Hennich

Partnertausch –
eine Liebe zu viert

Authentischer Roman

FSC
www.fsc.org
MIX
Papier aus ver-
antwortungsvollen
Quellen
Paper from
responsible sources
FSC® C105338

© 2019 Henning Hennich
Titelfoto: Henning Hennich
Künstlerisches Lektorat:
Angela Hoffmann; http://www.angela-hoffmann.com
Rechtliche Beratung zu Urheberrecht und Veröffentlichung:
Rechtsanwalt Meinrad Mayer
Herstellung und Verlag: BoD – Books on Demand, Norderstedt
ISBN 9783748190806

Inhaltsverzeichnis

Vorwort

Dorothea und Henning Hennich haben nach 39 Jahren glücklicher und erfüllter Ehe einen heimlichen Wunsch. Sie gehören mit Anfang 60 zu den Bestagers, auch Silveragers genannt, die in zahlreichen Marketingaktionen beworben werden, denn sie sind im besten Alter. Ihnen steht vieles offen, vieles ist möglich, in vielen Bereichen hat die Gesellschaft ein neues Bewusstsein für die Bestagers, die Menschen im besten Alter ab circa Anfang 60 entwickelt, aber die Sehnsucht danach, auch im erotischen Bereich noch einmal etwas Neues im besten Alter erleben zu dürfen, ist doch eher gesellschaftlich gesehen nach wie vor ein Tabu?

Ihr Wunsch scheint Ihnen völlig verrückt: „Es war ... die Sehnsucht nach liebevollem Sex mal mit einem anderen Partner! Ein völlig verrückter Gedanke!" Henning startet eine Anzeige in einem Internetportal:

„Partnertausch in getrennten Räumen:
Glückliches Paar (beide 61) mit Niveau, Herz und Persönlichkeit würde sich gern einen lange gehegten Wunsch erfüllen: eine Freundschaft mit einem Paar, bei dem beide Partner eben diesen selben Wunsch haben: in getrennten Räumen unendlich lieb zum Partner bzw. zur Partnerin des anderen zu sein: Küssen, Schmusen, Zärtlichkeit, Streicheln, Haut auf Haut einander Wünsche erfüllen. Wir haben damit keine Erfahrung, aber wir stellen uns vor, dass das wunderschön sein muss. Bitte traut Euch einfach!"

Wird sich jemand melden und, falls ja, was werden es für Interessenten sein? Darf man das überhaupt machen? Soll man es machen? Kann so etwas überhaupt seriös sein? Was, wenn sich daraus doch Probleme ergeben? Kann ein Partnertausch mit Niveau und Herz wie ihn sich Dorothea und Henning vorstellen, überhaupt funktionieren? Henning und Dorothea stellen sich viele Fragen, sind aber auch voller prickelnder Neugier: Wird sich überhaupt jemand melden?

Tatsächlich geht sehr schnell eine interessante Nachricht ein. Es handelt sich dabei um ein anderes Ehepaar, ebenfalls im besten Alter. Nach anfänglichem vorsichtigem E-Mail-Austausch werden schnell Fotografien hin- und hergeschickt, die auf beiden Seiten die Lust nach mehr auslösen.

Bei dem anderen Ehepaar handelt es sich um Elise und Hans Zerger. Die Ehepaare könnten unterschiedlicher nicht sein, aber die Lust auf Neues, „die Sehnsucht nach liebevollem Sex mal mit einem anderen Partner", das ist auch ihr Wunsch.

Bereits beim ersten Treffen wird klar, dass man sich gesucht und gefunden hat. Hans und Dorothea, Henning und Elise kommen zusammen und genießen auf niveauvolle Art die neue Zweisamkeit. Partnertausch- eine Liebe zu viert ist für sie keine abstrakte Vorstellung mehr, sondern gelebte erotische Zweisamkeit, jeweils mit dem Partner beziehungsweise der Partnerin des Anderen.

Eine aufregende, prickelnde Zeit beginnt für beide Paare. Aber es stellt sich auch die Frage: Kann man mit einem „neuen" Partner/ einer „neuen" Partnerin zusammen sein und dennoch mit dem Ehepartner/der Ehepartnerin zusammenbleiben?

Was ist mit den menschlich, allzu menschlichen Gefühlen von Eifersucht, Besitzanspruch, Angst vor Neuem usw.? All das, das sei hier verraten, spielt natürlich auch eine Rolle, alles andere wäre auch nicht realistisch. Und, falls diese Klippen überwunden werden können, was werden die Kinder, die Verwandten, die Freunde und Bekannten dazu sagen, wenn sich die neuen Bindungen von Hans zu Dorothea und von Henning zu Elise verfestigen sollten? Wie werden sie darauf reagieren?

Werden die Vier Toleranz erleben oder auf Ablehnung stoßen? Werden Freundschaften weiter bestehen oder aufgekündigt werden? Hinzu kommt, dass auch die Vier so unterschiedlich sind wie man nur sein kann, aber Gegensätze ziehen sich bekanntlich an und das Leben der beiden Ehepaare erfährt einen neuen Anfang in vielerlei Hinsicht. Alle Vier empfinden die neuen Bindungen als Bereicherung.

Zur Erfüllung der erotischen Träume und Phantasien kommen gemeinsame Unternehmungen und Reisen. Schon die Vorfreude darauf wird von den Paaren genossen. Besonderes Gewicht bekommt die Erfüllung von Wünschen und Träumen noch dadurch, dass eine Person der Vier mit einem völlig unerwarteten, sehr ernsten Problem konfrontiert wird und sich dadurch alles verändert.

Henning Hennich betont die Authentizität des Romans: Die E-Mails sind so wie sie geschrieben wurden, hier abgedruckt, die Gespräche sind so wie hier geschildert, geführt worden, die Ereignisse haben so stattgefunden. Lediglich um die Privatsphäre der handelnden Personen zu schützen, wurden Namen von Personen und Ortsbezeichnungen geändert und einige Begebenheiten etwas variiert.

Angela Hoffmann

1. Bergen-Feeling und ein völlig verrückter Wunsch

Henning schob Elise aus der Haustür und den gepflasterten Weg entlang vorbei am Rosenbeet in Richtung der mit Glas überdachten Treppe, die hinab in den Carport und auf die Straße führte. Dort war die elektrische Hebebühne, mit der man auf Knopfdruck den Rollstuhl hinauf und herab bewegen konnte. Die kleinen Vorderräder holperten dermaßen auf dem Untergrund, dass alles vibrierte. Er pflegte dann zu sagen: „Spürst Du das Bergen-Feeling?" Dabei erinnerten sich die beiden stets daran, wie sie zusammen mit Dorothea im vorigen Jahr bei ihrer Norwegenkreuzfahrt die alte Hansestadt Bergen erkundet hatten, wo es fast nur Kopfsteinpflaster gab, so dass Elise in ihrem Reiserollstuhl ziemlich durchgerüttelt worden war. Aber das tat dem gemeinsamen Glück nicht den mindesten Abbruch. Es war für sie eine unendlich schöne Zeit – nicht nur der Urlaub in den norwegischen Fjorden, sondern eigentlich jeder Tag, seit sie sich vor zwei Jahren kennen gelernt und Halsüberkopf ineinander verliebt hatten. „Bergen-Feeling" war zu ihrem geflügelten Wort für alles Schöne geworden, das sie miteinander teilen konnten. Es sagte alles über das gemeinsame Glück ihrer Liebe, das beide als riesengroßes Geschenk empfanden.

Im Holpern des Rollstuhls wurden die Bilder ihrer traumhaften Norwegenkreuzfahrt wieder lebendig, und sie sahen sich in Bergen auf dem Fischmarkt und aßen die mit Krabben belegten Brötchen und schauten hinüber zu den hölzernen Hansehäusern von Bryggen, dem historischen Stadtkern von Bergen. Es war der erste wirklich sonnige Tag ihrer Reise, und sie konnten die Stadt zu Fuß erkunden. Henning schob Elise in ihrem Rollstuhl, und Dorothea ging voran und achtete auf den Weg. Angefangen hatte alles damit, dass sie im Januar 2012 abends am Kaminfeuer ihres gemeinsamen Anwesens in Waltenhofen im Ostallgäu saßen und über Urlaubsziele für den Sommer nachdachten. „Ich könnte mir Bergwandern in den Dolomiten gut vorstellen", meinte Hans, Elises

Ehemann. Er war ein begeisterter Bergwanderer. „Das würde ich auch toll finden", stimmte Dorothea, die Ehefrau von Henning, begeistert zu. „Ich möchte eigentlich sehr gern eine Kreuzfahrt machen!" Die Entgegnung kam von Elise, und Henning pflichtete ihr sogleich bei und stellte sich eine Kreuzfahrt durch die norwegischen Fjorde vor, die er so liebte. Hans war absolut nicht begeistert und erinnerte sich lustlos an die Mittelmeer-Kreuzfahrt von 2008, die er mit Elise auf deren Drängen unternommen hatte, als sich die Vier, die jetzt zusammen wohnten, noch gar nicht kannten. Sein Bedarf an Urlaub auf einem Schiff sei damit ein für allemal gedeckt. Aber auf einmal strahlte er übers ganze Gesicht und sagte: „Ich fahre mit Dorothea in die Dolomiten und schenke Euch beiden die Kreuzfahrt zu euren Geburtstagen!" Damit war die Urlaubsplanung für 2012 abgeschlossen und vom nächsten Tag an machte Henning sich daran, seine Reise mit Elise vorzubereiten. Er fand im Internet verschiedene Angebote, war aber recht unsicher, für welches sie sich entscheiden sollten. Es müsste auf dem Schiff auch eine barrierefreie Kabine oder besser noch eine Suite geben, die für Elise und ihren Rollstuhl geeignet war. Henning tat sich schwer, das Richtige zu finden. Dorothea kam nur ein paar Tage später mit einer vorläufigen Reservierung für eine AIDA-Nordlandreise von einem Aufenthalt in Heidenheim zurück, wo sie mit Henning eigentlich immer noch wohnte. Sie hatte sich im dortigen Reisebüro beraten lassen und war fündig geworden. Die mitgebrachten Informationen überzeugten schon beim ersten Hinschauen. So wurde die Norwegen-Kreuzfahrt vom 12. bis 22. Juni 2012 für Henning und Elise gebucht.

Die vor ihnen liegenden Monate waren geprägt von großer, fast kindlicher Vorfreude. Dann allerdings wenige Wochen vor Reiseantritt wurde Elise deutlich schwächer, und es wurde für Henning immer schwerer, sie zu halten und zu stützen, wenn sie den Rollstuhl verlassen musste für den Gang ins Bad oder zur Toilette. Ihm kam immer zwingender der Gedanke in den Sinn, dass er es allein vielleicht nicht schaffen würde, Elise auf dem Schiff und bei den geplanten Landausflügen zu betreuen und ihr zur Seite zu stehen. Die Vier hielten miteinander Rat und beschlossen, dass Dorothea mit auf die Kreuzfahrt gehen sollte, dann konnten beide für Elise da sein. So wurde kurzerhand für sie ein weiteres Bett in der Suite Nr. 12102 auf dem Kreuzfahrtschiff bestellt. Ihr Dolomiten-Urlaub mit Hans konnte ja problemlos auf die Zeit nach der Kreuzfahrt verschoben werden.

Es war für die Drei dann wie in einem wunderschönen Traum, als sie zum ersten Mal die Tür ihrer Suite öffneten und die Panoramafenster sahen mit Blick auf den Bug des Schiffes mit den vordersten Masten, an dem oben ein kleiner goldener Haifisch die Windrichtung anzeigte. Auf dem Tischchen inmitten der Sitzgruppe stand ein Sektkühler mit einer Flasche Champagner, daneben eine Schale mit frischem Obst, und auf einem Tellerchen lagen hochwertige Pralinen. Nach der obligatorischen Rettungsübung legte der Kreuzfahrtriese ab. Die Drei erlebten die hundertzwanzig Kilometer auf der Elbe bis zur offenen Nordsee als ein faszinierendes Schauspiel. Es ging vorbei an den St. Pauli Landungsbrücken, vorbei an der Elbphilharmonie und vorbei an dem grünen Dreimaster-Museumsschiff, das Elise sogleich als die „Rickmer Rickmers" erkannte. Als Premium-Gäste waren sie am ersten Abend zu einem Begrüßungsdinner im Sterne-Restaurant Rossini eingeladen. Es gab ein Sechsgänge-Menü, für das Elise mit sicherem Gespür den passenden Wein aussuchte.

Zum ersten Mal machten die beiden gemeinsam Urlaub und turtelten dabei wie ein junges Liebespaar. Für Dorothea war das überhaupt kein Problem. Es erwies sich vielmehr als großes Glück, dass sie mit dabei war, weil sie Elise zu zweit stützen konnten und so alles viel einfacher war. Trotz zumeist mäßigem Wetter wurde es ein wirklicher Traumurlaub durch die norwegischen Fjorde von Stavanger bis Trondheim und zurück über Andalsnes und das malerische Geiranger bis Bergen, wo sie den schönsten Tag ihrer Reise erlebten. Auf dem Rückweg vom Fischmarkt sahen sie in Brüggen an einem der alten Hansehäuser einen goldenen

Hirsch direkt über dem Eingang eines Juweliergeschäfts. Sogleich hatte Henning die Idee, Elise zu ihrem Geburtstag am 30. Juni ein Schmuckstück als Andenken zu schenken. Es war nicht so einfach, mit dem Rollstuhl in dieses alte Gebäude zu gelangen. Die Tür hatte eine nicht zu bewältigende Stufe und war auch zu schmal. Die Verkäuferin kam umgehend zu Hilfe und ließ die Drei durch eine Seitentür herein. Elise entschied sich für wunderschöne silberne Ohrhängerchen in der Form eines Wikingersymbols und eine dazu passende Halskette aus demselben Material und mit demselben Motiv. Der Tag in Bergen wurde zum Inbegriff ihres Glücks: eben Bergen-Feeling!

Das alles lag nun ein Jahr zurück. Hier und jetzt waren beide auf dem Weg zum Friseur, für Elise ein allwöchentliches Muss. Sie legte großen Wert darauf, gut frisiert zu sein und achtete sorgsam auf ihr Äußeres. Auch im Rollstuhl war sie immer noch eine wunderschöne Frau. Ihre großen blauen Augen verbarg sie inzwischen ständig hinter einer dunklen Sonnenbrille, um sie vor zu viel Licht zu schützen. Sie hatten die Hebebühne erreicht. Eine solche einbauen zu lassen, war die Idee von Hans gewesen, schon als er den Carport plante. Henning öffnete die Glastür und schob Elise auf die Plattform und ließ sie hinunter. Unten angekommen, wurde immer zuerst das Auto so hingestellt, dass die Beifahrertür sich weit öffnen ließ, weil viel Platz erforderlich war, um vom Rollstuhl aus umzusteigen. Elise war nicht immer auf den Rollstuhl angewiesen, und die Geschichte von ihr und Henning kann nur verstehen, wer auch die Geschichte von Dorothea und Hans kennt. Es ist die Geschichte ihrer „Liebe zu viert".

Es begann in der ersten Januarwoche des Jahres 2010. Dorothea hatte sich bereits schlafen gelegt, während Henning noch oben im Arbeitszimmer des hübschen Häuschens saß, das sich die beiden für den Ruhestand in Heidenheim an der Brenz ausgesucht hatten. Von den Vorbesitzern war es in den siebziger Jahren außen verklinkert worden, was ihnen schon bei der ersten Besichtigung gefallen hatte. Henning surfte an diesem Abend noch ein wenig im Internet, als ihm jene Gedanken wieder einfielen, mit denen er schon seit geraumer Zeit heimlich liebäugelte. Seit neununddreißig Jahren war er glücklich mit Dorothea verheiratet. Sie hatten einen erwachsenen Sohn und zwei Enkelkinder. In den Höhen und Tiefen der Jahrzehnte standen sie fest und verlässlich zueinander. Jeder verließ sich blind auf den anderen. Sie konnten stets über alles reden. Keiner traf eine Entscheidung, ohne sie mit dem anderen abgesprochen zu haben. Einen heimlichen Wunsch gab es allerdings, der hartnäckig immer wiederkehrte und sich einfach nicht abweisen ließ. So gut und tief kannte er seine Dorothea immerhin, dass er sich sicher war: diesen Wunsch gibt es auch in ihrer Seele, vielleicht verschüttet unter vielem anderen, aber sicher nicht weniger real als bei ihm selbst. Es war, obwohl es ihn völlig verrückt anmutete, die Sehnsucht nach liebevollem Sex mal mit einem anderen Partner! Ein völlig verrückter Gedanke! Im Moment der Intimität hatten sie einander einen solchen Wunsch zugeflüstert und die Erregung genossen, die sich mit solchen Fantasien einstellte. Aber es war wie ein un-geschriebenes Gesetz, dass es nie etwas anderes sein würde als ein Ge-dankenspiel – viel zu verrückt für die Realität.

Eine ganze Reihe von Gedanken ging ihm dazu durch den Kopf. Er hatte längst die fromm-konservative Sozialisation verarbeitet und hinter sich gelassen, die ihn als jungen Mann in der kirchlichen Jugendarbeit und als Theologiestudent im Evangelischen Stift Hagen geprägt hatte. Ihm war schon in den ersten Berufsjahren aufgegangen, wie verhängnisvoll und destruktiv sich eine repressive Sexualmoral auf die Seele des Men-schen auswirkt. Vor allem während der Vorbereitung auf seine Aufgabe als Theologie-Dozent an einer Fachhochschule an der Ruhr hatte er sich auch wissenschaftlich mit diesen Fragen beschäftigt und sehr gründlich dazugelernt. Es war seine feste Überzeugung geworden, dass die Kirche lernen muss, mit dem Ja zur Sexualität nicht ständig zugleich auch das Aber zu sprechen. So geschah es, dass sein Seminar in Sexualethik von den Studierenden als wohltuende Befreiung erlebt wurde. In der Ausbildungs-stätte diskutierte man damals in großer Offenheit, was er in den Unterricht einbrachte. Zufällig konnte er einmal hören, wie eine seiner Studentinnen in der Mittagspause zu einer Kommilitonin sagte: „Ein ziemlich beschissener Vormittag war das heute! Wenn am Schluss nicht der Doppelblock Ethik beim Hennich gewesen wäre, hätte ich einen Schreikrampf bekommen. Aber was der uns sagt, tut einfach gut!" Auch im Dozententeam hatte man eigens für die Reflektion des Hennichschen Sexualethikunterrichts eine Gesprächsrunde angesetzt, und den von ihm vertretenen theologischen Ansatz ausdrücklich begrüßt. Oft hatte er seitdem natürlich auch mit Dorothea über dieses Thema gesprochen. Sie lernte in all den Jahren mit ihm mit und nahm, so oft es ging, auch an seinen Seminaren teil. Aber es war ein langer Weg! Und es ist eine alte Tatsache, dass das, was im Kopf verstandesmäßig klar ist, dadurch nicht auch schon in der Seele und in den Gefühlen klar ist. Irgendwie war ihr Sex, so lieb wie sie einander hatten, immer so etwas wie „Sex mit Vorbehalt" gewesen. Obwohl sie jene repressive Sexualmoral längst hinter sich gelassen hatten, war diese tief in ihnen nicht ohne bleibende Spuren geblieben. In ihm war gleichzeitig die feste Überzeugung gereift, dass Sex mit einem anderen Partner seiner Ehe mit Dorothea nicht schaden, sondern diese im Gegenteil viel eher bereichern würde. „Ich bin mir wirklich sicher, dass sich zwischen uns überhaupt nichts ändert, wenn Du auch mit einem anderen Mann schlafen würdest und ich mit einer anderen Frau!" So hatte er es ihr bei einem Gedankenaustausch schon vor vielen Jahren einmal gesagt und war sich dessen stets gewiss geblieben. Was die beiden bisher gehindert hatte, ihren Wunsch einfach einmal in die Tat umzusetzen, war allein die Einsicht, dass das nur mit einem Paar möglich wäre, bei dem ein ebensolches Maß an Reife, menschlicher Wahrhaftigkeit und tiefer inniger Liebe füreinander vorhanden ist. Wie aber konnte ein solches Paar gefunden werden?

Dass es unendlich viele Menschen gibt, die denselben Wunsch hegen, zeigte die Internetseite mit Partnertausch-Inseraten, die er an diesem Abend entdeckt hatte. Aber was er da lesen konnte, erschien ihm durchweg geschmacklos und zumeist auch vulgär. Herzlichkeit, Persönlichkeit und menschliche Reife sprach für ihn aus keiner einzigen Anzeige. Da hieß es: *„Wir suchen ein natürliches, aufgeschlossenes sperma- und analgeiles Paar bis Ende 60 für aufregenden Sex. Wir sind leider nicht besuchbar. Gern Hotel, am besten aber bei euch. Zuschrift mit eurer Handynummer wäre schön.“* Oder: *„Wir sind ein Paar, das sich sexuell austoben will. Ihr solltet nicht älter als 50 sein, experimentierfreudig und Lust auf das Ausgefallene haben. Vielleicht ergibt sich auch ein Dreier oder Vierer oder darüber hinaus. Wir lassen uns überraschen.“* Oder: *„Einfach ohne langen Anlauf Sex mit Partnertausch genießen und sich einfach der Lust ergeben, einander gegenseitig immer mehr in Ekstase bringen und noch vieles mehr. Habt Ihr Lust drauf? Wenn ja, dann sollten wir uns doch einfach mal treffen und herrlich miteinander vergnügen.“*

Das alles stieß ihn einfach nur ab. Was seiner Meinung nach da zwischen den Zeilen vorausgesetzt war, würde wirksam verhindern, wonach er sich sehnte, und es würde vermutlich vor allem Enttäuschungen und tiefe Verletzungen mit sich bringen. Es kamen ihm Bedenken, aber es musste doch irgendwo auch ein Paar geben, das nicht nur dieselben Wünsche hatte, sondern das mit ihm und Dorothea ganz und gar auf Augenhöhe war. Er konnte sich einfach nicht vorstellen, dass es dieses Paar nicht geben sollte. Zaghaft und vorsichtig fing an, den Wortlaut für ein eigenes Inserat zu formulieren. Immer wieder korrigierte er einzelne Passagen und änderte und änderte. Es war schon nach Mitternacht, als er mit dem Ergebnis einigermaßen zufrieden war, nachdem er es mindestens zwanzigmal gelesen hatte:

„Partnertausch in getrennten Räumen:
Glückliches Paar (beide 61) mit Niveau, Herz und Persönlichkeit würden sich gern einen lange gehegten Wunsch erfüllen: eine Freundschaft mit einem Paar, bei dem beide Partner eben diesen selben Wunsch haben: in getrennten Räumen unendlich lieb zum Partner bzw. zur Partnerin des anderen zu sein: Küssen, Schmusen, Zärtlichkeit, Streicheln, Haut auf Haut einander Wünsche erfüllen. Wir haben damit keine Erfahrung, aber

wir stellen uns vor, dass das wunderschön sein muss. Bitte traut Euch einfach!"

Damit war fürs erste alles gesagt, und Henning fasste sich ein Herz und gab dieses Inserat auf jener Internetseite kurzerhand zur Veröffentlichung. Diskretion war gewährleistet, weil die eigene E-Mail-Adresse nicht an Dritte weitergegeben werden würde. Kein Problem, wenn niemand antwortet, sagte er sich. Und Antworten, die nicht gefallen, werden einfach ignoriert! Er schaltete den Computer aus und legte sich schlafen. Aber in ihm war nun doch eine gewisse Aufregung und Erwartung, die ihn erst sehr spät, vielleicht so gegen 2:00 Uhr einschlafen ließ. Am nächsten Morgen nahm er sich vor, Dorothea erst einzuweihen, wenn eine Antwort kommen würde, die ihm wirklich und auf der ganzen Linie akzeptabel erschien.

Am übernächsten Tag fand er gleich drei Antworten in seinem E-Mail-Postfach. Die bestätigten allerdings seine schlimmsten Befürchtungen. Sie waren vulgär, primitiv und enthielten eine Menge Schreibfehler. Irgendwie war das mit diesem Inserat wohl doch eine total blödsinnige Idee! Der dritte Tag brachte noch einmal zwei Antworten dergleichen Art. Zum Abend hin kam noch eine dritte E-Mail. Er war bereits ziemlich desillusioniert. Beim Lesen aber stockte ihm schier das Herz. Das war nun eine Antwort ganz auf Augenhöhe, aus der Niveau und Persönlichkeit zu erkennen waren. Sein Eindruck verstärkte sich, als er wieder und wieder las:

„Hallo Ihr Zwei,
das hört sich ja toll an! Wir sind ein Paar, beide 58 und seit 37 Jahren verheiratet. Wir haben über so etwas, was Ihr im Kopf habt, auch schon geredet, und wir finden es sehr erotisch, das einmal zu probieren. Die Voraussetzung ist natürlich, dass die Sympathie stimmt. Ohne die geht es nicht!
Liebe Grüße! Elise und Hans"

Henning wiederholte in Gedanken immer wieder „Elise und Hans". Elise! Er würde vielleicht in naher Zukunft eine Elise als seine liebste Freundin haben. Augenblicklich kam ihm das Klavierstück „Albumblatt für Elise" in A-Moll, Opus 59 von Ludwig van Beethoven in den Sinn. „Di-da-di-da-di-da-di-di-da", er hörte die Melodie in Gedanken und war irgendwie von Stund an verliebt in den wundervollen Namen Elise. Vollkommen verrückt! Aber genauso war es.

Sogleich ging er zu Dorothea, die unten in der Küche hantierte, und erzählte ihr, dass er sich unterstanden hatte, ein Inserat aufzugeben mit der eindeutigen Überschrift „Partnertausch in getrennten Räumen" und dass gerade eine viel versprechende Antwort gekommen war. Sie war erst einmal völlig platt. Damit hätte sie niemals gerechnet. Gleichwohl erregte sie der Gedanke, dass es auf einmal die Aussicht gab, vielleicht einmal wirklich zu erleben, wovon beide in intimer Umarmung immer wieder einmal geträumt hatten. Sogleich wollte sie nun die E-Mail sehen, die ihren Henning so tief angesprochen hatte, und beide gingen nach oben in das Arbeitszimmer. So überschwänglich wie Henning reagierte sie nicht, sagte aber immerhin: „Antworte ihnen! Wir probieren das!" Er setzte sich an den PC und schrieb:

„Liebe Elise, lieber Hans,
auch Eure Antwort hört sich toll an. Ihr redet genauso offen miteinander über Eure Wünsche wie wir. Das ist eine gute Voraussetzung. Natürlich habt Ihr völlig Recht, dass das nur bei gegenseitiger Sympathie geht. Vielleicht mögen wir uns ja auf Anhieb oder spüren sofort, dass es nicht passt. Wir werden da einfach ganz ehrlich miteinander sein. Ihr habt ja unsere Wünsche gelesen: „Schmusen, Küssen, Zärtlichkeit, Streicheln, Haut auf Haut einander Wünsche erfüllen" und das Ganze „in getrennten Räumen". Alles ist möglich, nur dass Henning mit vierundsechzig natürlich kein junger Stier mehr ist. Gleichwohl würde er – gegenseitige Sympathie vorausgesetzt – gern unendlich lieb zu Elise sein und sie verwöhnen und glücklich machen – genauso Dorothea und Hans! Was die

Frage der Sympathie betrifft, wäre uns, wie wir es geschrieben haben, ‚Niveau, Herz und Persönlichkeit' wichtiger als Äußeres. Wir würden uns freuen, wenn Ihr nach diesen Zeilen immer noch den Eindruck hättet, dass es passen könnte. In dem Fall sollten wir vielleicht Bilder austauschen und uns unsere Handynummern mitteilen, damit wir eine erste persönliche Begegnung vereinbaren könnten.
Sehr liebe Grüße
Henning und Dorothea"

Die Antwort kam postwendend schon am nächsten Tag:

„Hallo liebe Dorothea, lieber Henning,
schön dass Ihr geantwortet habt, wir haben uns sehr darüber gefreut. Wir denken, eine gewisse Sympathie ist jetzt schon vorhanden. Das muss einfach stimmen! Wir machen so etwas zum ersten Mal. Aber in unserem Kopfkino läuft schon so manche Szene ab. Die Wünsche, die Ihr habt, decken sich mit den unseren. Es gilt das Motto, wie man so schön sagt, „alles kann, nichts muss". Um uns näher kennen zu lernen, sind wir gerne bereit, ein Bild von uns zu senden und auch die Telefonnummern auszutauschen. Zu unseren Daten: Elise ist 168 cm groß, 79 kg, ein klein wenig mollig. Hans ist 185 cm groß, 83 kg, schlank. Soviel vorab. Elise und Hans"

Allein diese Zeilen reichten, um bei Henning und Dorothea den Funken ganz und gar überspringen zu lassen. Sie suchten jetzt bei den Fotos vom letzten Urlaub an der Nordsee zwei Portraitbilder aus, eins von Dorothea und eins von Henning, um sie als Anhang mit ihrer Antwort-E-Mail zu verschicken:

„Liebe Elise, lieber Hans,
danke für Eure lieben Zeilen. Wir freuen uns, dass Ihr immer noch den Eindruck habt, dass es passen könnte. Wir empfinden das auch so, und die Szenen im Kopfkino sind auch uns vertraut. Wenn man dann zum

ersten Mal ein Bild des anderen sieht, kann zweierlei passieren: die Wünsche verstärken sich oder es setzt eine Ernüchterung ein, bei der man sich fragt: Will ich das wirklich? Von dem, was einen Menschen tatsächlich ausmacht, ist das äußere Bild aber der allergeringste Anteil. Wenn man sich persönlich begegnet und miteinander redet, entsteht viel zuverlässiger Sympathie oder auch ihr Gegenteil. Und wie oft haben wir es erlebt, dass eine intensive Freundschaft entstand zu jemand, der uns am Anfang eher unsympathisch war. Aber auch Fotos sind wichtig, und deshalb fügen wir unsere Porträts bei und freuen uns darauf, Eure Fotos zu sehen. Danke auch für Eure Daten. Dass Elise etwas mollig ist, das ist absolut okay. Henning ist auch etwas mollig (191 cm groß, so stand es jedenfalls in seinem ersten Ausweis, heute dürften es ein paar Zentimeter weniger sein, 104 kg mit abnehmender Tendenz). Dorothea ist 172 cm groß bei 69 kg, sie war immer sehr schlank, ist es eigentlich heute noch, hat aber über die Feiertage einen erkennbaren Bauch angesetzt. Sie hat eine wunderschöne Haut. Ab Februar beginnen wir jedes Jahr mit Erfolg eine Abnehmphase. Wir freuen uns sehr auf eine erotische Freundschaft mit Euch. In unserem Kopfkino stimmt bereits alles, und wir können es kaum erwarten.
Wir umarmen Euch beide
Henning und Dorothea"

Dann passierte etwas Unerwartetes. Es vergingen mehrere Tage, ohne dass die beiden eine Antwort erhielten. Dafür konnte es ihrer Meinung nach nur die eine Erklärung geben, dass ihre Fotos nicht gut aufgenommen worden waren, so dass die Vorfreude von Elise und Hans womöglich schon erloschen war. Es wollte vor allem Henning nicht in den Kopf, dass alles bereits zu Ende sein sollte, bevor es überhaupt angefangen hatte. Das Schweigen passte in keiner Weise zu dem bisherigen Austausch der Gedanken und Wünsche und auch nicht zu der Ehrlichkeit, mit der man einander bisher geschrieben hatte. Er war fast etwas verzweifelt, als er sich wieder an den Computer setzte und schrieb:
„Liebe Elise, lieber Hans,

Dorothea und ich sind jetzt ein wenig in Sorge, dass unsere aktuellen Fotos Euch irritiert haben könnten. Reale Fotos können nicht mit denen im Kopfkino identisch sein. Vielleicht sind Euch Bedenken gekommen, ob Ihr Eure Wünsche wirklich in die Tat umsetzen möchtet. Ihr seid 37 Jahre glücklich verheiratet (bei uns sind es 39 Jahre) und wart wahrscheinlich wie wir stets ehrlich miteinander und habt genau wie wir mit so etwas keine Erfahrung. Mit den offen geäußerten Wünschen haben wir einander schon ziemlich tief in die Seele schauen lassen und sehr Intimes preisgegeben. Anonym ist die Hemmschwelle nicht allzu hoch, ganz anders aber, wenn die Anonymität aufgegeben werden muss, weil man einander real begegnen möchte. Einen ersten Schritt habt Ihr damit getan, dass Ihr das letzte Mal Eure E-Mail-Adresse mit Euren richtigen Namen anstelle des Alias-Namens verwendet habt. Und wir haben den ersten Schritt damit getan, dass wir unsere Fotos geschickt haben. Und jetzt sind wir an dem Punkt, wo Ihr und auch wir wissen, dass wir einander noch größeres Vertrauen entgegen bringen müssen, wenn sich Eure und unsere Wünsche erfüllen sollen. Wir möchten Euch darum aus ganzem Herzen versprechen, dass wir äußerst sensibel und behutsam mit allen Euren Gefühlen umgehen werden. Viel zu leicht können Gefühle verletzt werden. Ihr habt es in Eurer E-Mail auf den Punkt gebracht: „Alles kann, nichts muss!" Das sagen wir Euch gerne zu. Sicher sind wir, dass Eure und unsere Wünsche die gleichen sind, und dass das, was Ihr Euch vorstellt, mit uns möglich ist. Wir haben einige Zuschriften bekommen, aber nur Eure beantwortet, weil wir denken, dass es nur mit Euch stimmen würde, so wie Ihr geschrieben habt: „Eine gewisse Sympathie ist jetzt schon vorhanden." Ja, das sehen wir auch so. Bitte fühlt Euch nicht gedrängt durch diese Zeilen! Aber wenn ein liebevoller Partnertausch in getrennten Räumen möglich ist und als etwas Wundervolles und ganz und gar Bereicherndes erfahren werden kann, das der Seele nur gut tut (was Ihr und wir ja noch nicht aus eigener Erfahrung wissen), dann sicher mit Euch und uns!
Mit liebevollen Grüßen
Henning und Dorothea"

Es verging noch ein weiterer Tag. Dann erreichte sie die erlösende Antwort:

„Liebe Dorothea, lieber Henning,
ich bitte um Entschuldigung, dass ich so spät antworte. Es fehlte mir einfach an der Zeit, ich bin im Moment auf einer Geschäftsreise im Ausland. Ihr müsst nicht in Sorge sein. Die Fotos sind sehr schön. Ihr seid ein schönes Paar. Ich denke, Elise wird es auch gefallen. Sie hat Euch auf den Bildern noch nicht gesehen. Wie Ihr schon sagtet, anonym ist die Hemmschwelle nicht all zu hoch. Aber wir haben wie Ihr den ersten Schritt gemacht mit den Bildern. Wir wollen uns nun auch Euch zeigen, wir haben das Vertrauen, dass die Bilder nicht missbraucht werden, wenn Ihr wisst, was ich meine. Es gibt so viele Fakes im Internet. Das ist bei Euch nicht so, das Vertrauen haben wir, sonst wären wir nicht so weit gegangen. Wir denken auch nur mit Euch sind unsere Wünsche erfüllbar, aber wie gesagt: „Alles kann, nichts muss!" Wenn wir uns an das Motto halten, wird es bestimmt klappen. Ihr sagtet schon, Gefühle sind sehr leicht verletzbar, und mit denen muss man behutsam umgehen. Was wir noch nicht wissen: Woher seid Ihr denn? Wir sind am Rande der Ulmer Alb direkt an der Autobahn A7 Würzburg-Füssen. Morgen Abend bin ich wieder in Deutschland bei meiner Elise.
Sehr liebe Grüße
Hans"

Henning und Dorothea vertieften sich als erstes in die an die E-Mail angehängten Fotos, die sie lange betrachteten. Elises Haar war leuchtend blond, wie Henning sich eine Elise vorgestellt hatte. Alles andere war völlig anders, aber durchaus wohltuend sympathisch. Er machte in Gedanken sein Herz weit auf für die Frau auf dem Foto. Ähnlich erging es Dorothea mit dem Bild von Hans: ein Mann mit dunklem Haar und grauen Schläfen und einem sportlichen Äußeren. Und die Zeilen, die sie hier lasen, stimmten die beiden wieder sehr zuversichtlich, dass alles wirklich auf einem guten Weg sei. Sie antworteten sogleich:

Liebe Elise, lieber Hans,
Dorothea und ich haben eben Eure lieben Zeilen gelesen und Eure Fotos
lange angeschaut. Auch Ihr seid ein schönes Paar! Hans ist Dorothea sehr
sympathisch, und Henning hat denselben Eindruck von Elise. Sie hat ein
sehr liebes Gesicht und wunderschöne Augen. In unserem Kopfkino sind
jetzt konkrete Bilder, und wir sind sicher, dass mit Euch geht, was Euer
und unser Wunsch ist; denn wir spüren, dass Ihr mit derselben Herz-
lichkeit an die Sache herangeht wie wir. Das passt! Ihr seid das Paar, das
wir uns gewünscht haben. Wir vertrauen Euch und Ihr vertraut uns, und
was wir einander anvertrauen bleibt diskret und vertraulich ... " Und dann
schrieb Henning die genaue Adresse und auch seine Handynummer und
die von Dorothea und fügte seinen Zeilen noch hinzu: *„Ansonsten dürft*
Ihr wissen, dass ich heute Morgen im Internet das Inserat gelöscht habe.
Wir haben Euch gefunden und wollen es nur mit Euch!
Und nun lasst euch beide lieb umarmen
Henning und Dorothea"

Die Antwort von Elise und Hans ließ nur wenige Stunden auf sich
warten:

„Liebe Dorothea, lieber Henning,
danke für Eure liebe Email, die wir gerne gelesen haben. Nun wissen wir
Eure Telefonnummer und Adresse, und das zeigt uns, dass Ihr es ehrlich
meint ... " Im nächsten Satz war die komplette Anschrift von Elise und
Hans mit Telefonnummer zu lesen, und es folgte ein Vorschlag für einen
Termin zum Kennen lernen: *„Für unser erstes Treffen wollen wir Euch*
gerne einladen für nächste Woche am Samstagabend, 19:00 Uhr, im
Landgasthof ‚Waldvogel' in Leipheim. Ich hoffe, es ist in Eurem Sinn,
dass wir uns dort vorab einmal treffen für ein erstes persönliches Kennen
lernen. Dieses Wochenende haben wir leider schon etwas vor, deshalb
geht es erst nächste Woche. Zurzeit ist die Mutter von Elise bei uns zu Be-
such, da Elises Vater vor kurzem verstorben ist. Falls Ihr anrufen wollt,
bitten wir um Diskretion falls meine Schwiegermutter am Telefon sein

sollte. Wir freuen uns sehr auf den Abend in Leipheim. Gerne hören wir
wieder von Euch.
Wir grüßen Euch herzlich
Elise und Hans"

Henning und Dorothea waren sogleich fest entschlossen, auf den
Vorschlag von Hans und Elise einzugehen und schrieben zurück:

„Liebe Elise, lieber Hans,
wir freuen uns, dass Hans wieder gut nach Hause zurückgekehrt ist und
dass Ihr uns gleich geschrieben habt. Ein Kennen lernen an einem
neutralen Ort wäre auch unser Vorschlag gewesen. So sagen wir Euch gern
für Samstag nächste Woche zu: um 19:00 Uhr im ,Waldvogel' in
Leipheim. Jetzt am Wochenende wäre es bei uns auch nicht gegangen;
denn wir feiern am Samstagabend ein kleines Fest mit unserer Band
„Oldies of the Sixties" und haben die Bandmitglieder und deren Ehe-
frauen zu Gast. Dorothea und ich werden den ganzen Samstag dafür in
der Küche stehen. Wir wollen ein Indisches Menü vorbereiten. Diskretion
gegenüber Elises Mutter ist selbstverständlich, das versprechen wir na-
türlich gern. Vor allem aber möchten wir unsere herzliche Anteilnahme
zum Tod von Elises Vater zum Ausdruck bringen und wünschen, dass die
Hoffnung stärker sein möge als die Trauer! Auch wir freuen uns riesig auf
die erste persönliche Begegnung. Wir denken viel an Euch und schauen
immer mal wieder Eure Fotos an und beginnen Euch zu mögen.
Sehr liebe Grüße! Henning und Dorothea"

Die Vier hatten sich noch nie gesehen und waren sich doch schon
jetzt ganz gewiss, dass alles passen würde. Und das brachte in gleicher
Weise auch noch einmal die Antwort von Hans und Elise zum Ausdruck:

„Liebe Dorothea, lieber Henning,
wie sich doch alles fügt, wir haben die gleichen Gedanken, das ist doch
eine tolle Basis. Wir freuen uns auch sehr auf unser erstes Treffen in

Leipheim, die Spannung und die Gefühle in Kopf und Körper steigen. Die Vorfreude auf unser Treffen ist sehr schön, und das Kopfkino läuft. Wir wünschen Euch noch eine schöne Feier mit Eurer Band für heute Abend. Wir selbst sind bei einem Geburtstag eingeladen.
Wir umarmen Euch sehr herzlich
Elise und Hans"

Am folgenden Tag kam von den beiden eine weitere Nachricht, die bei Henning und Dorothea die Vorfreude noch steigerte:

„Liebe Dorothea, lieber Henning,
wir waren gestern in unserer Sauna und haben ein paar pikante Bilder für Euch gemacht, um die Stimmung noch ein wenig mehr anzuheizen. Ihr habt unser volles Vertrauen, so können wir auch solche Bilder senden. Wir hoffen, dass wir Euch immer noch gefallen. Sehr freuen wir uns auf den kommenden Samstag zum gemeinsamen Abendessen in Leipheim. Wir haben ab 18:45 Uhr einen Tisch reserviert. Was der Nachtisch uns bieten wird, muss sich zeigen. Unsere Gedanken sind bei Euch. Was wir vorhaben, ist sehr erotisch. Allein schon der Gedanke an Euch erregt uns sehr. Ihr wisst ja, wir machen so etwas zum ersten Mal wie Ihr auch. Ein kleines Problem haben wir allerdings. Elise ist sehr erkältet, aber vielleicht auch schon wieder auf dem Weg der Besserung. Seid bitte nicht enttäuscht, wenn es das erste Mal nicht ganz so klappt, wenn Elise und Henning versuchen, einander näher zu kommen. Aber Ihr wisst ja, die Vorfreude ist groß, und wir denken, es wird ein sehr schöner erotischer Abend mit Euch, wir sind sehr erregt im Kopf und im Körper.
Wir umarmen Euch ganz herzlich.
Elise und Hans"

Es waren wirklich sehr erotische Bilder, die sich im Anhang dieser E-Mail fanden, aber Fotos mit Niveau, nicht im Mindesten vulgär, sondern ausdrucksvoll und mit viel Herz. Beim Lesen spürte Henning, dass es Hans offenbar genauso ging wie ihm, denn er fühlte dasselbe Kribbeln.

Jedoch auch ein anderer Gedanke ging ihm durch den Kopf: dass Elise vielleicht gar nicht wirklich bereit sein könnte, sich auf solch eine doch eigentlich verrückte Idee einzulassen und sich deshalb womöglich überlegte, die geplante erste Begegnung durch vorgeschobene gesundheitliche Probleme noch etwas heraus zu schieben. Er antwortete sogleich und bemühte sich dabei um ein hohes Maß an Sensibilität und Einfühlungsvermögen:

„Liebe Elise, lieber Hans,
habt sehr herzlichen Dank für Euer Vertrauen und die wirklich schönen Fotos. Natürlich gefallt Ihr uns immer noch! Beim Anblick von Elises Bild ging mir durch den Kopf: „Mit Dir möchte ich wahnsinnig gern schmusen und unendlich lieb zu dir sein!" Und Dorothea hat beim Anschauen des Bildes von Hans spontan gesagt: „Er ist ein wirklich schöner Mann!" Also Ihr habt unsere Vorfreude enorm verstärkt! Beigefügt findet Ihr noch ein Bild von Dorothea, das wir extra für Hans aufgenommen haben, und ein Bild von mir, das am Samstag bei unserem Bandabend gemacht wurde, für Elise. Ich mag sie schon jetzt sehr! Was Elises Erkältung betrifft, so hat Dorothea gerade dasselbe Problem und ist heute den ganzen Tag im Bett geblieben. Wir gehen aber weiterhin davon aus, dass es am Samstag klappt. Elise soll sich bitte keine Gedanken machen, wie nahe wir uns beim ersten Mal kommen werden. Ich bin sehr behutsam und einfühlsam und möchte eine sehr lange erotische Freundschaft mit ihr wie gleichermaßen Dorothea mit Hans. Auch wenn es um knisternde Erotik geht, steht für uns immer die Person des anderen im Vordergrund und das Achten darauf, was dem anderen gut tut. Wir freuen uns wahnsinnig auf Samstag und der Gedanke an Euch erregt uns sehr, und dabei ist nicht wichtig, wie weit wir jeweils miteinander gehen. Was wir vorhaben, wird uns und Euch ganz sicher gut tun.
Fühlt Euch beide liebevoll umarmt von Henning und Dorothea"

In einem Punkt täuschte sich Henning allerdings sehr. Es war keineswegs eine erotische Sehnsucht nach dem Neuen in Elise, wie er meinte, auf ihrem Bild erkennen zu können. Als Hans ihr zum ersten Mal von dem ungewöhnlichen E-Mail-Kontakt mit Henning und Dorothea berichtete, sagte sie spontan und mit dem Unterton leichten Entsetzens: „Oh, da müsste ich mich ja ausziehen!" Das war für sie eher eine unangenehme Vorstellung.

Am nächsten Morgen konnten Henning und Dorothea die folgenden Zeilen lesen:

„Liebe Dorothea, lieber Henning,
nur kurz vielen Dank für Eure Antwort und die schönen Bilder. Elise hat Henning eine SMS geschrieben, dabei aber aus Versehen wohl die falsche Mobil Nummer erwischt, ist irgendwie fehl gelaufen. Wir werden Euch heute Abend wieder ein paar spannende Zeilen schreiben.
Liebe herzliche Grüße
Elise und Hans"

Noch vor dem Abend schickte Henning eine sehr ausführliche Nachricht ab, denn er und auch seine Dorothea konnten kaum noch an etwas anderes denken:

„Liebe Elise, lieber Hans,
heute beim Frühstück haben wir Eure lieben Zeilen erhalten und mit Freude gelesen. Es gibt schon jetzt eine ganz tiefe Intimität zwischen uns, die wir in vollen Zügen genießen, und wir wissen, dass es bei Euch ebenso ist. Genau das hatten wir uns gewünscht. Wir waren sicher, dass es ein Paar gibt, das dieselben Wünsche hat und gleichzeitig Niveau, Herz und Persönlichkeit, aber wir wussten auch, dass es schon ein kleines Wunder sein müsste, dass genau dieses Paar zur richtigen Zeit im Internet ein anderes passendes Paar sucht. So gibt es eine große Freude in uns, und die möchten wir auf ganz lange Sicht immer wieder mit Euch teilen. – Ein wenig schade ist allerdings nun, dass Dorotheas Infekt sich doch verschlimmert hat. Sie ist mit starken Halsschmerzen und Schluckbeschwer-

den aufgewacht und wird jetzt gleich zum Arzt fahren. Wir müssen sehen, wie es sich entwickelt, aber es sind ja noch ein paar Tage bis Samstag! Elise möchte ich gern noch sagen, dass sie eine enorme erotische Ausstrahlung auf mich hat. Ihre Bilder sagen mir viel darüber, wie es in ihr aussieht. Liebe Elise, ich möchte, dass Du weißt, dass Du von mir nie etwas anderes zu erwarten hast als zärtliches Liebhaben und einfühlsamen Respekt vor Deiner Person. Und ich möchte Dir danken, dass Du mir per Foto den Blick auf Deinen roten BH geschenkt hast. So wünschen Dorothea und ich Dir gute Besserung mit Deiner Erkältung und freuen uns auf Samstag und hoffen, dass auch Dorothea dann halbwegs wieder fit sein wird. Die erotischen E-Mails mit Euch sind etwas Wunderbares und Wohltuendes. Diese Kommunikation können wir gerne beibehalten, wenn Ihr wollt. Wir umarmen Euch (Dorothea den Hans in Gedanken Haut auf Haut und ich die Elise)!
Henning und Dorothea"

Auch die E-Mails von Hans wurden jetzt immer ausführlicher:

„Liebe Dorothea, lieber Henning,
wir hoffen, Dorothea geht es besser. Auf jeden Fall wünschen wir eine gute Besserung. Elise hat ihre Erkältung fast hinter sich. Sie ist aber noch etwas geschwächt. Ja, zwischen uns ist jetzt schon eine große Intimität, wir haben volles Vertrauen zueinander. Das zeigen auch die Bilder, die wir ausgetauscht haben. Die kurze Bekanntschaft bis jetzt nur durch E-Mails ist schon sehr erotisch und prickelnd, ein Gefühl, das in Kopf und Körper steigt. Zu wissen, dass wir einen „Partnertausch in getrennten Räumen" vorhaben, ist sehr erregend für uns, und für Euch offenbar auch. Im Laufe der Ehejahre flacht die Erotik mit dem Ehepartner irgendwie ab. Man kennt sich einfach zu gut und weiß alles über den anderen. Jetzt ist ein neues Gefühl dazu gekommen, die Erotik flammt wieder auf. Mit einem neuen Partner in einem Raum zu sein und zu wissen, dass der vertraute Partner jetzt im anderen Raum ist und man nicht weiß, was er/sie dort im Moment gerade macht, das ist wirklich erregend. Dorothea möchten wir

sagen, dass sie Hans sehr gut gefällt. Wenn er ihre Bilder anschaut, bekommt er eine Gänsehaut, wenn Ihr wisst, was wir meinen. Und Elise kann es fühlen, dass Dorothea bestimmt sehr anschmiegsam ist, zärtlich und lieb. In unserem Kopfkino läuft ein wunderschöner Film voller inspirierender Erotik. Der Gedanke an eine fremde Haut ist unbeschreiblich schön und erregend, ein Gefühl, das alle Sinne aufflammen lässt. Wir werden sehen, wie nahe wir einander am Samstag kommen können – vermutlich noch nicht so, wie wir es uns denken oder vorstellen. Dorothea und Elise sind gesundheitlich angeschlagen und nicht ganz fit, und wir wollen doch ganz fit sein, wenn wir intim werden wollen. Aber schon der Gedanke dass es sein könnte, ist enorm aufregend. Ein paar heimliche Berührungen wird es sicher geben. Wir freuen uns sehr darauf, Euch persönlich kennen zu lernen und verbleiben mit einem dicken Kuss Elise und Hans"*

Die Vorfreude wurde allerdings dadurch etwas getrübt, dass sich Dorotheas Infekt deutlich verschlechtert hatte. Aber noch waren sie zuversichtlich, dass das bis zum Wochenende überwunden sein würde:

„Liebe Elise, lieber Hans,
ja, die inzwischen entstandene Intimität tut wirklich gut, und es ist auch wichtig, von Anfang an sehr offen zueinander zu sein. Ihr vertraut uns, und wir vertrauen Euch. Dorothea ging es heute nicht gut, der Arzt hat eine Entzündung der Stränge hinter den Mandeln diagnostiziert und ihr ein Antibiotikum verschrieben. Sie hofft aber, halbwegs fit zu sein für Samstag. Dass die Erotik in einer Ehe sehr unterschiedliche Phasen hat, ist natürlich auch unsere Erfahrung. Dabei ist es bei uns so, dass unser Sex jetzt im Ruhestand besonders intensiv und harmonisch und beglückend ist, dass wir sagen müssen: So schön war es noch nie! Ein wesentlicher Teil dieser beglückenden Erotik besteht darin, dass wir einander offen und ehrlich unsere Wünsche sagen und was uns besonders erregt. Und unsere Wünsche sind bei Dorothea und bei mir, es Haut auf Haut auch mal mit einem anderen Partner bzw. einer anderen Partnerin zu erleben. Unsere

Liebe geht so weit, dass der eine dem anderen gern ermöglichen möchte, den Wunsch fremde Haut zu spüren, auszuleben, zumal wir uns das beide wünschen. Eure Situation ist sicher nicht genau dieselbe, aber diese Wünsche erregen Euch ebenso wie uns, umso mehr wir uns vorgenommen haben, sie miteinander Wirklichkeit werden zu lassen. Und das möchten wir auf lange Sicht immer wieder mit Euch teilen: eine erotische Beziehung von Dorothea und Hans und Elise und Henning! Zwei erotische Beziehungen, bei denen anders als bei heimlichen Affären niemand betrogen wird und bei denen es keine Heimlichkeiten geben muss und die gleichzeitig eine erotische Bereicherung für die Liebe von Hans und Elise und für die Liebe von Henning und Dorothea ist. So freuen wir uns sehr auf die Begegnung mit Euch und natürlich auch auf die heimlichen Berührungen zwischendurch. Dabei überlegen Dorothea und ich, wie Ihr Euch das denken würdet, wenn tatsächlich Dorothea und Elise schon am Samstag ganz fit wären? Was sind da Eure Gedanken? Etwas Ähnliches, was Elise über Dorothea gesagt hat, nämlich dass sie sehr anschmiegsam sein würde, hat Dorothea auch über Elise gesagt: ‚Henning, die Elise passt zu Dir!' Also in großer Vorfreude und mit laufendem Kopfkino grüßen wir Euch lieb.
Eure
Henning und Dorothea "

Henning ging noch etwas anderes durch den Kopf. Bisher war alle Kommunikation ausschließlich über Hans gelaufen. Von Elise selbst hatte er noch nicht eine einzige Nachricht erhalten. So schrieb er die nächste E-Mail direkt an Elise:

„Liebe Elise,
ich hoffe, Dir geht es mit Deiner Erkältung jeden Tag ein bisschen besser. Dorothea hat leider auch heute noch starke Halsschmerzen, aber die Antibiotika müssen ja auch erst einmal ihre Wirkung tun. Ich denke viel an Dich und habe deshalb für Dich heute auf meiner E-Gitarre ein Schmuselied gespielt und in meinem kleinen Heimstudio aufgenommen,

damit Du es Dir anhören kannst, sofern Ihr Erfahrung mit Musikdateien auf Eurem Computer habt. Der Titel heißt „Cosy", auf Deutsch „Liebkosen" oder „Schmusen". Die Bandbegleitung ist ein Playback. Ich empfinde es so, dass dieses Stück ziemlich genau jene Gefühle ausdrückt, die wir miteinander teilen wollen. Dein Bild zeigt mir immer wieder, was für eine wunderschöne Frau Du doch bist.
Fühl Dich zärtlich umarmt!
Henning"

Es ernüchterte Henning dann, als die ersehnte Antwort statt von Elise wiederum von Hans kam:

„Lieber Henning,
Elise hatte leider noch keine Gelegenheit, die E-Mails zu lesen. Ich denke, Sie wird es heute machen. Sie kann zwar mit Computern umgehen, ist aber kein Profi. Schreib Ihr doch einfach eine liebe SMS, das liest Sie ganz bestimmt und wird Dir auch antworten. Die letzte Antwort per SMS war, wie Du weißt, aus unerfindlichen Gründen fehlgeschlagen. Elise hat noch etwas Hemmungen. Sie macht sich einfach Gedanken, ob Sie Dir wirklich gefallen wird. Sie hat keine Modelfigur, wie ich ja schon geschrieben habe. Dass sie etwas mollig ist, empfand sie schon immer als Problem. Wie ich ja weiß, bist Du sehr einfühlsam und lieb. Das mag Sie, und wenn Du es behutsam anfängst, wird sie Ihre Hemmungen bald verlieren. – Übrigens: Du hast eine ganz tolle Frau, mein Kompliment!
Liebe Grüße Hans"

Natürlich hatte Henning die in diesen Zeilen angesprochenen Bedenken bei Elise längst gespürt. Ihm war sehr bewusst, dass die Erfüllung all jener Wünsche, über die man sich so offen ausgetauscht hatte, daran womöglich scheitern könnte. Hinter ihm lag ein langes Berufsleben als Seelsorger. Er wusste, von welcher Kompliziertheit die menschliche Seele ist und wie schädlich es war, sie zu überfordern. Keinesfalls wollte er Elise verletzen. Dann schon eher die eigenen Wünsche zurückstellen! Ohnehin war ja völlig verrückt, was sie hier mit aller Leidenschaft planten. Darum schrieb er erst einmal sehr ausführlich an Hans:

„Lieber Hans,
danke, dass Du in aller Frühe heute Morgen noch schnell geantwortet hast. Mich überrascht durchaus nicht, was Du schreibst. Ich habe vielmehr damit gerechnet, dass es sich so verhält. Denn mir war längst aufgefallen, dass in all den E-Mails nie ein persönliches Wort von Elise an mich zu lesen war und nie ein Wort von ihrer Vorfreude. Du hast stets für Euch beide geschrieben. Ich hatte zwar auch immer für uns beide geschrieben, aber Dich bzw. Euch immer wieder wissen lassen, was Dorothea dazu meint und wie sehr sie Hans schon jetzt mag. Aus dem Grund habe ich mich dann bemüht, Elise ganz viel Mut zu machen, sie wissen zu lassen, wie erotisch und schön ich sie finde, habe ihr eine liebe SMS geschrieben und gestern extra für sie ein Musikstück mit meiner E-Gitarre gespielt und aufgenommen. Auch hatte ich ja schon ganz am Anfang geschrieben, dass ich es mag, dass sie etwas mollig ist. Ich tue also längst genau das, was Du vorschlugst, als Du schriebst: „...wenn Du es behutsam anfängst, wird sie bald Ihre Hemmungen verlieren." Es ist nicht immer gut, einem Menschen seine Hemmungen auszureden, weil solche Hemmungen auch davor schützen können, sich auf etwas einzulassen, was man sich nicht wirklich zutraut. Wie das bei Elise ist, kannst nur Du richtig einschätzen. Hat sie wirklich dieselbe Sehnsucht nach fremder Haut wie Du und Dorothea und ich, aber eben Hemmungen wegen ihrer Figur, oder sind das für sie nur schöne Gedanken, die sie mit Dir gerne teilen, aber nicht wirklich auch realisieren will? Selbst wenn es letzteres wäre, könnte ich sie gut verstehen, auch wenn daran natürlich scheitert, was wir uns gewünscht haben. Ich habe große Achtung vor ihrer Person und werde darum nichts tun, wodurch sie sich gedrängt fühlen könnte. Ich habe viel eher das Gefühl, dass ich mich ihr gegenüber schon fast zu weit aus dem Fenster gelehnt habe. Du hättest sicher auch kein gutes Gefühl dabei, Dorothea Deine Gefühle und Wünsche mitzuteilen und für sie zu schwärmen, wenn Du Bedenken haben müsstest, dass sie selbst das

so gar nicht will. Dabei hätte ich vielleicht noch sehr viel mehr Grund als Elise, Hemmungen zu haben, mit ihr intim zu werden, denn ich habe selbst, wie die Bilder zeigen, deutliches Übergewicht. Und es gibt, auf den Fotos nicht zu sehen, zwei große dunkle Flecken am linken Unterschenkel, Stauungsekzeme aufgrund der Krampfadern, und ich habe aufgrund langjähriger Einnahme notwendiger Herzmedikamente nicht unerhebliche Erektionsprobleme. So hatte ich eigentlich gedacht, dass Elises Hemmungen und meine gut zusammen passen und wir einander viel Mut machen und unendlich lieb zueinander sein könnten. – Unser Treffen am Samstag werden wir ohnehin erst einmal vertagen müssen, da Dorothea während ich diese Zeilen schreibe, wieder beim Arzt ist, weil das Antibiotikum nicht anschlägt und sie immer noch bei jedem Schlucken schneidende Halsschmerzen hat. Auch noch gestern lag sie den halben Tag im Bett. Hinzu kommt, dass gerade auch am Wochenende mit glatten Straßen zu rechnen ist. Und Hin- und Rückfahrt müssten ja bei Dunkelheit geschehen. Schade! Heimliche Berührungen wären wunderschön gewesen, aber bei Elise hätte ich da jetzt ohnehin den Mut nicht mehr. Bitte überlegt Euch miteinander, wie es weitergehen könnte und vor allem, ob Elise wirklich dieselben Wünsche hat wie Du und ob sie die wirklich auch in die Tat umsetzen möchte. Dorothea lässt Dich lieb grüßen. Von ihr aus gilt alles weiter, was sie Dir geschrieben hat. Sag bitte auch Elise liebe Grüße und sag ihr, dass Ihre Ehrlichkeit und Offenheit, was ihre Gefühle betrifft, mir sehr viel lieber ist, als dass sie sich abringt, wozu sie nicht wirklich stehen kann.
Liebe Grüße! Henning"

Hans las diese Zeilen wieder und wieder und besprach alles mit seiner Elise, die sich sehr tief berührt fühlte von diesen Gedanken. Dann machte Hans einen unerwarteten Vorstoß und schrieb:

„Lieber Henning,
danke für Deine ausführliche E-Mail und Deine offenen Worte und Deine Gedanken. Ich habe Deine Zeilen ein paar Mal gelesen. So wie Du

dich geöffnet hast, das zeigt mir Dein Vertrauen und Deine Ehrlichkeit zu mir und Elise. Hab bitte etwas Nachsicht mit Elise, sie ist auch erkältet und gesundheitlich nicht fit. Ich bin mir aber sicher, sie findet Dich sympathisch und möchte Dir durchaus auch näher kommen. Sie wollte gestern die E-Mails lesen und eine Antwort schreiben. Es ist ihr jedoch nicht gelungen, sich einzuloggen, warum auch immer. Ich bin gestern erst sehr spät nach Hause gekommen und es war mir einfach zu spät, mich noch mit ihr an den PC zu setzen. Heute Abend werden wir das nachholen und Euch ausführlich schreiben. Ich möchte auf jeden Fall unsere Beziehung aufrechterhalten, da ich das sichere Gefühl habe: bei uns kann es klappen! Für das, was wir vorhaben, sind wir doch jetzt schon sehr intim und vertraut miteinander. Schade, dass es bei Euch am Samstag in Leipheim nicht geht! Wir sollten uns aber dennoch kurzfristig treffen für ein erstes Kennen lernen. Ich könnte mir vorstellen, dass ihr uns am Sonntagnachmittag zum Kaffee einladet. Das könnten wir natürlich auch bei uns machen, nur, wie ich ja schon geschrieben habe, ist meine Schwiegermutter zurzeit bei uns, und da könnten wir nicht so ungezwungen und offen reden, wie es erforderlich ist. Überlegt Euch bitte, ob das ein für Euch akzeptabler Vorschlag für das erste Treffen wäre. Es würde uns sehr freuen, wenn Ihr dem zustimmen könntet. Henning, Du warst sehr offen in Deiner E-Mail, das finde ich ganz toll! Wir werden es auch sein, denn nur so kann eine erotische Freundschaft entstehen, wenn man offen und ehrlich zueinander ist. Viele liebe Grüße an Dorothea. Ich hoffe, es geht Ihr wenigstens schon etwas besser. Meine Gefühle für sie sind sehr stark, wann immer ich an sie denke.
Liebe Grüße, Hans "

Bei Henning und Dorothea lösten diese Zeilen Erleichterung aus. An die Stelle der Bedenken trat erneut eine prickelnde Vorfreude. Dorothea müsste nun mit ihrem noch nicht ganz auskurierten Infekt gar nicht nach draußen. Auch wären keine nächtlichen Fahrten mit dem Auto in eine fremde Umgebung erforderlich. Der Vorschlag von Hans war wirklich die Lösung! Dorothea hatte in der ihr eigenen Art sogleich eine gute Idee:

Wenn die beiden zum Kaffee kämen, könnte sie ihr neues, im letzten Sommer von der Nordsee mitgebrachtes Rezept für eine „Eiderstedter Torte" ausprobieren, die ihnen an der Nordsee auf dem „Landfrauen-Fest" im romantischen Friedrichstadt so gut gemundet hatte. Augenblicklich setzten sich die beiden hin und formulierten zuversichtlich und guter Dinge die gemeinsame Antwort:

„Lieber Hans, liebe Elise,
wir freuen uns sehr auf die gemeinsame E-Mail, die Ihr heute Abend an uns schreiben wollt. Offenheit und Ehrlichkeit sind in der Tat eine ganz wesentliche Voraussetzung, dass allen gut tut und gelingt, was wir vorhaben. Für Elise habe ich weiterhin starke Gefühle. Was ihren Umgang mit Computer und Handy betrifft, hat sie anscheinend ganz ähnliche Probleme wie Dorothea, und anders als ich bist Du, Hans, noch voll im Beruf und kannst ihr dabei nicht so zur Seite stehen, wie ich es bei Dorothea kann. Entscheidend ist, dass Elise wirklich dieselben starken Wünsche hat wie wir anderen. Wenn das so ist, wird alles gut! Ihr habt Recht, dass jetzt unbedingt ein möglichst zeitnahes Treffen zum ersten Kennen lernen von Angesicht zu Angesicht stattfinden sollte. Dorothea ist zwar noch nicht ganz wieder fit, aber wir sind beide der Meinung, dass eine persönliche Begegnung mit Euch jetzt einfach dran ist. So seid Ihr uns sehr herzlich willkommen am Sonntag, gern schon ab 14:00 Uhr, dann müsstet Ihr auch nicht im Dunkeln zurückfahren. Wir wohnen allein in einem kleinen Häuschen mit einem großen Garten ringsherum und wären völlig ungestört. Solange Elises Mutter bei Euch ist, können wir uns gern bei uns treffen, sofern es Euch hier überhaupt gefällt. Falls Ihr kein Navigationssystem im Auto habt, schicken wir Euch gern noch eine Wegbeschreibung. Nun freuen wir uns jedenfalls auf den kommenden Sonntag. Ich freue mich riesig auf Elise und wünsche mir von Herzen, dass durch die persönliche Begegnung alle ihre Zweifel verfliegen. Ansonsten sind wir gespannt auf das, was Ihr uns heute Abend gemeinsam schreiben werdet.
Wir umarmen Euch! Henning und Dorothea"

Dann kamen am Abend tatsächlich die ersten persönlichen Zeilen von Elise, die Henning Wort für Wort genoss und förmlich verschlang:

„Lieber Henning,
ich höre gerade Dein „Cosy"-Kuschellied an und bin begeistert von der Melodie und davon, wie Du es auf der E-Gitarre spielst. Wenn Du mit mir so zärtlich umgehst wie mit Deiner Gitarre, werde ich sehr glücklich sein. Wie ich ja schon weiß, bist Du sehr zärtlich und liebevoll, und weißt, wie man mit einer Frau umgeht. Deshalb freue ich mich sehr auf Dich. Wenn Du in der Vergangenheit einen falschen Eindruck von mir bekommen haben solltest, so tut es mir sehr leid. In einigen Zeilen, die Du uns geschrieben hast, war es zwischen den Zeilen zu lesen. Meine Hemmungen habe ich noch nicht verloren, aber es hat mir geholfen, wie Du in Deiner Nachricht auf Deine Problemchen hingewiesen hast. Ich kann nun besser damit umgehen. Wir freuen uns sehr auf unsere erste Begegnung am Sonntag zum Kaffee bei Euch. Dorothea soll sich bitte keine Mühe machen mit dem Kuchen, den bringen wir mit, allerdings ist uns 14:00 Uhr etwas zu früh. Wir gehen nämlich mit meiner Mutter in ein Restaurant zum Mittagessen. Geht es auch um 15:30 Uhr?
Herzliche Grüße an Dich, Henning, und von Hans an Dorothea"

Was für eine wundervolle Frau! Henning war tief bewegt von dem, was er gelesen hatte. Er zeigte Elises Nachricht noch schnell seiner Dorothea und schrieb dann sogleich seine Antwort:

„Liebe Elise, lieber Hans,
danke, dass Du, liebe Elise, so wunderbare Worte für mich gefunden hast. Ich hatte, glaube ich, nicht eigentlich einen falschen Eindruck von Dir, sondern war einfach ein wenig unsicher, ob Du wirklich dieselben starken Wünsche hast wie wir anderen, weil wir ja immer nur mit Hans korrespondiert hatten. Jetzt habe ich die ersten Sätze von Dir persönlich an mich gelesen, und es macht mich sehr glücklich, was Du schreibst. Wir werden uns einfach gegenseitig ganz behutsam Mut machen, was Deine

und meine Hemmungen betrifft. Dorothea ist da mit Hans schon ein gutes Stückchen weiter. Die persönliche Begegnung ist dann am Sonntag noch einmal wirklich spannend. Natürlich geht es auch um 15:30 Uhr. Bitte bringt keinen Kuchen mit, denn Dorothea ist ganz deutlich auf dem Weg der Besserung. Das neue Antibiotikum zeigte gleich Wirkung, und die Vorfreude darauf, Hans zu sehen, hat ein Übriges getan. So hat sie sich entschieden, eine norddeutsche „Eiderstedter Torte" zu backen. Die Zutaten sind bereits eingekauft. Also wir freuen uns über alle Maßen auf Euch!

Liebe Grüße

Henning und Dorothea"

Es war Samstagnachmittag, und Dorothea stand in der Küche und bereitete den Teig für die „Eiderstedter Torte". Für das Backen und Fertigstellen werden zwei Tage benötigt. Am ersten Tag kommt der obere Boden in den Backofen. Sobald der fertig ist, wird er in Portionsstücke aufgeschnitten, denn wenn er erkaltet ist, lässt er sich nicht mehr schneiden, ohne in Krümeltrümmer zu zerfallen. Danach wird sogleich der zweite Boden gebacken. Am folgenden Tag wird die Torte fertig gestellt, indem eine Mischung aus Schlagsahne, Orangensaft, winzig kleinen Ananasstückchen und einem Schuss Cointreau zwischen die beiden Böden kommt. Dorothea war sehr konzentriert und zugleich auch schon ziemlich aufgeregt. Zu ihren Vorbereitungen gehörte auch, dass das Haus gründlich geputzt wurde, und so waren Dorothea und Henning den ganzen Samstag beschäftigt.

2. Die Flügel der Nachtigall und eine schlimme Diagnose

Dann war der Sonntag da, der 14. Februar 2010! Obwohl in der Küche noch einiges vorzubereiten und danach wieder aufzuräumen war, hatten sie den Eindruck, dass die Zeit kaum vergehen wollte. Irgendwann hörten sie ihre alte Wanduhr dreimal schlagen, welche die Urgroßeltern von Henning vor bald hundertvierzig Jahren zu ihrer Hochzeit in Magdeburg bekommen hatten. Es war 15.00 Uhr! Nur noch eine halbe Stunde! Beide waren gespannt auf das, was sich ergeben würde. Die halbe Stunde bis zur ausgemachten Zeit war noch nicht ganz vergangen, als Henning sagte: „Ich glaube, sie kommen!" Er hatte lange aus dem Fenster gesehen und nun einen weinroten Porsche Cayenne ausgemacht, der direkt vor ihrem Hoftor hielt. „Schönes Auto!", ging es Henning durch den Kopf: „Dafür haben sie bestimmt lange sparen müssen!" Aber dieser Gedanke zeigte, dass er noch nicht wirklich wusste, mit wem sie es zu tun hatten. Beide gingen sogleich nach draußen. Hans war als erster ausgestiegen, ging aber zunächst hinten an die Heckklappe und holte einen kleinen Präsentkorb heraus. Und dann sah Henning seine Elise zum ersten Mal. Sie hatte die Autotür geöffnet und stieg langsam heraus. Diesen Moment würde er sein Leben lang nicht vergessen. Ja, sie war wirklich eine wunderschöne Frau! Ihre Ausstrahlung zog ihn augenblicklich an. Er ging zu ihr, um sie mit einer kleinen Umarmung zu begrüßen, doch sie sagte: „Warte einen Moment!" und griff erst noch nach ihrer Handtasche, die auf dem Autositz lag. Dann schauten sie sich in die Augen und hatten beide ein Gefühl unerklärbarer tiefer Vertrautheit. Dorothea ging es mit Hans ähnlich. Er überreichte ihr den Präsentkorb, und dann gingen die Vier Hand in Hand ins Haus und dort geradewegs in die Küche, wo im Essbereich der Kaffeetisch gedeckt war. Obwohl sie einander zuvor noch nie gesehen hatten, war die Atmosphäre kein bisschen steif, sondern so, wie wenn alte Freunde zu Besuch kommen. Man ließ sich die „Eiderstedter Torte" und den Kaffee schmecken und knüpfte im Gespräch an das an, was man vom anderen aus den E-Mails bereits wusste und ergänzte, was dort noch nicht zur Sprache gekommen war. Dorothea und Henning erfuhren, Hans hat einen eigenen Betrieb und ist selbständig. Elise und Hans erfuhren zu ihrem Erstaunen, dass Henning evangelischer Pfarrer im Ruhestand ist. Hans stellte schmunzelnd fest, Pfarrer hätten ja im Wesentlichen nur sonntags zu arbeiten. Henning gab ihm sogleich ein wenig Nachhilfe hinsichtlich des Pfarrerberufes und erklärte, dieser sei mit den Erfordernissen einer Selbständigkeit durchaus vergleichbar und fügte hinzu, dass er wegen des erlittenen Herzinfarkts vorzeitig pensioniert worden war. Gern hätte er allerdings seinerzeit weitergemacht, denn er habe seinen Beruf wirklich geliebt. Während sie erzählten, griff Henning unter dem Tisch nach Elises Hand und hielt sie zärtlich in seiner. Hans und Dorothea taten anscheinend das gleiche.

Im weiteren Verlauf des Gesprächs kam Elise mit einer Sache heraus, die bei Henning und Dorothea Betroffenheit und ein tiefes Mitgefühl auslösten. Sie berichtete, wie ihre Tochter Katharina bereits mit neunzehn bei einem Autounfall ums Leben gekommen war. Es sei nun zwanzig Jahre her, dass ein entgegenkommendes Auto mit überhöhter Geschwindigkeit in einer Kurve in ihre Spur gekommen und frontal mit ihr zusammengestoßen war. Diese Information traf Henning und auch Dorothea bis ins Herz. Was haben die beiden da durchmachen müssen an Schmerz und Verzweiflung und Hoffnungslosigkeit! Es gibt kein größeres Unglück, als das eigene Kind zu verlieren und selbst weiterleben zu müssen! Auch für den zwei Jahre jüngeren Bruder Hartwig sei das über alle Maßen furchtbar gewesen. Die Vier am Kaffeetisch, die sich ja noch gar nicht kannten, redeten voller Vertrauen über die persönlichsten und privatesten Dinge. Sie taten das in einer zu diesem Zeitpunkt völlig unerklärlichen Selbstverständlichkeit. Es war mit diesen vier Menschen von Anfang an etwas Besonderes!

Nun musste erstmal ein kleiner Rundgang durch das weit über hundert Jahre alte Haus gemacht werden. Luxus gab es kaum, doch ein ganz hohes Maß an Gemütlichkeit. Im Obergeschoss ging es zuerst in das

Arbeitszimmer von Henning, in dem, obwohl es recht klein war, immerhin ein riesengroßer Schreibtisch stand mit Computer, Drucker und Scanner. An den Wänden waren übervolle Bücherregale, in denen sich auch einige aufgeschlagene Bücher befanden, die zeigten, dass hier gearbeitet wurde. Unter dem Fenster stand eine Gitarrencombo aus den sechziger Jahren, an die eine E-Gitarre angeschlossen war. Daneben stand noch eine akustische Westerngitarre. In Dorotheas Zimmer sahen sie einen kleinen Schreibtisch aus Naturholz mit einem Computer darauf. Es gab noch ein Regal, eine Anrichte und unter dem Dachfenster ein Gästebett. In diesem Stockwerk befand sich auch das Schlafzimmer, in das zunächst nur ein kurzer Blick geworfen wurde, denn Hans sagte, mit Dorothea noch auf der Türschwelle stehend zu Elise und Henning: „Ihr bleibt am besten gleich hier! Und Dorothea und ich gehen nach Gegenüber!" Eine klare Ansage, wie sie ganz seiner Art entsprach! Dann war man auf einmal nur noch zu zweit ‚in getrennten Räumen': Henning und Elise im Schlafzimmer und Hans und Dorothea in deren Zimmer.

Minutenlang schauten Elise und Henning einander in die Augen und fühlten dieselbe wohltuende Vertrautheit wie schon vorhin bei der Begrüßung am Auto. Es war, als könnten sie einander schon jetzt tief in die Seele schauen. Wie wunderschön war Elise! Nicht gertenschlank aber auch nicht wirklich mollig. Henning ging auf sie zu, strich ihr liebevoll über ihr blondes Haar und schloss sie in seine Arme. Es folgte der erste Kuss! Lang andauernd, voller inniger Zuneigung und von einer Herzlichkeit, wie wenn ein glückliches Paar nach einer längeren Zeit der Trennung einander wieder in die Arme schließen kann. Seine rechte Hand hatte Henning auf Elises linker Brust und fühlte dabei, was er schon lange nicht mehr gefühlt hatte. Minutenlang dauerte dieser erste Kuss. Und beide wünschten sich: dieses überschwängliche Glück darf niemals ein Ende haben! Niemals!

Ganz langsam zogen sie einander aus. Alle Hemmungen waren wie weggeblasen. Bei beiden! Sie empfanden ihre Intimität als ein Wunder, ein

Geschenk unerwartet von anderswo her. Elise kniete auf der Bettkante und kroch dann im Vierfüßlerstand auf die Bettseite, die sie sich ausgesucht hatte. Sie wirkte dabei etwas ungelenk, ein Umstand, dem Henning nicht wirklich Beachtung schenkte. Beide kuschelten sich eng zusammen und genossen es, einander Haut auf Haut zu spüren, den Herzschlag und das Atmen des anderen. Es lag eine Vertrautheit und Harmonie in ihrem Miteinander, in ihren Liebkosungen, in ihrem Streicheln und in dem, was sie einander zuflüsterten. Elises leises Stöhnen war für Henning wie ein Engelsgesang. Auch aus dem Zimmer nebenan hörten sie, dass Hans und Dorothea offenbar ebensolches Glück miteinander teilten. Es war eine ganz und gar neue Erfahrung, dass Sex so unkompliziert sein konnte – ein einziges einander Beschenken und vom andern beschenkt werden! Weit über zwei Stunden fühlten sich die beiden ununterbrochen im Himmel, bis sie hörten, dass die Tür des anderen Zimmers geöffnet wurde und Hans und Dorothea die Treppe hinunter gingen. Noch ein langer zärtlicher Kuss, und auch Henning und Elise machten sich auf den Weg nach unten, wo man sich im Wohnzimmer noch ein wenig zusammen setzte und übereinkam, dass das der Anfang einer langen erotischen Freundschaft werden sollte. Man ging miteinander zum Auto, und Henning und Dorothea winkten den Abfahrenden noch lange nach.

Noch am selben Abend schrieben die beiden den neuen Freunden einen lieben Gute-Nacht-Gruß:

„Liebe Elise, lieber Hans,
wir hoffen, dass Ihr gut nach Hause gekommen seid! Bevor wir ins Bett gehen, noch schnell ein paar liebe Zeilen für Euch. Dorothea und ich haben uns noch lange gegenseitig vorgeschwärmt, wie wundervoll es schon beim ersten Mal war. Wir sind sehr dankbar, dass es Euch gibt, und unsere guten Wünsche begleiten Euch durch die neue Woche. Dorothea hat Hans noch eine SMS geschrieben und ich eine an Elise. Es wird der Anfang einer wunderbaren erotischen Freundschaft sein und die Erfüllung

der Träume, die wir schon so lange gehegt haben. Wir grüßen und umarmen Euch lieb!
Henning und Dorothea"

Am nächsten Morgen beim Frühstück konnten sie die Antwort lesen:

„Liebe Dorothea, lieber Henning,
danke für Eure schönen Zeilen. Es war einfach herrlich und unbeschreiblich schön: Wir haben uns getroffen so als ob wir uns schon lange kennen würden. Wir haben auch noch über den wunderbaren Nachmittag gesprochen und uns alles erzählt, wie schön es für jeden war. Henning, Du hast Elise alle Hemmungen genommen und sie mit deinen göttlichen Händen zum Höhepunkt gebracht. Das hatte sie schon Jahre nicht mehr, und Du hast das geschafft. Elise war völlig frei von Hemmungen und Scham und Dir zugewandt, wie sie erzählte. Es war ein herrliches Gefühl für sie, mit Dir zusammen zu sein. Mit Dorothea war es ebenso. Sie ist eine sehr liebe Frau. Sie hat mich so erregt, dass ich leider zu früh gekommen bin. Wir haben uns ganz lange gegenseitig verwöhnt auch völlig ohne Scham und Hemmungen. Das ist der Anfang einer wunderbaren erotischen Freundschaft, da bin ich mir sicher. So etwas gibt es sicher nicht so oft! Unglaublich, dass es schon beim ersten Treffen so gepasst hat mit uns Vieren.
Ich grüße Euch und umarme Euch
Hans"

Dorothea hatte Henning noch erzählt, dass Hans ihr während sie zusammen waren, immer wieder ein wenig unkonzentriert schien, weil er sich Gedanken machte, ob es seiner Elise auch gut ginge in den Armen von Henning. Er wusste nur zu gut, wie sie sich nur mit einer ganzen Reihe von Bedenken auf diese ziemlich verrückte Idee hatte einlassen können. Sie tat es vor allem, weil er es sich so gewünscht hatte und wollte ihn nicht enttäuschen. Tatsächlich kam alles ganz anders. Ihre Bedenken verschwanden bereits mit der ersten Umarmung. Und an deren Stelle trat eine tiefe sehnsüchtige Zuneigung. Wie die anderen auch wünschte sie sich eine möglichst baldige Wiederholung. E-Mail und SMS-Kontakt gab es die ganze Woche über, und es waren offene, ehrliche, glühende Liebesbriefe, wie sie keiner von den Vieren zuvor kannte. Für den nächsten Sonntag, den 21. Februar 2010, wurde vereinbart, dass man sich wiederum bei Henning und Dorothea treffen wollte.

Diesmal brauchte es kein aufwendiges Kuchenbacken, denn man hatte einander mitgeteilt, dass eine gute Tasse Kaffee völlig ausreichend sei und vor allem auch besser zu den konsequenten Ernährungsgeflogenheiten von Hans passte. Er hatte früher mehrere Schrotkuren in Bad Wörishofen gemacht und achtete seitdem auf eine gesunde Zusammenstellung der Nahrung, vor allem auf die Vermeidung von zu vielen Kohlehydraten.

Beim zweiten Treffen saß man bereits völlig vertraut im Wohnzimmer zusammen, als bestünde schon eine langjährige enge Freundschaft. Sie schauten einander tief in die Augen, hielten Händchen, erzählten, und ab und zu gab es ein Küsschen. Als die Tassen geleert waren, sagte Henning mit einem Schmunzeln: „Also, Elise und ich begeben uns jetzt auf eine ‚höhere Ebene‘!" Er stand auf, nahm Elise an der Hand und führte sie die steile Treppe hinauf. Oben vor der Tür des Schlafzimmers flüsterte Elise ihm zu: „Jetzt gehen wir in unser Liebesnest!" Sie waren noch auf der Schwelle, als auch Dorothea und Hans oben angekommen waren und scherzend an ihnen vorbei zu dem anderen Zimmer gingen.

Es war noch erfüllender und glücklicher als beim ersten Mal, obwohl sie gedacht hatten, dass das gar mehr zu steigern sei. In ihrer Umarmung Haut auf Haut fühlten sie nur eines: unendliches Liebesglück! Jeder ließ sich allein bestimmen von den Wünschen und dem Glück des anderen. Wahrscheinlich bestand darin das Geheimnis für vollkommene Erfüllung, indem nur das Glück des Partners Ursache für das eigene Glück sein konnte. Henning hatte es nie gemocht, wenn man Sex als ‚Liebe Machen' bezeichnete. Ihm klang das viel zu technisch in einer Welt, in der Technik immer mehr zum Maß aller Dinge wurde. Jetzt hatte er das Gefühl, als könne man es gar nicht treffender ausdrücken. Was die beiden miteinander machten, war Liebe, unendlich tiefe Liebe! Sie hatten das Gefühl, ganz und gar im Himmel zu sein.

Als sie Schritte auf der Treppe hörten, wussten sie, dass Dorothea und Hans auf dem Weg nach unten waren, kleideten sich wieder an und gingen auch hinunter. „Bevor Ihr Euch wieder auf den Weg macht, würden wir Euch gern noch etwas zeigen", sagte Henning. Er führte sie die Treppe hinunter ins Untergeschoss des Hauses zu einer Tür mit der Aufschrift „Oldies of the Sixties". Dahinter lag der Probenraum von Hennings Band. Den wollten sie den beiden nun zeigen. Als sie den Raum betraten blitzte ihnen professionelles Band Equipment entgegen. Da standen etliche Mikrofonständer, Ungetüme von Lautsprecherboxen, Monitore, Verstärker, E-Gitarren, Bongos, Congas und ein Schlagzeug, auf dessen vorderem Trommelfell dieselbe Grafik mit dem Bandnamen zu sehen war wie schon an der Tür. Henning nahm eine weiße E-Gitarre in die Hand und erklärte: „Das ist etwas ganz Besonderes: eine Signature-Burns", in London eigens für den charakteristischen Sound der sechziger Jahre gebaut. Das war die Musik, die er mochte.

Auf dem Weg zum Auto nahm Elise Henning etwas beiseite: „Ich möchte Dir noch sagen, dass ich nicht ganz gesund bin. Das solltest Du wissen. Vor ein paar Monaten wurde in München in einer Spezialklinik festgestellt, dass ich Parkinson habe. Und letztes Mal nach der Rückfahrt von Euch bin ich bei uns in der Garage aus heiterem Himmel einfach nach hinten gestürzt. Seit letztem Jahr passiert mir das manchmal." Recht zuversichtlich fügte sie hinzu: „Aber damit kann man alt werden!" Henning fühlte, wie wichtig ihr Vertrauen und Ehrlichkeit waren. Er wusste, dass die moderne Medizin inzwischen auch für Parkinson durchaus viel versprechende Therapieansätze hatte, und das beruhigte ihn einstweilen. Er drückte ihre Hand und flüsterte ihr ins Ohr: „Was immer geschehen mag, wir halten zusammen!" Und Elise war überzeugt, dass sie sich stets auf ihn verlassen konnte. Jeder gab dem anderen noch einen Abschiedskuss. Wieder winkten Dorothea und Henning dem Auto hinterher.

Am Abend beim Schreiben der Gute-Nacht-E-Mail erlebte Henning in Gedanken noch einmal die wundervollen Nachmittagsstunden voller Zärtlichkeit und Glück. Was sie miteinander gefühlt hatten, erinnerte ihn an das Lied „On The Wings Of A Nightingale", „Auf den Flügeln der Nachtigall". Seiner Erinnerung nach hatte Paul McCartney es Anfang der achtziger Jahre für die ‚Everly Brothers' geschrieben. Es war ein sehr lyrischer Text. Dazu tippte er seine Gedanken jetzt in den Computer:

„Meine liebste Elise,
wenn wir uns Haut auf Haut im Arm halten, sind wir beide im Himmel und fühlen uns, genau wie Du schreibst, „völlig frei ohne Scham und Hemmungen." Dieses Gefühl erinnert mich an ein Lied aus den Sechzigern „On the Wings of a Nightingale", „ „Auf den Flügeln einer Nachtigall". Du hast völlig Recht, wenn Du schreibst, so etwas Wunderbares wie unsere erotische Freundschaft, habe es bestimmt noch nie gegeben. Ich liebe Deine Schönheit, Dein blondes Haar und all Deine wundervollen Gefühle. Es fällt mir nicht leicht, noch bis Sonntag warten zu müssen. aber die Vorfreude auf unseren Flug durch den Himmel am Sonntagnachmittag gibt mir soviel Kraft und Lebensfreude, dass ich gern darauf warte.
Mit all meiner Liebe bin ich
Dein Henning"

Dorothea und Hans hatten dieses zweite Treffen in gleicher Weise glücklich und über alle Maßen erfüllend erlebt. Für die nächste Begegnung kam leider erst der übernächste Sonntag in Frage, weil Hans wie nahezu jeden Monat geschäftlich nach Kroatien flog. Es waren zwei Wochen, bis sie einander wieder sehen würden – für Liebende eine ziemlich lange Zeit! Die Vier schrieben einander Tag für Tag zärtliche

Nachrichten und teilten dem anderen immer von neuem ihre tiefen Gefühle mit. Ihr Leben hatte auf wunderbare Weise neuen Schwung bekommen, und den genossen sie in vollen Zügen. So verging die Zeit schneller als erwartet. Es war schon Donnerstag geworden, der Tag, an dem Hans zurück fliegen würde, und sie würden nun nur noch bis Sonntag warten müssen. Am Abend erreichte sie dann allerdings eine Nachricht von Hans, die sie jäh aus ihren erwartungsvollen Träumen riss:

„Hallo Ihr Lieben,
ich habe leider eine sehr schlechte Nachricht. Elise ist heute gegen 17:00 Uhr schwer gestürzt und liegt jetzt im Kreiskrankenhaus Leipheim. Sie hat eine Rippe gebrochen und Blut im Urin. Morgen wird sie weiter untersucht. Lieber Henning, Elise hat mir gesagt, dass sie Dir morgen eine SMS schreiben wird. Ich kenne die E-Mails von Dir und Elise, wie Du sicher auch die von Dorothea und mir kennen wirst. Sie liebt Dich sehr! Du bist so feinfühlig und lieb zu ihr, und das macht nicht nur Elise glücklich sondern mich auch. Unsere gemeinsame Beziehung ist so wunderbar. Schöner kann es nicht sein! Wir sind alle Vier glücklich und verliebt. Leider ist Elises Unfall natürlich eine schlechte Nachricht für unser Treffen.
Liebe Grüße
Hans"

Es war bei Henning und auch bei Dorothea weniger das Gefühl der Enttäuschung, dass das für Sonntag geplante Treffen nicht zustande kommen würde, sondern eine tiefe Sorge um Elise, die jetzt in der Klinik sein musste und ganz sicher Schmerzen hatte. Ein Rippenbruch war zwar nicht gefährlich, doch äußerst schmerzhaft. Am Freitagnachmittag machte sich Henning auf den Weg nach Leipheim ins Kreiskrankenhaus zu seiner Elise. Dorothea hatte ihm zuvor noch gesagt, was sie von Hans erfahren hatte, nämlich dass es Elise sehr gefiele, wenn er ihre Zehen in den Mund nehmen würde. Darum gab sie ihm als Mitbringsel für den Krankenbesuch eine erlesene Fußcreme mit und sagte: „Das tut Elise bestimmt gut, wenn Du ihr damit die Füße massierst!" Er fuhr zunächst noch an einem Blumenladen vorbei und kaufte eine wunderschöne rote Rose. In Leipheim musste er das Kreiskrankenhaus erst suchen, weil sein veraltetes Navi ihn zweimal von der falschen Seite in eine Einbahnstraße leiten wollte. Dann stand er endlich im ersten Stockwerk vor der Zimmernummer, die man ihm am Empfang genannt hatte. Er klopfte, trat ein und war tief berührt davon, wie glücklich Elise ihn in ihrem Einzelzimmer trotz ihrer Schmerzen anstrahlte: „Mein Schatz!" Es folgten eine zärtliche Umarmung und ein lang ausgedehnter Kuss. Die Rose kam in eine Vase auf das Nachtschränkchen, und Elise musste erst einmal ausführlich berichten, was geschehen war. Daheim führten ein paar Stufen vom Flur in die Küche. Zusammen mit ihrer dreijährigen Enkeltochter Verena ging sie dieses Treppchen hinunter und stürzte auf der vorletzten Stufe zur Seite und mit ihrem Rücken hart gegen das Geländer, an dem sie sich nicht mehr hatte halten können. Verena beugte sich über sie, um sie zu trösten. Glücklicherweise war dem Kind nichts passiert! Elise fühlte sogleich, dass ihr eine Rippe gebrochen sein musste und ein Klinikaufenthalt unumgänglich war. Und jetzt als ihr Liebster auf ihrer Bettkante saß, fing sie an, von Herzen darüber zu lachen. Immerhin konnten sie einander dadurch zwei Tage früher sehen, als es eigentlich geplant war. Henning holte die Creme aus seiner Tasche, deckte ihre Füße auf und begann sie zärtlich einzucremen und liebevoll zu massieren. Dann nahm er dem Hinweis von Hans entsprechend Zehe für Zehe in seinen Mund und knabberte daran. Ihm wurde jedoch augenblicklich bewusst, dass er die falsche Reihenfolge gewählt hatte. Das Einmassieren jener erlesenen Creme hätte erst am Schluss geschehen müssen. Die Zehen schmeckten jetzt nicht nach seiner Elise, sondern recht unangenehm nach Creme. Er musste sich überwinden, um weiterzumachen. Aber Elise stöhnte so leise und süß vor sich hin, dass er gar nicht anders konnte, wiewohl es ganz furchtbar schmeckte. Und dann musste er zum Waschbecken und sich den Mund gründlich ausspülen. Dadurch wurde auch Elise klar, was diese Aktion für ein Missgeschick geworden war. Beide lachten herzlich, und Elise spürte einmal mehr, dass Henning alles, aber auch wirklich alles, für sie tun würde, wenn es ihr nur gut täte. Nach dem Abschiedskuss trat Henning leichten Herzens und zuversichtlich den Heimweg an. Schon in zwei Tagen am Sonntagnachmittag würde er seine Elise wieder besuchen, so hatten sie es vereinbart.

Zu Hause teilte Dorothea ihm wichtige Neuigkeiten mit. Sie hatte mit ihrer Radiologin telefoniert, mit der sie während der langen Zeit ihrer engmaschigen Mammographie-Überwachung fast schon eine Freundschaft verband. Kurzerhand hatte sie Elises Situation geschildert und von dem schlimmen Sturz und dem Rippenbruch berichtet. Gab es eine Möglichkeit weitergehender medizinischer Hilfe? Sie erhielt den Hinweis, dass in diesem Fall ein Aufenthalt in einem allgemeinen Klinikum nicht wirklich angezeigt sei. Stattdessen solle man sich um die Verlegung in die neurologische Abteilung der Universitätsklinik in Günzburg bemühen. Das sei eine überaus kompetente Einrichtung. Sie selbst habe dort eine Zeit lang als Stationsärztin gearbeitet. Dorothea hatte auch Hans bereits darüber informiert, und der wollte sich nun umgehend darum kümmern, dass Elise nach Möglichkeit schon am kommenden Montag dort aufgenommen werden konnte.

Am Sonntag machte Henning sich nach dem Mittagessen wieder auf den Weg nach Leipheim. Als er die Tür von Elises Zimmer gerade öffnen wollte, hörte er drinnen die Stimmen mehrerer Frauen. Er zog seine Hand zurück. Ihm ging durch den Kopf, womöglich könnte Elises Mutter zusammen mit den Nichten für einen Besuch zu ihr gekommen sein. Da wäre es nicht gut, wenn Elise unvorbereitet erklären müsste, wer jener fremde Mann war, der da an ihr Bett kam, um sie zu besuchen. Auch wollte er natürlich viel lieber mit ihr allein sein. Deshalb beschloss er zu warten, bis der Besuch wieder aufbrechen würde. Wenige Meter zurück im Gang gab es, wie er gesehen hatte, die offene Klinikkapelle. Dort wollte er sich die Zeit vertreiben. Nach etwa zehn Minuten hatte er die Idee, Elise auf ihrem Handy anzurufen und ihr mitzuteilen, dass er da war und nun einfach warten würde. Er wählte ihre Nummer, meldete sich und war tief berührt davon, wie viel innige Freude über das bevorstehende Wiedersehen in Elises Stimme lag – ein Umstand allerdings, der auch Elises Mutter nicht entgangen war. Spontan sagte sie: „Oh, hast Du einen neuen Hausfreund, von dem ich noch gar nichts weiß!" Elise reagierte mit einem verlegenen Lachen, was ihre Mutter eher noch skeptischer machte, aber sie ließ es einstweilen dabei bewenden. Wie gut, dass die Nichten mitgekommen waren, sonst hätte sie sicher weiter gefragt.

Henning hatte eine gute halbe Stunde in der Kapelle verbracht, da hörte er, dass man sich in Elises Zimmer verabschiedete. Er schaute auf den Gang, wo eine ältere Dame und zwei völlig gleich aussehende junge Frauen in Richtung Treppe gingen. Elise hatte einmal davon gesprochen, dass ihre Nichten Saskia und Svenia eineiige Zwillinge waren. Nun konnte er endlich zu seiner Liebsten, die ihn sehnsüchtig erwartete und ihm sogleich berichtete, dass Mutter Babette den liebevollen Klang ihrer Stimme am Telefon womöglich zutreffend gedeutet hatte. Beide schmunzelten und hielten einander liebevoll in den Armen und genossen ihr Glück mit zärtlichen Berührungen. Henning knabberte an ihren Zehen – diesmal ohne Creme und nur nach Elise schmeckend! Die Besuchszeit verging wie im Flug. Auch die Stunden in einem Krankenhaus können gelegentlich glückliche Stunden sein!

Am Montag wurde Elise tatsächlich nach Günzburg verlegt, und gleich am Dienstagmorgen machte Henning sich ganz früh auf den Weg. Er musste zunächst elf Kilometer auf der Autobahn A7 fahren bis zur Abfahrt Giengen und dann noch einmal fünfunddreißig Kilometer auf zwei Bundesstraßen. Die Uniklinik Günzburg war ein moderner architektonisch großzügiger Gebäudekomplex mit einem Lichtdurchfluteten Treppenhaus. Elises Zimmer befand sich im zweiten Stockwerk. Sie war unendlich glücklich, als die Tür aufging und sie ihren Henning mit strahlenden Augen eintreten sah. Dorothea hatte ihm ein Blumengesteck mitgegeben, das sie als Mitbringsel arrangiert hatte. Das bekam seinen Platz auf dem quadratischen Tisch, der mit zwei Stühlen an der linken

Wand stand. Die beiden konnten es kaum fassen, wie überschwänglich lieb sie einander gewonnen hatten. Elise musste nicht ständig im Bett liegen und trug ihren schwarzen Trainingsanzug. Henning nahm sie bei der Hand und führte sie zu dem rechten Stuhl. Man hatte eine gute Sicht nach draußen und konnte auf den Parkplatz sehen, wo Henning sein Auto abgestellt hatte. Er setzte sich zu ihr, und sie verbrachten eine lange Zeit mit Händchen halten, zärtlichen Berührungen und hatten ganz viel miteinander zu reden. Elise erzählte ihm, dass sie am gestrigen Abend vor dem Einschlafen intensiv an ihn gedacht hatte und zwar so sehr, dass sie sich selbst zu streicheln begann und in ihren Gedanken so fest mit ihm verbunden war, dass sie einen „vulkanartigen Orgasmus" bekam, wie sie es ausdrückte. Beide fühlten sich, verliebt wie sie waren, um Jahrzehnte jünger. Erst als zum Essen gerufen wurde, verabschiedete sich Henning mit einem lang anhaltenden Kuss. Am nächsten Tag würde er zur selben Zeit wieder bei ihr sein.

Als er am Mittwochmorgen wieder auf der A7 unterwegs war, hatte er sich fest vorgenommen, jeden Tag, den seine Elise in der Klinik würde verbringen müssen, nach Günzburg zu fahren um sie zu besuchen. Gleich nach der Begrüßung ließ sie ihn wissen, dass im Laufe des Vormittags Chefvisite sei. Bis dahin war noch ein bisschen Zeit, die Henning nutzte, um Elises Tablet so zu konfigurieren, dass sie einander SMS schreiben konnten. Aber wie sehr er sich auch bemühte, es gelang ihm nicht. Um 11:00 Uhr klopfte es, und das Medizinerteam trat ein: Professor, Oberarzt, Stationsarzt und eine Schwester. Elise war höflich aufgestanden. Der Professor ging auf sie zu, um sie zu begrüßen. In der ihr eigenen Bescheidenheit trat sie einen kleinen Schritt zurück – und schon war es passiert! Sie stürzte nach rückwärts auf den Fußboden. Dabei schlug ihre rechte Gesichtshälfte an die abgerundete Kante ihres Bettes, wobei sie sich eine blutende Schürfwunde zuzog. Augenblicklich bückten sich alle nach ihr und richteten sie wieder auf und mussten mit ansehen, wie sich ein ziemliches Hämatom rund um das rechte Auge bildete und zusehends größer wurde. Dass sie diesen Unfall nicht verhindern konnten, war allen äußerst peinlich. Immerhin hatten sie jetzt miterlebt, weswegen Elise in ihre Klinik gekommen war.

Insgesamt waren es gut drei Wochen, die sie auf der Neurologie der Uniklinik verbringen musste. Genau in dieser Zeit fand der Umzug von der Firma von Hans statt. Er hatte in Senden eine neue größere Fertigungshalle gebaut, und die gesamte Firma musste von Gundelfingen dorthin verlegt werden. Ausgerechnet in diesen Tagen erfolgte der Umzug der gesamten EDV, wobei Hans absolut unabkömmlich war. Er hatte es Henning sehr ans Herz gelegt, sich in dieser Zeit besonders um Elise zu kümmern, weil er selbst sie eben nicht jeden Tag in der Klinik würde besuchen können. Henning ließ keinen Tag vergehen, ohne seine Liebste nicht wenigstens ein paar Stunden besucht zu haben. Für einen Sonntagsbesuch wollte Hans Elises Mutter und die beiden Nichten Saskia und Svenia mit in die Klinik nehmen. Dazu wurde vereinbart, dass Henning und Dorothea schon vorher bei Elise sein sollten, um sich dann bei Eintreffen der Familie zu verabschieden. Auf diese Weise wollte Hans ganz offiziell seiner Schwiegermutter Babette die neuen Freunde vorstellen. Das lief auch völlig unkompliziert ab. Als Elises Mutter hörte, dass Dorothea und Henning aus Heidenheim kamen, gab sie in der ihr typischen Art dazu gleich einen Reim zum Besten: „In Heidenheim, in Heidenheim, da sind die Männer nicht gern allein!" –

Die Zeit in der Uniklinik erbrachte allerdings keinen wirklichen Therapieansatz für Elise, sondern stattdessen einen niederschmetternden Befund. Es handle sich nicht wirklich um eine Parkinsonerkrankung, sondern um eine atypische Parkinsonvariante mit dem medizinischen Namen „Progressive supranukleäre Blickparese", kurz PSP genannt – eine Krankheit ohne Heilungschancen!

Trotz dieser Diagnose war jeder Tag, den Elise in Günzburg verbringen musste, für die beiden so etwas wie ein emotionaler Höhepunkt. Der Morgen begann stets mit einem Gefühl froher Erwartung. So glücklich war der Tagesbeginn für Henning schon lange nicht mehr gewesen. Alles war unbegreiflich hell und zuversichtlich. Auf der allmorgendlichen Strecke nach Günzburg hatte er eine Freude am Autofahren wie schon lange nicht mehr. Es verging kein Tag, an dem Elise ihn nicht mitnahm in das separate, zum Krankenzimmer gehörende Bad. Dort konnten die beiden sehr viel ungestörter sein, weil ihre intimen Umarmungen hier nicht sogleich im Blick waren, wenn die Zimmertür geöffnet wurde. Schlimm wäre das nicht gewesen, weil die Schwestern und auch die Ärzte lange Zeit Henning für Elises Ehemann hielten, was sich erst änderte, als Hans das persönliche Gespräch mit dem Professor gesucht hatte.

Henning führte ständig seine kleine Digitalkamera mit, um Fotos machen zu können, aber dazu fanden die beiden in ihrer Verliebtheit fast keine Zeit. Als Elise einmal neben dem Fenster stand, sagte Henning: „Bleib mal genauso! Das wird ein schönes Foto!" Er griff nach seiner Kamera. Als er auf dem Display den Bildausschnitt wählen wollte, sah er, dass Elise ihre Bluse hochgeschoben hatte und ihr wunderschöner schwarzer Spitzen-BH zu sehen war. Was hatte diese Frau für wundervolle Brüste! Die beiden waren in ihren Gedanken und Gesten völlig eins miteinander. Irgendwie war es, als hätten sie jene niederschmetternde Diagnose nie zur Kenntnis nehmen müssen. Einen Moment gab es allerdings, der Henning wie aus heiterem Himmel die Kehle zuschnürte. Elise hatte gerade von dem neuen Firmensitz hier in Günzburg geschwärmt und gesagt, dass sie dort ein schönes Büro haben würde und sich sehr darauf freue, ihre Arbeit wieder aufzunehmen. Henning traf das wie ein Blitz ins Herz, weil er wusste, dass sie mit dieser Erkrankung nie wieder würde arbeiten können. Er musste alle Kraft aufbringen, um nicht loszuheulen und hielt es schier nicht aus, dass es etwas gab, das seine Elise sich wünschte, ihr aber todsicher für immer verwehrt bleiben würde.

Der 20. März 2010 war der Tag, an dem Elise entlassen werden sollte, ein Samstag. Dem entgegen hatte Hans seine Familie informiert, dass die

Entlassung erst am Sonntag möglich sei. Auch habe er seinen neuen Freund Henning gebeten, Elise aus der Klinik abzuholen, weil er selbst das an dem Tag nicht schaffe. In Wirklichkeit hatten die Vier vereinbart, dass Henning am Samstag nach Günzburg fährt und mit Elise zurück nach Heidenheim kommt, wo alle Vier miteinander das Wochenende verbringen wollten. Die Liebenden empfanden es als ein unendliches Glück, wie sie einander nach dem langen Klinikaufenthalt von Elise wieder in den Armen halten konnten.

3. Eifersucht und alte Verletzungen

Für die Zeit vom 5. bis 13. Mai 2010 plante Dorothea einen Besuch bei ihrer alten Freundin Karin in Königswinter am Rhein. Es war ihr trotz der enormen Entfernung wichtig, diesen Kontakt zu halten. Darum legte sie wenigstens zweimal pro Jahr diese lange Strecke zurück. Wenn Dorothea eine Woche oder länger bei Karin verbringen wollte, blieb Henning gern allein zu Haus, um sich in Ruhe den Dingen zu widmen, die ihm Freude machten: dem Gitarrenspiel und seinen theologischen Studien. Für dieses Mal brauchte sich Dorothea nur für die Hinfahrt eine Bahnfahrkarte zu kaufen, denn Hans konnte einen Geschäftstermin in Köln so legen, dass er sie auf der Rückfahrt in Königswinter mit seinem Porsche Turbo abholen konnte. So würde sich Dorothea eine umständliche Bahnfahrt ersparen. Die beiden hatten überlegt, dass sie dann am Rhein noch einen kleinen Kurzurlaub mit zwei oder drei Übernachtungen gemeinsam verbringen könnten. Dorothea hatte das mit Henning besprochen, und er fand auch, es sei eine gute Idee und gönnte den beiden das geplante Zusammensein von Herzen. Es war für ihn so selbstverständlich, dass er auch mit Elise darüber sprach. Nicht wissen konnte er allerdings, dass mit dem Stichwort „Hotelübernachtung in Königswinter" in Elises Seele eine tiefe Verletzung berührt wurde. Im Augenblick ließ sie sich nichts anmerken, aber dieser Umstand führte zu einer prompten Absage des für den nächsten Freitag vereinbarten Zusammenseins. Es traf Dorothea und Henning völlig unerwartet, als sie am Freitagmorgen die entsprechende E-Mail Nachricht von Hans erhielten:

„Liebe Dorothea, lieber Henning,
ich habe mich heute über Elise sehr ärgern müssen, und mir ist die Lust an einem gemeinsamen Besuch bei Euch einfach vergangen. Bitte habt Verständnis, dass wir für heute absagen müssen! Wir melden uns wieder, wenn der Ärger verraucht ist.
Hans und Elise"

Auch Elise sagte ihrerseits das Treffen mit einer SMS ähnlichen Inhalts ab. Henning und Dorothea waren völlig irritiert. Instinktiv war ihnen klar, dass es bei den beiden um Eifersucht gehen musste. Das kam völlig unerwartet. Sie fragten sich, ob jetzt womöglich alles in Frage gestellt werden würde, was so wundervoll und unkompliziert begonnen hatte. Erst am späten Nachmittag und nach mehreren SMS hin und her zwischen den Vieren, konnte Henning wieder einen klaren Gedanken fassen und schrieb eine ausführliche E-Mail an Elise und sandte eine Kopie davon auch an Hans:

„Meine Elise,
ich habe natürlich auch den ganzen Tag an Dich gedacht und auch an Hans. Nach Deiner SMS mit der Absage Eures Kommens war mein erster Gedanke, dass es einen Streit zwischen Dir und Hans gegeben haben könnte. Ich habe in meiner SMS dann angedeutet, dass uns das über die Maßen sorgt, Dorothea genauso wie mich. Das ist auch der Grund, warum ich mich noch nicht gemeldet habe. Denn nahe liegend erschien uns, dass der Grund für Eure Auseinandersetzung in unserer innigen Viererbeziehung liegt. Bei Dorothea kam vor einer Woche auch ein kleiner Schub Eifersucht auf. Wir haben dann sehr offen und lieb darüber geredet, und danach war wieder alles so klar wie zuvor. Die Seele des Menschen ist sehr kompliziert, und natürlich muten wir unseren Seelen alle Vier eine Menge zu mit dem, was wir seit dem 14. Februar tun. Gleichwohl waren und sind wir sicher, dass uns das alle Vier gleichermaßen glücklicher gemacht hat und in der Tat etwas Heilsames für uns hatte. Dass auf einmal einer von uns Vieren entdeckt, dass er das so irgendwie doch nicht kann, ist eine Möglichkeit, die wir realistischerweise nicht ganz hätten ausschließen dürfen. Dorothea und ich, wir hatten uns natürlich wahnsinnig auf diesen Nachmittag gefreut und sehen von uns aus überhaupt nichts in Frage gestellt. Es kann ja auch sein, dass es bei Eurer Meinungsverschiedenheit um etwas ganz anderes ging, das mit uns gar nichts zu tun hat. Aber weil Ihr das Treffen mit uns abgesagt hattet, sprach für uns alles dafür, dass Euer Problem mit unserer Viererbeziehung

zusammen hängen müsse. Das hat mich dahingehend verunsichert, dass ich mich nicht wie sonst mit einer lieben und intimen E-Mail gemeldet habe. Dorothea, die durch das Ganze natürlich auch verunsichert ist, hat Hans nur sehr kurz geschrieben, dass sie Verständnis dafür hat, wenn er eine Atempause braucht. Wir finden es aber gut, offen auch über die Konflikte zu sprechen, die sich möglicherweise aus unserer Liebe zu viert ergeben. Wir denken, das Ganze ist auch dann positiv, wenn Euer Streit anders als vermutet gar nichts mit uns zu tun gehabt haben sollte. Ich werde nie vergessen, wie sehr Du mich lieb hast. Und solche Liebe empfinde ich auch für Dich.
Dein lieber Henning"

Elise spürte beim Lesen eine große Erleichterung und antwortete prompt:

„Mein Henning,
ja, Du hast Recht, bei unserer Auseinandersetzung ging es wirklich um Eifersucht meinerseits. Aber Hans kann damit nicht umgehen, er blockt ab und reagiert dann eben so, wie heute Morgen. Ich kann mit Hans darüber nicht reden, er kann und will mich da einfach nicht verstehen. Hans ist sehr stur und nachtragend, deshalb weiß ich manchmal keinen Weg, wie ich an ihn herankommen kann, und dadurch werde ich manchmal auch ungerecht ihm gegenüber. Ich bin auch sicher, dass unsere Beziehung uns alle Vier gleichermaßen glücklicher gemacht hat und sehe auch etwas Heilsames darin. Ja, mein Henning, es ist mir auch sehr wichtig, dass wir über Konflikte sprechen, die sich aus der Liebe zu viert ergeben.
Ganz liebe Grüße auch an Dorothea
Elise"

Henning und Dorothea konnten nun damit rechnen, dass es doch irgendwie möglich war, diese wundervolle neue Beziehung fortzusetzen. Voraussetzung dafür würde aber sein, dass es gelänge, das Problem der

Eifersucht sorgfältig und feinfühlig aufzuarbeiten. Henning setzte sich gleich wieder an seinen Computer und schrieb an Elise:

„Liebe Elise,

dass es um Eifersucht geht, war in der Tat meine Vermutung. Ich hatte aber eher gedacht, dass Hans auf mich eifersüchtig sein könnte. Auf jeden Fall ist es wichtig, dass das Gefühl der Eifersucht sehr ernst genommen und nicht einfach übergangen wird (von mir und Dorothea nicht und auch von Hans nicht). Wie sehr man einander damit gegenseitig verletzen kann, wissen Dorothea und ich von den Erfahrungen vor fünfundzwanzig Jahren, von denen wir Euch erzählt hatten, als Dorothea einen Freund hatte und ich eine Freundin. Wahrscheinlich ist unsere Liebe zu viert für Dorothea und mich heute deshalb so unkompliziert, weil wir dieses Problem damals so schmerzlich und mit allen dazugehörigen Verletzungen wirklich ausgetragen haben. Wir müssen da alle miteinander sehr sorgfältig und einfühlsam sein, denn das Heilsame an unseren neuen Erfahrungen kann sich auch sehr schnell ins Gegenteil wenden, indem Dorothea oder ich unerwartet zum Anlass für einen Konflikt zwischen Dir und Hans werden, bei dem dann tiefe Verletzungen entstehen können. Alles Liebe und Geile, das Dorothea und Hans einander schreiben und das wir beide einander ebenso schreiben, schürt dann auf einmal solchen Konflikt, statt dass es dem anderen gut tut, zumal wir alle Vier Zugang ja auch zu den E-Mails des anderen haben. Du merkst, wie sehr mich (und auch Dorothea) das jetzt sorgt und auch irgendwie unsicher macht. Jedenfalls möchten wir Euer Problem nicht einfach übergehen, sondern ernst nehmen und ganz viel Verständnis dafür haben. Deine lieben Grüße an Dorothea habe ich ihr ausgerichtet. Sie kann sich gut in Dich hineinfühlen und möchte, dass Du Dich jetzt lieb von ihr gedrückt fühlst. Ich bin mit meinen Gedanken nun umso mehr bei Dir und hoffe, dass sich eine Lösung findet, mit der Ihr beiden glücklich sein und bleiben könnt. Anders hätte unsere Liebe zu viert wohl auch kaum eine Chance auf Zukunft. Mit einem ganz lieben Gruß und ganz viel Verständnis bin ich Dein Henning"

Elises Antwort kam am nächsten Morgen per SMS:

„Lieber Henning,
es war ein verkorkster Sonntag, und auch der Montag hat nicht sehr gut
begonnen. Hans ist gerade nicht sehr zugänglich für mich. Ich danke Dir
für Dein Verständnis. Deine E-Mail habe ich gerade gelesen. Ich finde, sie
ist sehr verständnisvoll und auch hilfreich für mich. Ich danke Dir recht
herzlich und verbleibe
mit einem lieben Gruß
Deine Elise"

Henning spürte deutlich, dass das Problem noch lange nicht
aufgearbeitet war. Ihm war ja nicht einmal hinreichend bekannt, um was
es überhaupt ging. Ein persönliches Gespräch wäre jetzt hilfreich. Aber so,
wie die Dinge lagen, musste alles über die E-Mail-Korrespondenz laufen.
So schrieb er von neuem:

„Liebe Elise,
ich kann gut nachvollziehen, wie es Hans mit dem allen geht. Ich denke,
er erlebt die Situation genauso wie ich sie damals mit Dorothea erlebt
habe und ich mich von ihr enorm ungerecht behandelt gefühlt habe, dass
es mich tief verletzt hat mit Wunden in meiner Seele, die noch jahrelang
danach geschmerzt haben. Es war ein Gefühl der Ohnmacht, weil ich zu
Dorothea gar keinen Zugang mehr hatte. Wir haben weiterhin zusammen
gehalten, aber dieses Problem hat uns als eine Last auf unserer Seele
gelegen und musste zumeist trotzdem tabu bleiben. Eigentlich hat erst das
Glück mit Euch uns ermöglicht, wirklich nachhaltig das alles hinter uns
zu lassen. Dass Ihr jetzt in derselben Situation seid wie wir damals,
bedrückt Dorothea und mich über alle Maßen. Mir war, als ich unser
Inserat aufgegeben habe, von daher sehr bewusst, wie viel Menschen ihrer
Seele zumuten, wenn sie das versuchen, was wir miteinander versucht
haben. So habe ich bereits in meiner dritten E-Mail an Hans im Februar
dieser Sorge Ausdruck gegeben, indem ich ihm schrieb: ,Wir möchten

Euch darum aus ganzem Herzen versprechen, dass wir äußerst sensibel und behutsam mit allen Euren Gefühlen umgehen werden, denn zu leicht können Gefühle verletzt werden.' Und wir hatten ja auch zu erklären versucht, was wir mit der Formulierung ‚mit Herz und Persönlichkeit' gemeint hatten, nämlich ein Paar mit einem Maß an Reife und Liebe in ihrer Ehe, die eine eifersuchtsfreie Viererbeziehung ermöglicht, ohne die so etwas keine Chance auf Zukunft hat. Dorothea und ich erleben jetzt mit großer Bestürzung, dass bei Euch aus den überschwänglichen Glücksgefühlen eine Situation entstanden ist, die Euch beide sehr unglücklich sein lässt und unter der Ihr beide gleichermaßen leidet. Wir sind sehr unsicher, wie es nun weitergehen könnte. Natürlich würden wir uns sehr wünschen, dass es weitergeht, wissen aber nur zu gut, dass sich kein Mensch vornehmen kann, ganz bestimmte Gefühle nicht mehr zu haben. Und das macht uns im Augenblick einfach ratlos. Alles, was ich Dir je gesagt und geschrieben habe, bleibt wahr, genauso wie ich es gemeint habe, aber nur unter der Voraussetzung, dass Hans und Du damit genauso glücklich bleiben könnt wie Dorothea und ich. Wir wünschen Dir und Hans einen ganz positiven Umgang mit dem Problem und dass es Euch miteinander gelingt, Eure Gedanken und Eure Seelen wieder ins Lot zu bringen. Das könnt nur Ihr beide miteinander. Gerade in dieser schwierigen Situation möchte ich Dir von Herzen mit all meinen positiven Gedanken verbunden sein!

In Liebe
Dein Henning"

Elises Antwort kam postwendend. Henning konnte aus ihr entnehmen, dass in der Tat der eigentliche Konfliktpunkt noch gar nicht benannt war. Er las:

„Lieber Henning,
ich danke Dir für Deine gut formulierte E-Mail. Du schreibst so treffend und einfühlsam, dass ich beinahe weinen muss. So enorm ungerecht behandelt habe ich Hans nicht, es war eigentlich nur eine Sache, die er

vorher mit mir hätte besprechen können, bevor er es weiter gibt. Er war nämlich der Meinung, ich wäre schon damit einverstanden gewesen, aber ich wollte damals dies noch ausdiskutieren, weshalb und warum ich anderer Meinung war. Aber das ist typisch für meinen Hans, er diskutiert ungern mit mir. Ich habe eigentlich kein Problem mit meiner Eifersucht, wenn wir Vier beieinander sind und uns lieben. Nur manchmal kommt sie durch, wenn Hans mich nicht so nett behandelt, wie ich es mir vorstelle, denn Du weißt ja, Henning, ich bin eine Frau mit Herz, und manchmal hätte ich auch gerne etwas zurück. Ich kann Hans gut verstehen, wenn er sagt, dass er im Betrieb ständig unter Strom steht und auch viel Ärger hat und dass er, wenn er nach Hause kommt, nicht mehr viel erzählen oder mit mir diskutieren will. Aber es lässt sich nicht immer vermeiden. Eine eifersuchtsfreie Viererbeziehung ist für mich möglich, wenn Hans ein klein wenig auf mich eingeht. Von meiner Seite aus kann es so weitergehen wie bisher. Wie sich nun aber Hans entscheidet, das müsste natürlich er selbst beantworten.
Ich danke Dir, mein Henning, für Deine Verbundenheit.
Deine Elise"

Henning konnte nur vermuten, um was es gegangen war. Die Puzzleteile, die er hatte, ergaben für ihn folgendes Bild. Elise wusste offenbar gar nichts davon, dass Hans und Dorothea noch einen Kurzurlaub mit ein oder zwei Übernachtungen in Königswinter dranhängen wollten. Als sie das eher zufällig beim letzten Treffen erfahren hatte, fühlte sie sich dann offenbar übergangen und vor vollendete Tatsachen gestellt.

Erst viel später vertraute sie Henning in einem persönlichen Gespräch an, was der wahre Grund dafür war, dass sie das so tief getroffen hatte; nämlich dass Hans vor etlichen Jahren für kurze Zeit eine heimliche Freundin hatte, mit der es damals schon einmal eine Übernachtung im Hotel Steigenberger in Königswinter gab. Klar, dass sich Elise jetzt schmerzlich daran erinnerte! Das lag lange zurück und war längst geklärt zwischen den beiden. Nun aber waren die alten Verletzungen in Elises Seele wieder lebendig geworden.

Da Henning diesen Hintergrund noch nicht kannte, schrieb er an Elise:

„Liebe Elise,
danke, dass Du noch einmal so ausführlich Deine Sicht des Problems geschildert hast. Um was es bei Eurem Streit konkret ging, ist für mich allerdings immer noch im Dunkeln geblieben, aber das ist nicht wirklich wichtig. Dorotheas Eifersucht kam damals vor einundzwanzig Jahren übrigens auch nur dann zum Vorschein, wenn sie sich von mir irgendwie schlecht behandelt wähnte. Und genau das ist das Problem, dass unsere Viererbeziehung im Konfliktfall instrumentalisiert wird gegen den Ehepartner. Das Ergebnis davon sind tiefe Verletzungen der Seele, die einander zugefügt werden. Das Wissen, das der Partner   Sex mit jemand anderem hat, bedeutet ja auch, Macht über ihn zu haben, die man jederzeit gegen ihn ausspielen kann, wenn sonst nichts mehr zu helfen scheint. Dorothea und ich haben in einem sehr langen Prozess gelernt, von dieser Macht eben keinen Gebrauch zu machen, weil das niemand hilft und das Miteinander nur noch mehr beschwert. Und das ist es, was Dorothea und ich ganz sicher nicht wollen: in Euren Beziehungskonflikten instrumentalisiert zu werden. Auf diesem Hintergrund sind wir nun einfach verunsichert, weil wir bitter erfahren mussten, wie die Mechanismen in solchem Konflikt ablaufen. Das muss Euch unter allen Umständen erspart werden, weil Ihr ohnehin eine Menge Lebenslasten zu tragen habt. Ich kann deshalb nicht so sicher sagen wie Du, dass es von meiner Seite aus so weitergehen kann wie bisher, wiewohl ich mir das im Tiefsten natürlich wünsche, aber der Preis für unser Glück darf niemals sein, dass Ihr, Du und Hans, dabei nicht mehr glücklich sein könnt und solch verkorkste Wochenenden womöglich die Regel werden. Aus unserer Lebenserfahrung weiß ich, wovon ich gerade rede. – Dorothea hat Hans heute eine E-Mail geschrieben, in der sie ihm den Text meiner vorigen E-

Mail an Dich zur Kenntnis gibt und ihm bestätigt, dass sie alles genauso sieht wie ich, und dass auch alles wahr ist, was sie ihm je gesagt und geschrieben hat, aber eben auch nur unter der Voraussetzung, dass er dabei zusammen mit Dir glücklich sein kann. Wahrscheinlich brauchen wir jetzt alle einfach Zeit, um uns mit der neuen Situation auseinander zu setzen und heraus zu finden, was wir uns und einander zumuten wollen und was nicht.

Meine Gedanken bleiben mit einem offenen Herzen in tiefer Verbundenheit bei Dir!

Dein Henning

p.s.: Ich schicke diese E-Mail auch an Hans zu seiner Kenntnis in der Hoffnung, dass das Eurer Aufarbeitung des Problems ein wenig nützt."

Elise fühlte sich von diesen Zeilen eher verunsichert als getröstet. Sie schrieb zurück:

Lieber Henning,

was soll ich Dir auf Deine E-Mail antworten? Du hast sicher Recht bei allem, was Du schreibst, aber was soll ich jetzt tun? Jetzt ist es an Hans, an Euch beide eine E-Mail zu schreiben, um unsere Situation zu klären. Ich weiß, dass mich Hans sehr liebt, und ich liebe ihn auch und denke, wir sind immer noch glücklich miteinander. Manchmal fühle ich mich unverstanden, ich glaube, es fehlt mir an Selbstbewusstsein, und ich denke, dass das auch mit meiner Krankheit zusammenhängt. Wenn ihr nun beide der Meinung sein solltet, dass wir nicht mehr miteinander können, wäre das für mich sehr schlimm, denn alles, was ich gesagt habe, ist und bleibt wahr und meine Gefühle für Dich, Henning, sind weiterhin sehr stark und ungebrochen. – Heute Nachmittag geht meine Mutter für zwei Tage nach Hause zurück. Heute Abend werde ich versuchen, mit Hans zu reden, um die Situation, in der wir Vier uns befinden, anzusprechen. Ich hoffe sehr, dass es mir gelingt.

Mit einem schweren Herzen, aber in meinen Gedanken immer bei Dir, Deine Elise"

Henning gingen diese Zeilen tief ins Herz, und er konnte gar nicht anders, als ihr sogleich zu antworten und ihr zu versichern, wie sehr er mit ihr fühlte und dass sie gerade in dieser Situation auf ihn zählen konnte.

„Liebe Elise,
es ist alles gut, was Du schreibst, und ich kann Dich in jeder Hinsicht gut verstehen. Dass Du weißt, dass Hans Dich sehr liebt und Du ihn und dass Du sagen kannst, dass Ihr immer noch glücklich miteinander seid. Das ist die Grundvoraussetzung dafür, dass eine Viererbeziehung auf Dauer gelingen kann. Dass Du Dich manchmal von Hans unverstanden fühlst, ist in einer so langen Beziehung sehr normal. Ich fühle mich gelegentlich auch sehr missverstanden von Dorothea. Die eigentlichen Konflikte entstehen erst, wenn wir immer wieder auf dieselbe Weise versuchen, das Verständnis des anderen doch irgendwie herbei zu zwingen, obwohl sich das schon hundertmal als Sackgasse herausgestellt hat. Dorothea und ich haben lange lernen müssen, einfach zu akzeptieren, dass es Situationen gibt, in denen wir nicht auf einen Nenner kommen, und auch, dass wir überhaupt nicht in jeder Hinsicht auf einem Nenner sein müssen. Das hat uns inzwischen sehr gelassen gemacht im Umgang mit unseren ganz persönlichen Macken und Eigenheiten. Aber das ist ein jahrelanger aufwendiger und auch konfliktreicher Prozess für uns gewesen, in dem es auf beiden Seiten eine Menge Tränen gab. Man hat das auch nie ein für allemal hinter sich, was sich daran zeigt, dass es auf einmal aus heiterem Himmel sehr ärgerlich wird. Jetzt waren wir an dem Punkt angekommen, dass wir nach langem gemeinsamem Überlegen den Mut fanden zu dem Versuch einer Liebe zu viert. Dorothea und ich sehen das zu diesem Zeitpunkt durchaus nicht als gescheitert an. Als ich geschrieben habe, dass ich nicht so sicher sagen könne wie Du, dass es von meiner Seite aus so weitergehen kann wie bisher, wollte ich die Betonung auf das „wie bisher" legen und habe damit gemeint, dass es nur weitergehen kann, wenn das Problem der Eifersucht geklärt werden kann, denn es war bisher offenbar ungeklärt, ohne dass uns Vieren das bewusst gewesen wäre. Des Weiteren wollte ich aufzeigen, wie verhängnisvoll es ist, wenn Du Deine Eifersucht

gerade dann zum Ausdruck bringst, wenn Du Dich unverstanden oder irgendwie in die Ecke gedrängt fühlst. Das hatte ich mit der Instrumentalisierung gemeint. Ansonsten denke ich, dass Euer Konflikt nur sehr vordergründig mit unserer Viererbeziehung zusammenhängt, sondern mit Eurer langen gemeinsamen Geschichte und manchen gegenseitigen Verletzungen, die es in jeder Ehe und in jeder dauerhaften Beziehung gibt. – Also ich bin nicht der Meinung, dass wir nicht mehr miteinander können, aber ich bin sicher, dass unsere Viererbeziehung nur für alle glücklich weitergehen kann, wenn Du Deine Eifersucht dauerhaft aus alltäglichen Ehekonflikten heraushalten kannst, was vom Kopf her nicht schwierig sein kann, weil Hans und Dorothea nicht mehr und auch nichts anderes verbindet als Dich und mich. Recht hast Du sicher, wenn Du schreibst, dass es Dir an Selbstbewusstsein fehlt und dass das auch mit Deiner Krankheit zusammenhängen könnte. Diese Gedanken hatte ich auch schon. Es wäre sicher gut, wenn Du in allem ein bisschen selbstbewusster sein könntest. Ich möchte Dir dazu von Herzen Mut machen, denn eine so wundervolle Frau wie Du hat allen Grund, selbstbewusst zu sein. Du fragst, was Du tun sollst. Zweierlei fällt mir dazu ein. Zum einen: Sei bitte identisch mit Dir selbst, mit Deinen Stärken und mit Deinen Schwächen! Und zum andern: Verkneif Dir bitte für allezeit, dass Du Deine Eifersucht als Mittel der Auseinandersetzung in einem Konflikt mit Hans ins Feld führst! – Jetzt habe ich wieder viel zu viel geschrieben, aber hinter jedem Satz steht mein sehnlicher Wunsch, dass unsere Liebe weitergehen kann. Vielleicht erkennen wir ja im Nachhinein einmal, dass das für uns alle eine wichtige und hilfreiche Lektion war, aus der wir lernen konnten, was unser gemeinsames Glück tatsächlich gefährdet und was nicht.
Mit einer lieben Umarmung bin ich
Dein Henning"

Umgehend kam Elises Antwort, die zeigte, wie sehr die Zeilen von Henning sie erleichtert hatten:
„Lieber Henning,

ich war sehr froh, als ich Deine Mail im Posteingang sah. Du schreibst so hoffnungsvolle Gedanken, darüber freue ich mich sehr, aber Du hast auch kritische Gedanken. Es kann schon sein, dass ich das Verständnis von Hans immer wieder auf dieselbe Weise herbeiführen möchte, obwohl es des Öfteren in einer Sackgasse endete. Ja, ich muss lernen, zu akzeptieren, dass wir in manchen Situationen nicht auf einen Nenner kommen. Ich bin sehr froh, wenn ihr beiden unsere Liebe zu viert zu diesem Zeitpunkt nicht als gescheitert anseht, dann besteht also noch Hoffnung. Heute Abend werde ich mit Hans ein Gespräch führen. Ich bin ganz sicher, dass ich das schaffe.
Mit hoffnungsvollen Gedanken
Deine Elise"

Am Abend redeten Hans und Elise in Elchingen sehr offen und ehrlich miteinander. Als Elise dabei wieder einen kleinen Anflug von Eifersucht zeigte, fragte Hans: „Willst Du Henning verlieren? Ja oder Nein?" Die Frage traf Elise mitten ins Herz und schaffte augenblicklich eine große Klarheit in Elises Seele: „Nein, ich will Henning auf keinen Fall verlieren!" Sie sagte es laut und bestimmt, wie sie bedingt durch ihre Krankheit sonst kaum noch sprach. Noch etwas zurückhaltend nahm Hans seine Elise in den Arm. Es begann in den beiden wieder hell zu werden, und die dunklen Wolken der letzten Tage verzogen sich allmählich.

Am nächsten Morgen fand Dorothea schon ganz früh eine SMS von Hans auf ihrem Handy, in der er ihr mitteilte, dass es gestern Abend eine gute Aussprache zwischen ihm und Elise gewesen sei und dass sich bei den beiden die Wogen wieder geglättet hätten. Ausdrücklich hatte er hinzugefügt, dass von seiner Seite aus alles seine Gültigkeit behalte, was er ihr je gesagt und zum Ausdruck gebracht habe. Dorothea empfand seine Zeilen als eine einzige große Entlastung. Sie hatte sehr unter der Angst gelitten, dass auf einmal alles hätte vorbei sein können, was doch auch für sie so über alle Maßen wundervoll war. Das hatte sie genauso wie Elise traurig gemacht. Nun aber wünschte sie sich nur noch, dass es gelänge, möglichst bald zu der von allen so befreiend empfundenen Unkompliziertheit ihrer Viererbeziehung zurück zu finden.

Henning teilte seiner Elise per SMS mit, was Hans an Dorothea geschrieben hatte und auch wie erleichtert Dorothea daraufhin war. Er fügte hinzu:

„…Mich haben die Zeilen von Hans natürlich auch entlastet. Unsere Viererbeziehung ist, wie wir immer gesagt haben, ein großes Geschenk, aber wir wissen jetzt auch, wie leicht wir es verspielen können. Ich hatte große Angst, Dich zu verlieren.
In Liebe Dein Henning"

Elise antworte:

„Mein lieber Henning,
ich wünsche Dir einen guten Morgen. Es war nicht leicht für mich, Hans wieder zu versöhnen. Aber wir haben es geschafft, und er verabschiedet sich am Morgen wieder von mir. Er hat mich gestern Abend auch in die Arme genommen. Das alles ist mir sehr wichtig. Ich bin nun sehr froh, dass alles wieder gut ist und Hans wieder mit mir redet. Ja, Du hast Recht, wenn Du sagst, wie leicht unsere Viererbeziehung zu verspielen ist. Ich bin auch sehr froh, dass Hans gleich an Dorothea geschrieben hat. Ich bin sicher, wir Vier werden wieder zu unserer unkomplizierten Beziehung zurück finden. Das wünsche ich mir so sehr.
In Liebe
Deine Elise"

Nach dem Mittagessen legte sich Henning wie gewöhnlich zu einem kleinen Schläfchen hin, konnte aber nicht wirklich Ruhe finden, weil ihm immer noch ganz viel durch den Kopf ging. Nach einer halben Stunde stand er wieder auf und schrieb an Elise:

„Liebe Elise,
hier noch ein paar Gedanken, die mir gerade bei meiner Mittagsruhe
kamen. Ich konnte nicht wirklich Ruhe finden, weil ich das Gefühl hatte,
dass wir beide uns irgendwie noch einmal neu finden müssen so wie bei
unserer allerersten Umarmung. Ich habe Deine Eifersucht auf Hans und
Dorothea, glaube ich, so empfunden, als wenn Du damit all das durch-
streichen würdest, was Du mir von Deiner Liebe zu mir gesagt hast und
von Deiner tiefen Sehnsucht nach unserer Zweisamkeit. Ich wünsche mir
von ganzem Herzen, dass wir uns noch einmal neu finden in einer
Umarmung wie beim ersten Mal. Kannst Du das verstehen?
In Liebe
Dein Henning"

Nicht einmal eine Stunde verging, und er hatte Elises Antwort auf
dem Bildschirm seines PC:

„Mein Liebster, mein Henning,
meine Liebe und Sehnsucht nach Dir ist sehr groß und ich hoffe, dass wir
alles fortsetzen können. Es tut mir wirklich sehr Leid, dass ich Euch
beiden mit unserem Eifersuchtsstreit in den vergangenen Tagen so viel
Kummer bereitet habe. Vor allem Dir, mein Schatz, habe ich wohl
mächtig zugesetzt. Ich hoffe aber und bin zuversichtlich, dass dies nicht
wieder geschieht. Ich danke Dir für dein Verständnis mir gegenüber. Mein
liebster Henning, ich finde nicht, dass wir uns in unserer Beziehung neu
finden müssen, denn wenn wir uns zu Beginn eines Treffens in die Arme
nehmen, finden wir uns dabei immer wieder neu. Ich verstehe ganz
bestimmt nichts falsch. Und ich danke Dir so sehr für den tiefen Einblick
in Deine Seele, den Du mir gewährt hast.
In Liebe
Deine zärtliche Elise"

Noch nie hatten die Vier in so kurzer Zeit so viele umfangreiche
persönliche E-Mails und SMS geschrieben. Und noch nie hatten sie so

sehr an ihren eigenen Gefühlen gelitten. Deshalb ließen sie auch nur ein paar Tage vergehen, bis sie sich wieder bei Dorothea und Henning verabredeten. Es wurden wieder Stunden voll glühender Liebe „in getrennten Räumen". Sie erlebten miteinander unendliches Glück, als hätte das alles niemals in Frage gestanden. Aber bei ihnen hatte sich das Wissen eingestellt: Wir müssen auf einander und auf dieses Geschenk unserer Liebe zu viert noch viel sorgsamer Acht haben!

4. Porsche Turbo und jede Menge Kondition

Der 5. Mai war ein Mittwoch. Henning brachte seine Dorothea mit dem Auto zum Ulmer Bahnhof. Der ICE nach Köln fuhr pünktlich um 11:48 Uhr ab. Nur kurz winkte er ihr hinterher; denn zu schnell war das Fenster, hinter dem sie zu sehen war, verschwunden. Zu Haus setzte er sich sogleich an den Computer. Elise sollte an jedem Tag mindestens eine E-Mail von ihm erhalten, und er wusste, dass sie jede sogleich lesen und beantworten würde.

In seinem ganzen Leben hatte er zu keiner Zeit solch glühende Liebesbriefe erhalten oder geschrieben. Allein dieses Lesen und Schreiben versetzte beide in den Himmel und ließ sie „auf den Flügeln der Nachtigall" schweben. Seit den Tagen als er ein junger Mann war, träumte er davon, dass Liebe – gerade auch die körperliche Liebe – exakt so sein müsse, wie er es jetzt mit Elise in der Realität erlebte. Er hatte immer zu wissen gemeint, dass es auch in Wirklichkeit so sein könnte und hatte doch zu akzeptieren, dass es das für ihn nur in seiner Fantasie gab. In dieser Woche, in der Dorothea bei ihrer Freundin war, schaute er sich wieder und wieder Elises sehnsüchtige Zeilen an. Sie waren genauso voller Verlangen und hemmungslos wie seine eigenen. Immer von neuem musste er realisieren, dass seine geheimsten Träume nun wahr geworden waren. Wunderbar fand er auch, was Elise ihm an diesem Tag geschrieben hatte:

„Mein Liebster,
was meinst Du dazu, wenn ich beim nächsten Mal einen BH von mir für Dich mitbringe? Dann hast Du ein süßes Andenken von mir unter Deinem Kopfkissen. Ich dachte da an den kleinen schwarzen Spitzen-BH, der mir etwas zu klein im Körbchen ist. Falls Du aber gerne einen anderen hättest, kannst Du mir das ja heute Abend schreiben. Ich freue mich auch schon sehr auf unser Wiedersehen am 13. Mai, wenn wir Haut auf Haut miteinander kuscheln, uns küssen und uns liebevolle Worte zuflüstern.

Wir haben dann zum ersten Mal eine gemeinsame Nacht für uns allein, das wird sicherlich ein himmlisches Gefühl für mich sein, mit Dir allein zu sein. Tagsüber wirst Du mir das eine oder andere Mal unter den Rock fassen und in meine Bluse greifen.
Es küsst dich herzlich
Deine unersättliche und immer zärtliche Elise"

Es war noch früh am Donnerstagmorgen, des 13. Mai, so gegen 6:00 Uhr, als Henning einen silbernen Porsche Turbo auf den Hof fahren sah. Ein wundervolles Auto! Er kannte solche rasanten Sportwagen nur aus der Ferne. Nun sah er ganz aus der Nähe, wie seine Elise so tief in den niedrigen Sportsitzen saß, dass er ihr beim Aussteigen unbedingt behilflich sein musste. Hans kam noch kurz mit ins Haus, wollte sich aber nicht einmal hinsetzen, sondern verabschiedete sich bereits wieder, nachdem er Elises Gepäck abgestellt hatte. Er hatte es eilig, auf die Autobahn zu kommen, denn er wollte so früh wie möglich bei seinem Geschäftstermin in Köln sein, weil er von dort ja noch nach Königswinter musste, um Dorothea abzuholen. Seine Sehnsucht stand der von Henning in keiner Weise nach. Zwischen ihm und Dorothea hatte es in den letzten Tagen eine ähnlich leidenschaftliche E-Mail Korrespondenz gegeben wie zwischen Henning und Elise.

Die Autobahnen waren zwar nicht so frei, dass er den Porsche hätte ausfahren können, aber er kam doch einigermaßen zügig voran. Gegen 12:00 Uhr kam er in Köln an. Das passte hervorragend, da er sich mit dem Geschäftspartner zum Essen verabredet hatte. Gegen 15:00 Uhr war das Geschäft in trockenen Tüchern und alles Notwendige vereinbart. Hans konnte sich nun auf den Weg nach Königswinter machen. Eine Dreiviertelstunde später klingelte er bei der Adresse, die auf dem Zettel stand, den Dorothea ihm mitgegeben hatte. Karin und Dorothea kamen gemeinsam an die Tür und baten ihn, wenigstens noch auf eine Tasse Kaffee hereinzukommen. Hans wusste nicht, inwieweit Karin schon ins Vertrauen gezogen worden war und drängte darauf aufzubrechen.

Das „Steigenberger" war auch hier in Königswinter ein Luxushotel allererster Güte. „Geht es vielleicht etwas bescheidener?", entfuhr es Dorothea spontan, als Hans vor dem Portal stoppte. Aber er meinte nur: „Für uns ist das genau richtig!" Nach der Anmeldung wurden die Koffer auf ein wunderschönes Doppelzimmer gebracht, das Hans schon vorbestellt hatte. Endlich fanden die beiden wieder viel Zeit, miteinander ihre Nähe zu genießen und ihrer Sehnsucht freien Lauf zu lassen. Es waren Glücksgefühle, die sie in einer solchen Überschwänglichkeit bisher nicht kannten. Nach dem Duschen fuhren sie in den Saunapark Siebengebirge, den jeder von ihnen bereits aus früheren Jahren kannte. Hier gab es ausnahmslos alles, was man sich als Erholungsuchender Badegast nur wünschen konnte. Eine Wellness-Landschaft schloss sich an die andere an. Die beiden suchten zuerst den Saunabereich auf und genossen es, den mitgebrachten Lebensalltag einfach heraus zu schwitzen. Im Anschluss an die Saunagänge begaben sie sich in eines der großzügigen Schwimmbecken und schwammen völlig nackt miteinander. Dabei umarmten und küssten sie sich und waren einfach über alle Maßen glücklich. Der Abend war schnell gekommen und beim Abendessen im Speisebereich des „Steigenberger" planten sie den vor ihnen liegenden nächsten Tag. „Leider liegt nur eine Übernachtung drin!", sagte Hans, „Elise möchte, dass wir morgen zurück fahren zu ihr und Henning. Schade, aber wir unternehmen auch morgen noch ein bisschen was. Wir machen Station in Rüdesheim. Da ist es wirklich wunderschön. Es wird Dir gefallen." Sie hielten einander lange die Hand und gingen dann bald aufs Zimmer. Es wurde eine Nacht voller unkomplizierter Zärtlichkeit und Hingabe. Noch nie hatte Dorothea Sex als so befreiend und wohltuend und heilsam für die Seele erlebt. Am nächsten Morgen als die beiden mit dem reichhaltigen Frühstücksbuffet beschäftigt waren, klingelte das Handy von Hans. Es war eine SMS von Elise gekommen, und er traute seinen Augen kaum, als er las:

„Lieber Hans, liebe Dorothea, ich hoffe, Euch beiden geht es genauso gut wie meinem Henning und mir. Wir haben einen so traumhaften Sex miteinander und fühlen uns ganz und gar im Himmel. Gleichwohl haben

wir noch jede Menge Kondition, so dass ich Euch vorschlagen möchte,
dass Ihr noch eine Übernachtung dranhängt. Das ist sicher gut für Euch
und auch für uns! Was meint Ihr dazu?
In Liebe
Elise"

Keine Spur mehr von jener riesengroßen Eifersucht, an der beinahe alles gescheitert wäre! „Unglaublich! Ganz und gar unglaublich!", murmelte Hans, nachdem er Dorothea die Nachricht vorgelesen hatte. „So etwas hätte sie früher unter keinen Umständen geschrieben! Ich kenne meine Elise nicht mehr! Sie ist vollkommen verändert. Und sie ist offenbar wahnsinnig glücklich." Hans schrieb sofort zurück, dass er damit gern einverstanden sei und wünschte ihr und ihrem Henning alles Gute. Dann sagte er zu Dorothea: „Wir können jetzt eine richtige Vergnügungsfahrt nach Rüdesheim machen! Das wird Dir gefallen, mein Schatz!" Von diesem Moment an mundeten ihnen Kaffee, Brötchen, Rührei und all die leckeren Sachen, die sie sich vom Buffet mitgebracht hatten, noch einmal so gut. Nach dem Frühstück stiegen sie in den Porsche und machten sich auf den Weg in Richtung Süden. Es war ein Tag mit strahlendem Sonnenschein. Sie genossen die Strecke am Rhein aufwärts, und Dorothea konnte sich gar nicht satt sehen an dieser wunderschönen Landschaft. Das war wirklich ein besonderer Tag. Erzählend und Händchenhaltend kamen sie am Nachmittag in Rüdesheim an. Hans googelte auf seinem Handy nach einer adäquaten Übernachtungsmöglichkeit, fuhr dann zu dieser Adresse und sagte: „Geh hier doch bitte mal rein und frag nach einem schönen Doppelzimmer für eine Nacht!" Kurz darauf kam Dorothea zurück „Es hat geklappt, ein Doppelzimmer für uns ist noch frei. Allerdings haben die keinen Platz mehr in der Tiefgarage." „Dann geht es nicht!", bestimmte Hans: „Ich lasse meinen Porsche ganz bestimmt nicht auf der Straße stehen". Die beiden suchten weiter und fanden nach einiger Zeit in der Rüdesheimer Altstadt ein kleines aber sehr hübsches Hotel, wo auch nach der Meinung von Hans alles passte, der seine gehobenen Ansprüche nur selten herunterschraubte.

Sie bezogen das Zimmer und machten sich zu Fuß auf den Weg über das holprige Kopfsteinpflaster in die winklige Altstadt. Ihr Ziel war die malerische Drosselgasse, die Hans von früher gut kannte, mit ihren Fachwerkhäusern, wo sich Weinlokal an Weinlokal reiht. Lieder, in denen der Rhein besungen wird, drangen an ihr Ohr. Überall saß man draußen bei einem guten Gläschen. Es war eine romantische Atmosphäre und die beiden Hand in Hand! Unter einer mit Weinlaub geschmückten Pergola fanden sie einen Platz, bestellten etwas zu essen und ein Glas Wein und ließen den sprichwörtlichen rheinischen Frohsinn auf sich wirken. Da hier auch ausgiebig getanzt wurde, ließen es sich die beiden nicht nehmen, zum ersten Mal miteinander das Tanzbein zu schwingen. Das war so ganz nach Dorotheas Geschmack. Sie tanzte leidenschaftlich gern und war in dieser Hinsicht in all den Jahren stets zu kurz gekommen, weil Henning keinen Gefallen am Tanzen hatte. Zwar gab es in früheren Jahren den einen oder anderen Tanzversuch, aber Henning konnte dem einfach nichts abgewinnen. So war es schon recht spät, als die beiden sich wieder auf den Weg durch die Gassen von Rüdesheim machten. In einem kleinen Lokal, in dem sie noch einmal einkehrten, trafen sie auf eine Gruppe tanzender Norweger, von denen sich die beiden sogleich anstecken ließen und mittanzten. Während Dorothea nun ausgelassen mit Hans über das Parkett wirbelte, nahm eine kleine quirlige Norwegerin aus heiterem Himmel einen Anlauf und sprang Hans ohne Vorwarnung an. Der konnte sich gerade noch auf den Beinen halten, akzeptierte den Scherz aber durchaus wohlwollend. Irgendwie passte das zu der ausgelassenen Stimmung dieses Abends, und sie kamen aus dem Lachen nicht mehr heraus. Es ging bereits auf zwei Uhr zu, als sich die beiden auf den Rückweg begaben. An einem völlig überfüllten Tanz-Lokal, aus dem ihnen laute Ausgelassenheit entgegen schlug, blieb Hans stehen. Dorothea war eigentlich schon recht müde, aber er zog sie einfach hinter sich her: „Hier müssen wir auch noch rein für einen Absacker!" Damit meinte er jene Spezialität, die man dort „Rüdesheimer Kaffee" nennt nach einem Rezept, das Hans Karl Adam 1957 für die Firma Asbach erfunden hatte. Es ist ein heißer schwarzer Kaffee mit drei Stückchen Würfelzucker, einem Schuss Weinbrand und einer Haube aus Schlagsahne mit Vanillepulver und Schokostreuseln oben drauf. So, wie Dorothea noch Wochen später von diesem Abend und diesem Getränk schwärmen konnte, muss es ihr trotz ihrer Müdigkeit über die Maßen gut gefallen haben. Es ging bereits auf drei Uhr zu, als sie in das Hotel zurückkehrten und dort nur noch in ihre Betten fielen. Am folgenden Morgen waren die Ereignisse vom Vorabend für die beiden noch beim Frühstück ein ergiebiges Thema, das sie immer wieder schmunzeln und sogar laut auflachen ließen. Hans brachte es dann auf den Punkt mit den Worten: „So alt sind wir nun doch noch nicht!" Gegen zehn Uhr traten sie die Rückfahrt an. Der Weg führte sie zunächst auf der linksrheinischen Autobahn weiter nach Süden. Das brachte Hans auf die Idee, einen Abstecher nach Hermeskeil zur Flug-Ausstellung zu machen. Er hatte gehört, dass dort in der legendären Concorde ein Café eingerichtet sei. In solchem Ambiente hatten die beiden noch nie Kaffee getrunken. Danach ging es weiter auf der A62 an Kaiserslautern und Speyer vorbei nach Osten Richtung Heidenheim. –

Elise und Henning hatten gleichermaßen zwei wundervolle Tage und Nächte miteinander und genossen es, mit ihrem Glück für sich allein zu sein, nebeneinander einzuschlafen und nebeneinander aufzuwachen und wünschten sich, das möge für immer und allezeit so sein. Sie waren einander in einem Maße seelenverwandt, dass sie es selbst nicht fassen konnten. Am Anfang der Woche hatten sie einander in einer ihrer zahlreichen E-Mails geschrieben, dass die Zeit, die sie in Kürze allein miteinander haben würden, unter dem Motto stehen könnte „Zweieinhalb Tage unterwegs auf den Flügeln der Nachtigall". Genauso hatten sie diese Tage erlebt, und aus den SMS-Nachrichten von Dorothea und Hans wussten sie, dass diese gleichermaßen glücklich miteinander waren. So sahen sie mit Freude dem Tag entgegen, für den sie ihre Rückkehr erwarteten.

Gegen 15:00 Uhr sahen sie den Porsche vorfahren. Die Wiedersehensfreude war riesengroß. Bei einer Tasse Kaffee im gemütlichen kleinen Wohnzimmer hatten alle eine Menge zu berichten. Henning war auch gespannt darauf zu erfahren, was Dorothea über das Reisen mit dem Porsche berichten würde. Denn wenn Henning mit ihr auf der Autobahn unterwegs war und sie sehen konnte, dass die Tachonadel die Hundertvierzig zu überschreiten begann, mahnte sie ihn energisch, doch bitte langsamer zu fahren. Nun traute er seinen Ohren nicht, als Dorotheas Porsche-Begeisterung aus ihr herausprudelte und sie ihn voller Stolz wissen ließ: „Wir sind manchmal über Zweihundertachtzig gefahren!" Es hatte also auch in dieser Hinsicht eine enorme Veränderung bei seiner Dorothea gegeben.

Der Abschied fiel dieses Mal deutlich schwerer als sonst. Die Bindung aneinander war sowohl bei Dorothea und Hans als auch bei Elise und Henning durch das liebevolle Miteinander der vergangenen Tage noch sehr viel fester geworden. Für das nächste Treffen wurde Sonntag, der 23. Mai, vereinbart – dieses Mal schon um 12:00 Uhr und zum Mittagessen.

Seit Henning im Ruhestand war, hatte er mit Freude das Kochen übernommen. Eine seiner Spezialitäten war Lammbraten, für den er eine eigene Zubereitungsart entwickelt hatte. Dieses Gericht wollte er gern auch servieren, wenn Elise und Hans das nächste Mal kämen. Dazu sollte es Bayerische Kartoffelknödel und Rotkraut geben. Als er am Samstagabend in die Kühltruhe sah, um das Lammfleisch für den nächsten Tag heraus zu legen, musste er feststellen, dass von den hochwertigen Beinscheiben, die sich besonders lecker zubereiten lassen, nichts mehr da war. Wohl oder übel musste er sich mit den Siedfleischstücken zufrieden geben, was ihn ziemlich ärgerte. Das würde nicht wirklich jener Lammbraten werden, der stets von seinen Gästen gelobt wurde, aber er sah keine andere Möglichkeit. Am Sonntagvormittag ging ihm die Zubereitung wie immer gut von der Hand. Und gegen Mittag roch es in der Küche nach leckerem Sonntagsessen. Elise und Hans nahmen nach der obligatorischen lang anhaltenden Begrüßungsumarmung im Essbereich der Küche Platz. „Ich habe uns einen Lammbraten gemacht", erklärte Henning. Dabei entging ihm nicht, dass Hans fast unmerklich sein Gesicht verzog. Er stutzte einen Moment und fragte einfach nach: „Ist Lamm nicht so ganz nach Deinem Geschmack?" „Das ist eine lange Geschichte", begann er und erzählte von den alljährlichen Überlebenstreffen aus der Zeit, in der sein Hobby das Bergsteigen war. Sie fand immer zum Ende der Saison in irgendeiner abgelegenen Höhle im Bayerischen Wald statt. Man feierte, dass im laufenden Jahr alle Bergkameraden überlebt hatten. Raue Sitten hätten bei diesen Festen geherrscht mit einem hohen Alkoholkonsum und einem frisch geschlachteten Hammel, der an Ort und Stelle zerlegt und in einem riesigen Kessel auf offenem Feuer stundenlang gekocht wurde mit viel Paprika, Knoblauch und Chili. Wilde Gesellen waren da beieinander. Es gab Ringkämpfe und waghalsige Klettervorführungen. „Man musste aufpassen, dass einem nicht die Kleider am Leib angezündet wurden", erklärte Hans. Was die Bergkameradschaft betrifft, hatte Hans diese Überlebensfeste immer als Highlight empfunden, bei dem er unbedingt dabei sein musste. Hinsichtlich des gekochten Hammels hingegen hatte er stets Widerwillen verspürt. „Ach, Dein leckerer Lammbraten wird ihm schon schmecken!" Mit diesen Worten beendete Elise die Bergsteigererzählungen ihres Ehemanns, und alle griffen zu – auch Hans. Aber ein richtiger Genuss war es für ihn nicht. Die Bilder jener Hammelstücke in dem Riesenkessel auf dem offenen Feuer in einer verrauchten Höhle saßen einfach zu tief in seiner Seele.

Nach der Mahlzeit begaben sich die Paare gewohntermaßen in die „getrennten Räume". Hans hielt Dorothea liebevoll in seinen Armen und schaute ihr in die Augen: „Jetzt ist es passiert!", sagte er nachdenklich. „Was?", fragte Dorothea. „Dass ich nicht mehr ohne Dich sein kann! Seit Rüdesheim habe ich eine tiefe Sehnsucht nach Dir. Ich liebe Dich!" „Ich liebe Dich auch!" Für die nächsten drei Stunden verschmolzen die beiden miteinander und genossen ihr Liebesglück. Elise und Henning hatten sich ihre Liebe schon beim zweiten Treffen gestanden. Auch an diesem Nachmittag waren sie vollkommen eins miteinander in ihrer Zärtlichkeit und hemmungslosen Hingabe.

Als man anschließend unten in dem kleinen Wohnzimmer wieder gemütlich beisammen saß, machte Hans einen Vorschlag: „Wir würden Euch gern mal für ein Wochenende in Oberstaufen einladen! Die Tage in Rüdesheim und für Elise und Henning in Heidenheim waren so schön, so etwas müssen wir einfach öfter machen." Hans und Elise kannten Oberstaufen recht gut und hatten dort früher etliche Bergwanderungen unternommen. Dorothea und Henning fanden, dass das eine prima Idee sei, und so wurde das verlängerte Wochenende 3. bis 6. Juni als Termin vereinbart. Hans würde sich um die Reservierung kümmern. Bis dahin waren es noch fast zwei Wochen. Das dazwischen liegende Wochenende war bereits anderweitig verplant, und auch an den Wochentagen war der Terminkalender von Hans so voll, dass sie sich vorher nicht mehr würden sehen können. Nur für den Abend des folgenden Tages gäbe es noch eine Lücke. Die wollte man auf jeden Fall nutzen. Darum hieß es beim Abschied: „Morgen sehen wir uns ja schon wieder!"

Dorothea hatte für diesen Abend einen Imbiss vorbereitet, und man setzte sich guter Dinge gleich an den Tisch im Essbereich der Küche. „Zum Essen kommen wir immer zu Euch", meinte Hans mit einem durchaus selbstkritischen Unterton und fügte hinzu: „Das müssen wir unbedingt ändern!" Als Termin schlug er vor: „Samstag, den 12. Juni, um 17:30 Uhr! Ihr kommt nach Elchingen, und wir grillen bei uns im Garten. Da kommen auch die Freunde von unserem Stammtisch; die könnt Ihr bei der Gelegenheit gleich kennen lernen." Henning hatte schon von Elise von dieser regelmäßigen Stammtischrunde gehört. Er blickte in seinen Kalender: „Das wäre das nächste Wochenende nach unserem Trip nach Oberstaufen. Das geht!" Damit war es vereinbart. Alle spürten die beginnende Veränderung: man plante auch private Unternehmungen eigentlich nur noch gemeinsam! Henning hob die Tafel mit den Worten auf, die bei den Vieren längst zu einer stehenden Redewendung geworden waren: „Also Elise und ich begeben uns jetzt auf eine höhere Ebene!" Und die beiden machten sich auf den Weg nach oben, wohin ihnen Hans und Dorothea bald folgten. –

Am Mittwoch hatte Henning wie jede Woche Bandprobe mit seinen „Oldies of the Sixties". Im ersten Teil wurden immer Countrysongs mit Henning als Hauptsänger geprobt. Dann folgte eine Pause, und im zweiten Teil wendete man sich dem Instrumental-Rock der sechziger Jahre zu, wie ihn damals unter anderem die schwedischen Spotnicks spielten. Da nahm Henning anstelle der akustischen Gitarre die E-Gitarre in die Hand und spielte die Solomelodien. In der Pause teilte er den Freunden mit, dass die Bandprobe in der kommenden Woche ausfallen müsse, weil er und Dorothea mit einem befreundeten Ehepaar ein verlängertes Wochenende in Oberstaufen geplant hätten und man bereits am Donnerstag anreisen wolle. Ernst-Günter, der Schlagzeuger, meinte grinsend: „Okay! Willst Du bumsen oder saufen, fahre hin nach Oberstaufen!" Henning verkniff sich, was ihm dazu durch den Kopf ging, und dann wurde wieder Musik gemacht.

Am darauf folgenden Donnerstag hielt der weinrote Porsche Cayenne pünktlich um 10:30 Uhr vor dem Hof. Nachdem Hans Dorothea sehr herzlich mit einer Umarmung begrüßt hatte, half er beim Einladen der Koffer, während Elise auf der Rückbank sitzen geblieben war. Die Begrüßung ihres Henning schob sie auf, bis er neben ihr saß und das Auto sich in Bewegung gesetzt hatte. Elise trug ein wunderschönes graues Kleid mit schwarzen Tupfen und einen schicken gelben Blazer. Die Wiedersehensfreude verlangte nach einem zärtlichen ausdauernden Kuss, bei dem Henning seine Hand unter ihrem Kleid auf ihren Oberschenkel legte. Dorothea und Hans hielten auf den Vordersitzen ebenso verliebt ihre Hände. Es war auch in dieser Hinsicht von Vorteil, dass der Cayenne ein Automatikgetriebe hatte, so dass die rechte Hand des Fahrers nicht zum Schalten benötig wurde. So ging es auf der A7 nach Süden Richtung Allgäu. Das Wetter war nicht besonders. Der Himmel war bedeckt, und als sie am Autobahnkreuz Memmingen auf die A96 abbogen, begann es zu tröpfeln. Hans hatte diese Route gewählt, weil er alle zum „Fidelisbäck" in Wangen zu einem Vesper einladen wollte. Dabei handelte es sich um eine Bäckerei mit angeschlossener Gaststätte, deren Geschichte sich bis ins Jahr

1505 zurückverfolgen lässt. Da ein Bäcker stets einen heißen Backofen hatte, wurde der Leberkäs der Metzgereien früher meist beim Bäcker gebacken. Und das ist bis heute in Wangen in der Paradiesstraße so geblieben. Dazu gibt es süßen oder normalen Senf, Röstzwiebeln und Laugenhörnchen.

Elise und Hans waren schon mehrfach dort gewesen. In der Altstadt von Wangen hielt er jetzt das Auto an, so dass Elise und Henning aussteigen konnten. Er selbst fuhr mit Dorothea noch ein Stück weiter, um einen Parkplatz zu suchen. Elise hakte sich bei Henning fest an dem Arm ein, mit dem er den Schirm hielt. Sie kannte den Weg, so dass Henning sein ganzes Augenmerk darauf richten konnte, ihr einen sicheren Halt auf dem nassen Kopfsteinpflaster zu geben, was durchaus nicht so leicht war. Glücklicherweise zeigte Elise schon nach gut zweihundert Metern auf ein Haus mit einer wunderschönen Fassadenmalerei und sagte: „Da vorn ist es!" Allein das Gebäude war eine Sehenswürdigkeit. Die beiden gingen hinein und mussten feststellen, dass in der Gaststube ein enormes Gedränge herrschte. Der „Fidelisbäck" ist eine Touristenattraktion ersten Grades. Wer nach Wangen kommt, muss dort gewesen sein. Henning entdeckte an einem Tisch noch zwei freie Stühle und suchte mit Elise, die sich immer noch fest bei ihm eingehakt hatte, diese beiden Plätze auf. Als beide saßen, wurde er erst so richtig gewahr, dass ihn sein Arm wirklich schmerzte. Aber das Glück, mit seiner Elise unterwegs zu sein, ließ ihn das als eine Kleinigkeit erscheinen. Sie bestellten zwei Portionen Leberkäs mit Röstzwiebeln. Als die Portionen an ihren Tisch gebracht wurden, brachen die beiden Gäste auf, die ihnen gegenüber gesessen hatten. Genau in dem Moment betraten Dorothea und Hans die Gaststube und wurden sogleich auf die beiden freigewordenen Plätze gewunken. So konnte man dieses erste Highlight ihres Allgäuwochenendes gemeinsam genießen.

Die Fahrt von Wangen nach Oberstaufen dauerte gut eine halbe Stunde. Dort parkte Hans das Auto in der Tiefgarage vom Hotel „Königshof", wo Hans zwei Doppelzimmer hatte reservieren lassen. Sie luden ihre Koffer auf einen bereit stehenden Wagen und schoben ihr Gepäck durch die Gänge, bis sie die reservierten Räume erreicht hatten. Henning stützte Elise. Er wusste inzwischen sehr genau, wie notwendig sie diese Hilfe hatte. Die beiden Doppelzimmer lagen nicht dicht beieinander. Darum wurde vereinbart, dass man sich so gegen 19:00 Uhr zum Abendessen im Restaurant im Erdgeschoss wieder treffen wolle. Das Zimmer, das sie jetzt betraten, genügte auch gehobenen Ansprüchen vollkommen. Die beiden waren überglücklich und freuten sich auf das, was die vor ihnen liegenden Tage bringen würden. Nach einer liebevollen Umarmung öffneten sie die Koffer, hängten die Kleider in die Schränke und brachten das Waschzeug ins separate Duschbad, in das man vom Schlafraum durch eine große Glasscheibe hineinsehen konnte. Henning war gerade dabei, eines von Elises Kleidern auf einen Bügel zu hängen, als diese einige Kleinigkeiten aus ihrem Koffer in den Nachttisch räumen wollte. Dabei machte sie, natürlich ohne sich dessen bewusst zu sein, wieder jenen verhängnisvollen Schritt nach hinten und stürzte rückwärts der Länge nach auf den Boden. Henning erschrak bis ins Mark, als er sah, dass ihr Kopf den Heizkörper nur um ein paar Zentimeter verfehlt hatte. „Ist nichts passiert!", versuchte sie ihn zu beruhigen, der sich augenblicklich besorgt über sie beugte. Fast tröstete sie ihn mehr als umgekehrt. Er nahm sich ein für allemal vor: „Ich muss noch viel besser auf meine Elise Acht haben!" Von diesem Zeitpunkt an war für ihn bei allem, was die beiden unternahmen, immer auch ein Stückchen Angst mit dabei, dass er es vielleicht einmal nicht würde verhindern können, dass es zu einem gefährlichen Sturz kam. Er half ihr hoch, zog sie an sich und sagte: „Meine Elise, ich liebe Dich und werde Dich immer lieben! Ich werde immer zu Dir halten und für Dich da sein, was auch geschehen mag!" „Ich liebe Dich auch", antwortete sie und fügte hinzu: „Sehr sogar!" Wann immer sie sich sagten, dass sie einander lieb hatten, hängte Elise nun stets dieses „Sehr sogar!" dran. Es kam aus ihrem tiefsten Herzen. Henning hielt sich nun ständig in Hilfestellung, bis beide ganz entkleidet miteinander im Bett lagen und für drei lange Stunden ihren gemeinsamen Flug auf den „Flügeln der Nachtigall" genießen konnten. In ihrem ganzen Leben hatten beide noch nie solche Glücksgefühle, wie sie die seit dem 14. Februar miteinander erlebten, wann immer sie zusammen waren.

Als es auf 19:00 Uhr zuging, betraten sie frisch geduscht und in Abendgarderobe die Räumlichkeiten des Restaurants im Erdgeschoss, wo sie auf Dorothea und Hans trafen. Sie wählten einen für vier Personen gedeckten Tisch in einer gemütlichen Ecke aus und machten es sich bequem. An jedem Platz standen auf der schneeweißen Tischdecke je ein Rotwein- und ein Weißweinglas und je drei verschiedene Messer und drei Sorten Gabeln dazu, sowie ein Dessertlöffel. Allein der Anblick auf die Dekoration machte Lust auf das bevorstehende Gala-Dinner. Der Ober brachte als erstes die Weinkarte, die Hans sogleich an Elise weiter reichte, die stets für die Wahl des passenden Weins zuständig war und sich bestens auskannte, was Rebsorten und Herkunft betrafen. Sie entschied sich für einen roten Château de Beaucastel von 2001 aus Frankreich. Das Gala-Dinner zog sich fast über den ganzen Abend hin und ließ kulinarisch keine Wünsche offen. Die Vier hatten viel Spaß miteinander. Es wurde eine Menge erzählt und auch von Herzen gelacht. Henning griff dabei immer wieder einmal das eine oder andere Stichwort auf, das ihn an eine Anekdote oder irgendeinen Spaß erinnerte, den er zu erzählen wusste. Als es schon nach 22:00 Uhr war, kam von ihm der obligatorische Satz: „Also wir begeben uns jetzt auf eine höhere Ebene!" Auf dem Weg ins Zimmer musste Elise fast fortwährend lachen, was es Henning erschwerte, sie sicher zu führen und einen Sturz zu vermeiden. Dorothea und Hans waren an diesem Abend noch in die Königshof-Bar im Untergeschoss gegangen, um einen Absacker zu sich zu nehmen. Damit ging für alle ein richtig schöner Tag zu Ende.

Beim Frühstück am nächsten Morgen sagte Hans: „Ich habe heute Nachmittag einen Termin in Waltenhofen bei Schwangau. Da würde ich Euch gern mitnehmen." Es leuchtete Henning ein, dass ein Unternehmer private und geschäftliche Termine gelegentlich miteinander verbinden muss. Alle stimmten gern zu. „Heute Morgen machen wir ein bisschen

Shopping", fuhr Hans dann fort, „Elise hätte gern ein Landhauskleid oder ein Dirndl." Gesagt, getan! Obwohl es immer noch von oben tröpfelte, gingen die Vier guter Dinge in die Schlossstrasse. Das Auto hatten sie in der Nähe geparkt. Von früheren Aufenthalten kannten Hans und Elise dort einen renommierten Laden für Trachtenmode. Henning war seiner Liebsten in der Umkleidekabine behilflich. In der Enge hinter dem Vorhang war es gar nicht so einfach, ihr immer den notwendigen Halt zu geben und dabei gleichzeitig beim An- und Auskleiden zu helfen, zumal sie etliche Kleider anprobierte. Sie legte stets großen Wert auf ihr Äußeres, hatte einen sicheren Geschmack und entschied sich zum Kauf immer nur, wenn alles hundertprozentig passte und ihren Wünschen auf der ganzen Linie entsprach. Bei einem wunderschönen zweiteiligen Dirndl mit weißer Bluse, einem beigen geschnürten Oberteil und einem schwarzen Rock, an der Seite mit einem Kettchen gerafft, war offenbar alles zu ihrer Zufriedenheit. Nachdem Hans für sie noch ein passendes Edelweißhalskettchen ausgesucht hatte, sagte er: „Dorothea, jetzt suchen wir noch ein Dirndl für Dich aus!" „Aber die sind doch so teuer", entgegnete sie. Da flüsterte er ihr ins Ohr: „Dorothea, Geld spielt keine Rolle!" Damit war die Sache entschieden. Ihre Wahl fiel auf ein Stück, das farblich und von der Machart dem recht ähnlich war, für das sich Elise entschieden hatte. Dorothea wollte aber das Geschäft nicht verlassen, ohne für ihren Henning wenigstens ein Trachtenhemd zu kaufen und zwar eines, das so ähnlich war, wie das, welches Hans gern trug. Auf diese Weise würde auch das Outfit der Vier optimal zueinander passen. Sie suchten nun noch ein Restaurant auf, wo sie zu Mittag aßen, und dann wurde es auch schon Zeit, sich auf den Weg nach Waltenhofen zu machen.

Unterwegs ließ Hans heraus, dass es sich keineswegs um einen Geschäftstermin handle, wie Henning vermutet hatte, sondern er wolle sich ein Ferienhaus anschauen, auf das er im Internet gestoßen war und das er eventuell zu kaufen gedachte. Dazu war ihm wichtig, an Ort und Stelle auch die Meinung der anderen zu hören. Direkt bei dem Objekt in Waltenhofen, einem Ortsteil von Schwangau, hatte er sich mit der

Ehefrau des Maklers, einer Frau Blonkfitz, verabredet, die ihren an diesem Tag verhinderten Mann vertreten musste. Außerdem würde ein Herr Maler dabei sein, der das Haus die letzten Jahrzehnte als eine Art Hausmeister betreut hatte. Das Anwesen lag traumhaft direkt am Waldrand und machte auch in dem gegenwärtigen etwas ungepflegten, weil unbewohnten Zustand noch eine Menge her. Hans parkte auf der gegenüberliegenden Straßenseite. Man musste durch ein eisernes Tor und danach ein paar Treppenstufen hinauf auf den Weg, der an der Terrasse vorbei zum Haus führte. Es tröpfelte immer noch. Links und rechts ragten die Büsche dermaßen in den Weg hinein, dass Henning und Elise, die ja sicherheitshalber nebeneinander gehen mussten, ständig von den nassen Blättern und Zweigen gestreift wurden. Da ging die Terrassentür auf, und ihnen wurde zugerufen, dass die Haustür um die Ecke herum zu erreichen sei. Der kürzere Weg über die nasse Wiese zur Terrassentür wäre an diesem Tag zu schmutzig.

Sie betraten den kleinen Vorflur, von dem aus links eine Treppe ins Untergeschoss führte und kamen durch eine weitere massive Holztür in den eigentlichen Flur. Der Schnitt des Hauses war absolut großzügig. Es sah alles sehr einladend und in jeder Hinsicht gediegen aus. Besonders das riesige Wohnzimmer mit dem offenen Kamin und einer hochwertigen eingebauten Bücherwand fanden ungeteilte Bewunderung. Die Küche konnte fast als neuwertig bezeichnet werden und hatte alles, was eine moderne Küche haben sollte. Ihr gegenüber war ein wunderschönes Esszimmer im Allgäuer Stil. Das geräumige Schlafzimmer hatte einen kleinen Nebenraum, der einmal ein begehbarer Kleiderschrank werden könnte. Das Badezimmer mit zwei riesigen Waschbecken, Dusche und WC war en suite. Die Besichtigung des Untergeschosses erfolgte ohne Elise, um ihr die Treppe zu ersparen, die in einem Rechtsbogen nach unten führte. Auch dort zeigte sich die Bausubstanz in einem ausgezeichneten Zustand, wenngleich die Räume hier ziemlich chaotisch und auch ein wenig unsauber waren. Hans schien zu der Überzeugung gekommen zu sein, dass sich daraus durchaus etwas machen ließe. Oben fragte er Dorothea, Elise und Henning: „Was meint denn Ihr nun dazu?" Sie äußerten sich zustimmend aber auch zurückhaltend. Henning ging durch den Kopf, dass es ihn ja eigentlich gar nichts angehe, wenn Hans sich ein Ferienhaus kaufen wollte. Er wusste damals noch nicht, wie weit Hans vorzuplanen pflegte. Die Besichtigung war nun zu Ende, und alle Anwesenden machten sich wieder auf den Weg nach draußen. Vorweg gingen Henning und Elise, die sich bei ihm wieder fest eingehakt hatte. Dahinter war Frau Blonkfitz, dann folgten Hans und Dorothea und Herr Maler ging am Schluss, weil er als Hausmeister verantwortlich war, dass das Gebäude wieder ordnungsgemäß verschlossen wurde. Frau Blonkfitz hatte ihre Interessenten gut genug beobachtet, so dass ihr klar war, dass diese beiden Paare zusammen gehören. Hans und Dorothea waren ständig beieinander gewesen, darum hielt sie Dorothea für die Ehefrau von Hans. Von dem Telefonat zur Verabredung dieses Termins kannte sie ja seinen Nachnamen Zerger. Nun war ihr wichtig, auch den Nachnamen des anderen Paares zu erfahren. Sie fragte Elise nach ihrem Namen. „Zerger", erhielt sie zur Antwort. Man konnte nun förmlich sehen, wie es in ihrem Gehirn arbeitete. Sie schien zu überlegen, wie es sein kann, dass beide Paare denselben Nachnamen haben. Dann kam die Erleuchtung. Das Aha-Erlebnis war ihr förmlich ins Gesicht geschrieben, und sie wandte sich an Henning und sagte: „Dann sind Sie also Brüder!" „Ja, wir sind schon auch Brüder." Ihm kam diese Antwort leicht über die Lippen, weil er es in einem theologischen Sinn meinte, was die Frau des Maklers natürlich nicht wissen konnte. Über diese Szene mussten sie den ganzen Rückweg nach Oberstaufen noch von Herzen lachen. Auch später gab Henning diese Anekdote immer wieder einmal zum Besten, was die Eingeweihten stets belustigte.

Zum Gala-Dinner trugen Dorothea und Elise dieses Mal ihre neuen Dirndl, und mit den Trachtenhemden hätte man Henning und Hans in der Tat für Brüder halten können. Alle Vier verstanden sich prächtig. In ihr Leben war seit ihrer ersten Begegnung unerwartet eine Menge Schwung gekommen. An diesem Abend gingen sie anschließend gemeinsam in die Königshof-Bar. Hans bestellte für sich selbst einen Sambuca, der brennend und mit drei Kaffeebohnen darin serviert wurde und für Elise einen Aperol Cocktail. Dorothea hatte sich ebenfalls für einen Cocktail entschieden, der den viel versprechenden Namen „Sex on the Beach" hatte mit einer Menge Schweppes als Basis. Für Henning hatte Hans gleich einen Sambuca mitbestellt, weil er meinte, dass er den unbedingt einmal probieren müsse. Die Vier nebeneinander auf Barhockern sitzend, das gab ein wirklich herzerfrischendes Bild ab. In ihren Dirndln sahen die beiden Frauen einfach reizend aus. Besonders Elises Dekolleté war geradezu ein Hingucker! Sein ganzes Leben hatte Henning von einer solchen Frau geträumt. Ein trotz Regenwetter wunderschöner Tag ging nun in so angenehmer Atmosphäre langsam zu Ende. Während des ganzen Wegs von der Bar zum Hotelzimmer musste Elise wieder lachen. Damals wussten sie noch nicht, dass es sich auch dabei um ein Symptom ihrer PSP-Erkrankung handelte. Auf dem Gang kam ihnen ein Herr entgegen, der sich augenscheinlich über ihren etwas schwindligen Gang amüsierte. Als er außer Hörweite war, meinte Henning: „Ich glaube, der hat gerade gedacht, dass Du soviel getrunken hast, dass ich Dich vorsorglich erstmal ins Bett bringen muss." Das verstärkte ihr Lachen dann dermaßen, dass sie fast nicht mehr aufrecht zu halten war. An dem einen Aperol Cocktail konnte das nicht liegen. Irgendwie schien es ein ganz tiefes Glück zu sein, das aus Elise einfach heraussprudelte. Dafür gab es auch einen guten Grund; denn ihre Liebe empfanden beide als einen schier unfassbaren Glücksfall.

Über Nacht verstärkte sich der Regen noch und wollte auch am folgenden Tag nicht aufhören. Darum entschloss man sich beim gemeinsamen Frühstück für den Plan, an diesem Samstag zum Hochhäderich zu wandern, aufzugeben. Stattdessen wolle man den Tag in dem großzügig angelegten SPA-Bereich des Hotels nutzen und ihn ganz der persönlichen Wellness widmen. So wurde es ein sehr erholsamer Tag für die Vier. Dorothea und Hans machten etliche Saunagänge und schwammen miteinander, während Elise und Henning sich für die

Infrarotkabine entschieden hatten. Im Ruheraum traf man sich dann jeweils wieder und relaxte gemeinsam. Als sie beim Gala-Dinner zusammen saßen, meldete sich das Handy von Hans. Sohn Hartwig hatte ihm ein paar Bilder geschickt, die zeigten, wie bedrohlich daheim das Wasser in den Elchinger Seen gestiegen war, in deren unmittelbarer Nähe sich Ihre Häuser befanden. Er wohnte mit seiner Familie ganz in der Nähe seiner Eltern. Als Mitglied der Freiwilligen Feuerwehr hatte er bereits Vorsorge getroffen und Sandsäcke besorgt, doch war er zuversichtlich, dass es so schlimm wohl nicht werden würde. Jedenfalls hatte es auch zu Hause wolkenbruchartig geregnet. Dieses Wetter hielt am folgenden Tag weiter an, so dass die Vier auf dem Heimweg einige Überschwemmungen links und rechts der Straße auf den Wiesen zu sehen bekamen. Ihr gemeinsames Glück wurde dadurch keineswegs gemindert. Bei der Verabschiedung in Heidenheim sagte Hans: „Das machen wir bald einmal wieder! Und am Samstag seid Ihr ja zum ersten Mal bei uns!"

5. Überschwänglichkeit und Rosa Ziegenbock

In dieser Woche setzte sich der rege E-Mail-Kontakt zwischen den beiden neu verliebten Paaren in gewohnter Weise fort. Zwei bis drei ausführliche Nachrichten täglich waren vor allem bei Elise und Henning ganz normal. Das ging sogar so weit, dass Hans sich genötigt sah, seine Ehefrau einmal zu mahnen: „Statt den ganzen Tag E-Mails zu schreiben, solltest Du lieber mal den Schreibtisch aufräumen!" Er war aber nicht wirklich ungehalten, sondern eher amüsiert über seine verliebte Elise. Es waren wundervolle Zeilen, die da hin und her gingen. So schrieb sie einmal:

„Mein Liebster,
du findest immer so schöne Worte für mich, und du öffnest mein Herz immer weiter, denn es schlägt zurzeit hauptsächlich nur für dich, und dies ist ein wahnsinnig schönes Gefühl für mich. Auch ich spüre, dass du mich sehr lieb hast und meine Muschi zum Fressen magst und dies bereitet mir Glücksgefühle, die ich kaum beschreiben kann,. Ich freue mich sehr darüber, wenn du schreibst, dass ich das große Glück Deines Lebens bin und bleibe, das macht mich sehr, sehr froh ..."

Henning genoss jedes ihrer Worte, las diese Zeilen immer wieder und schrieb:

„Meine Elise, mein wundervolles Mädel,
ich bin überwältigt von Deiner Liebe zu mir! Schon in der Pubertät war mein Traum ein Mädel, das mich so überschwänglich liebt wie Du. –
Natürlich war Dorothea meine große Liebe und ist es bis heute, so wie Hans Deine große Liebe war und es bis heute ist. Aber die ersehnte Überschwänglichkeit in der Liebe können wir alle nun auch körperlich in einer traumhaften und nicht mehr zu steigernden Art und Weise erleben. Das ist pures Glück für uns alle Vier. Dabei fasziniert mich Deine

wundervolle Überschwänglichkeit in der Liebe über alle Maßen. Es ist ein-
fach traumhaft, wie unersättlich Dein Verlangen nach mir ist ... "

Elise schien aus diesen Zeilen unerwartet eine leichte Kritik heraus zu
hören und antwortete:

„Mein Henning, mein wundervoller Traummann,
war ich in meiner Liebe zu Dir zu überschwänglich? Ich weiß ja, dass Du
Dorothea sehr liebst und ich Hans auch sehr, sehr liebe, aber ich glaube
inzwischen, dass ich tatsächlich zwei Menschen gleichzeitig lieben kann.
Vielleicht kommen Dir deshalb meine andauernden Liebeserklärungen et-
was zu überschwänglich vor, mein Schatz. Ich finde, es ist ein pures Glück
für uns alle Vier ... Und wenn Du heute Abend zu Bett gehst, träum bitte
von unserer Liebe, dann sind wir in unseren Gedanken miteinander
vereint, mein Schatz. Ich liebe Dich!
Deine Liebste, Deine Elise"

Inzwischen hatten die beiden getauscht: Henning hatte Elise den
schwarzen Spitzen-BH zurückgegeben, der bei genauer Betrachtung nun
ein paar helle Liebesflecken hatte, die ihre Sehnsucht beflügelten und ihn
allabendlich zu einer süßen Einschlafhilfe machten. Dafür gab sie ihm den
dazu gehörigen schwarzen Slip, den er wie einen Schatz unter seinem
Kopfkissen hütete. So lieb wie Elises Zeilen waren, hatte Henning doch
das Gefühl, dass sie irgendwie unter dem Missverständnis litt, dass er sie
als in ihrer Liebe zu überschwänglich finden könnte. Er setzte sich an
seinen PC und schrieb:

„Meine Elise, mein wundervolles Mädel!
Nein, Du warst nicht zu überschwänglich in Deiner Liebe zu mir. Es ist
doch gerade Deine Überschwänglichkeit, die ich so sehr liebe und die
mich so wundervoll überwältigt. Überschwänglichkeit ist bei mir ein ganz
positives Wort und Ausdruck für unser Glück. Ich muss, glaube ich, ein
wenig erklären, was ich mir beim Schreiben dachte. Als ich schrieb: ,Schon

in der Pubertät war mein Traum ein Mädel, das mich so überschwänglich liebt wie Du', ging mir durch den Kopf: Ja, das stimmt, genauso ist es gewesen! Dann dachte ich weiter und wollte nicht, dass es sich so anhört, als hätte mich Dorothea von Anfang an nicht hinreichend geliebt, also habe ich hinzugefügt: ,Natürlich war Dorothea meine große Liebe und ist es bis heute, so wie Hans Deine große Liebe war und es bis heute ist.' Und dann wollte ich deutlich machen, was heute das Besondere und Einmalige für mich und meiner Meinung nach für uns alle ist und schrieb: ,Aber die ersehnte Überschwänglichkeit in der Liebe können wir alle nun auch körperlich in einer nicht mehr zu steigernden Art und Weise erleben'. Ich hätte noch zwei Worte einfügen sollen, die es noch klarer gemacht hätten, nämlich die Worte ,von mir', dann hieße dieser Satz: „Aber die von mir ersehnte Überschwänglichkeit in der Liebe können wir alle nun auch körperlich in einer nicht mehr zu steigernden Art und Weise erleben.' Dann wärst Du nie auf den Gedanken gekommen, ich könnte finden, Du seiest in Deiner Liebe zu mir zu überschwänglich. Dabei fasziniert mich doch gerade Deine wundervolle Überschwänglichkeit. Sie verzaubert mich ganz und gar, und dafür liebe ich Dich unendlich und bin stolz auf alle Deine Liebeserklärungen, die ich jedes Mal voller Glück in meine Seele einsauge und sehnsüchtig auf jede E-Mail von Dir warte, weil es mir so gut tut, von Deiner Liebe zu lesen. Wir denken und fühlen auch in diesem Punkt absolut dasselbe, meine Liebste!
Ich küsse Dich und bin für immer
Dein Liebster, Dein zärtlicher Henning "

Es war in allem ein so tiefes Miteinander, dass ihre Liebe ihnen das Gefühl gab, als wären sie noch einmal Mitte Zwanzig. Vom 28. bis 30. Mai machten Hans und Elise eine Kurzreise mit den alten Klassenkameraden nach Rupolding und anschließend an den Chiemsee. In dieser Zeit konnte die Verbindung nur per SMS gehalten werden, aber es waren zahlreiche und ausführliche Zeilen, die sich die frisch Verliebten zukommen ließen. Wie gut, dass es Handys gab! In einer Nachricht schrieb Henning:

„Liebste Elise, mein wunderbarer Schatz,
Deinen Wunsch, Dich vor dem Schlafengehen in meinen Gedanken noch einmal ganz fest in die Arme zu nehmen, erfülle ich Dir von Herzen gern; denn das tue ich jeden Abend, bevor ich einschlafe, und ich weiß ja so gut, wie Du Dich anfühlst. – Während Du in Rupolding bist, begleiten mich Deine lieben SMS, die mich sehr glücklich machen. Es ist einfach wundervoll, wie verliebt wir ineinander sind! Auf Herrenchiemsee möchte ich in Gedanken bei jedem Schritt an Deiner Seite sein, denn ich kann mich gut erinnern, wie es dort ist. Ich bin nämlich 1999 zusammen mit Dorothea dort gewesen. Noch lieber hätte ich dabei natürlich in Wirklichkeit Deine Hand gehalten und wäre an Deiner Seite gegangen. Oder Du hättest Dich bei mir eingehakt, und ich könnte dabei an meinem Oberarm Deine linke Brust spüren und glücklich sein ...
Dein lieber sehnsüchtiger Henning"

Elise schrieb zurück:

„Mein Henning, mein wundervoller zärtlicher Mann,
ja, mein Schatz, ich empfinde es auch als unendliches Glück, dass ich diese Frau sein kann, die sich bis an unser Lebensende Dir hingeben darf, mit all unseren Wünschen und Sehnsüchten. Ich danke Dir, dass Du mich vor dem Schlafen gehen in Deine Arme genommen hast und es auch weiterhin in Deinen Gedanken machen wirst, denn dies ist ein wunderschönes Gefühl für mich. Während dieser drei Tage habe ich mich immer sehr gefreut, wenn mich eine SMS von Dir erreicht hat, das hat mich sehr glücklich gemacht. Auf Herrenchiemsee hätte ich Deine Begleitung wirklich gebrauchen können. Den Weg zum Schloss habe ich mit der Pferdekutsche zurückgelegt. Beim Warten auf die Kutsche zur Rückfahrt habe ich mich dann bei einer Schulkameradin untergehakt, bin aber dummerweise nach hinten getrippelt und bin wieder einmal rückwärts gestürzt. Aber ich bin weich in den Sand gefallen. Zum Glück haben dort keine Pferdeäpfel gelegen. Ich freue mich sehr auf Dich, mein lieber Schatz.
Deine sehnsüchtige Elise"

Da Elises Handy natürlich über die Firma von Hans lief, fiel der Buchhaltung dort bei der Prüfung der monatlichen Abrechnung auf, dass sich Elises Gepflogenheiten offenbar gravierend geändert hatten, so dass die zuständige Mitarbeiterin sie fragte, ob es wirklich zutreffend sei, dass sie in einem Monat dreihundertvierzehn SMS gesendet habe. Das könne gut hinkommen, erklärte Elise, der das nicht einmal peinlich war. Die Buchhaltung hatte selbstverständlich nicht nur das Recht, sondern auch die Pflicht nachzufragen, genauso wie sie das Recht hatte, ihr Handy so zu nutzen, wie sie es für richtig hielt. –

Für Samstag, den 12. Juni, waren Dorothea und Henning das erste Mal bei Elise und Hans eingeladen zur traditionellen Grillparty des „Rosa Ziegenbock". So hieß ihr Stammtisch, zu dem sie seit etlichen Jahren gehörten. Für den Tag zuvor planten die Vier, sich noch einmal in Heidenheim zu treffen, um bei strahlendem Sonnenschein auf der Gartenterrasse miteinander zu grillen. Sowohl Henning als auch Hans waren der Auffassung, dass man es im Sommer mit dem Grillen gar nicht übertreiben konnte. Es wurde ein gemütlicher und richtig schöner Abend im Freien. Anschließend genossen die Vier wie immer ihre Liebe auf den „Flügeln der Nachtigall". Irgendwie schien die Welt stets in Ordnung, wenn sie zusammen waren. Dann kam der Samstag, an dem Dorothea und Henning zum ersten Mal bei Elise und Hans sein und deren Heim und auch ihr privates Umfeld kennen lernen würden. Sie hatten das Gefühl, dass vor allem Hans ein Treffen in Elchingen bewusst hinausgezögert hatte. „Dann stelle ich Euch meiner Familie vor!", waren seine Worte, als er seinerzeit diese erste Einladung zu sich nach Hause aussprach. Dabei war ein Klang in seiner Stimme, als sei das etwas, wovon für ihn sehr viel abhängen würde. Dorothea und Henning hatten dafür keine Erklärung und waren umso gespannter, was sie dort erwartete.

Gerade einmal fünfunddreißig Minuten hatte ihre Fahrt gedauert, bis sie sich gegen 17:30 Uhr in Elchingen auf der Hauptstraße befanden. Die angegebene Adresse lag südlich vom Gewerbegebiet Unterelchingen und wäre ohne Navi nicht leicht zu finden gewesen. Schließlich hörten sie die Anweisung: „Jetzt links abbiegen! Danach haben sie das Ziel erreicht." Das Sträßchen war so unscheinbar, dass sie beinahe noch vorbei gefahren wären. Nichts sah zunächst nach einem größeren Anwesen aus, das sie von der einen oder anderen Bemerkung ihrer neuen Freunde her erwarteten. Dicht an dicht standen die Häuser hier. Der Fußweg war schmal. Doch nach fünfzig Metern sahen sie rechts durch ein geöffnetes schmiedeeisernes Tor in einen großzügig angelegten gepflasterten Hof mit Grünflächen wie ein Park gestaltet und eine ganz in Weiß gehaltene riesige Villa mit Bogenfenstern und einem einladenden Portal. Linkerhand waren Garagen in das Gebäude integriert mit großen Rolltoren. Sie parkten ihr Auto direkt vor dem Eingang, stiegen aus und klingelten. Elise und Hans kamen beide an die Tür, lachten ihnen entgegen und baten sie freundlich herein. Wo die beiden waren, würden auch sie sich unbedingt wohl fühlen können. Sie standen noch im Flur, da kam Elises Mutter Babette die breite Marmortreppe herunter, begleitet von einer jüngeren Frau, die ihnen als Friederike, die Schwester von Hans, vorgestellt wurde. Sie hatte Babette gerade die Haare zu Recht gemacht und geleitete sie nun in den Wintergarten, wo die Grill-Party des „Rosa Ziegenbock" stattfinden sollte. Dorothea und Henning wurden nun erst einmal durch das Haus geführt. Im Erdgeschoss befand sich ein geräumiges Wohnzimmer mit einem Durchgang zum Esszimmer mit einer Tafel, an der auch eine größere Anzahl an Gästen Platz finden konnte. Es gab einen offenen Kamin, davor eine gemütliche Sofagruppe, daneben auf dem Fußboden ein großer blauer Spielzeugbagger. Hier waren offenbar auch die Enkelkinder Verena und Maximilian, genannt Max, gern zu Besuch. Die Möbel sahen durchweg gediegen aus. Jedes Stück für sich war etwas Besonderes. Vom separaten Esszimmer aus führte eine Glastür in den großen Wintergarten, wo sie Babette und Friederike schon sitzen sahen. Hans und Elise führten ihre Gäste zurück in den Flurgang. Der erste Raum linker Hand war ein Wirtschaftsraum und gleich daneben Elises Schlafzimmer, oben gab es noch ein zweites für Hans. Diese

Lösung hatte sich bewährt, weil auf diese Weise jeder ungestört seine Ruhe finden konnte. Auf der Schwelle der geöffneten Tür zog Elise ihren Henning jetzt eng an sich, deutete auf das Doppelbett und flüsterte ihm viel sagend ins Ohr: „Das ist unser zweites Liebesnest!" Sie war so süß und konnte Henning mit jedem ihrer Worte verzaubern. Jetzt ging es ins Untergeschoss, in dem sie einen traumhaften Saunabereich mit einer integrierten Bar vorfanden. Hans erklärte, dass er gerade auch bei Kleinigkeiten großen Wert auf die Ästhetik legen würde. Das war in der Tat überall zu sehen. Was Henning nun ganz ins Staunen versetzte, war neben dem Wellnessbereich ein riesiger Raum mit einer Modellbahnanlage auf mehreren Ebenen, die sogar einem renommierten Eisenbahn-Club alle Ehre gemacht hätte. Überall sah er eine Unmenge von Lokomotiven, eine schöner als die andere. Henning hatte früher dasselbe Hobby und war fasziniert von dem, was er hier sehen konnte. Nun sollten er und Dorothea aber unbedingt noch den Garten auf der Hausrückseite in Augenschein nehmen, denn bald würde es Zeit sein, mit dem geplanten Grillen zu beginnen. Der Weg führte im Erdgeschoss wieder an der Marmortreppe vorbei und über den Flurgang bis in die Garage, in welcher der weinrote Cayenne und der silberne Porsche Turbo standen. Durch das offene rückwärtige Tor sahen sie in den Garten, den man schon als einen kleinen Park bezeichnen konnte. Dort sahen sie einen Hühnen von Mann rauchend auf einer Bank sitzen. Er maß sicher über zwei Meter. Das konnte nur jener ehemalige Polizeibeamte sein, mit dem Hans eine lange Freundschaft verband. Die Frau neben ihm mit ihren glänzenden schwarzen Haaren musste die Spanierin Aitana sein, von der Hans erzählt hatte, dass sein Freund Fritz sie in einem Spanienurlaub kennen gelernt und mit nach Deutschland gebracht hatte. Mit den Worten: „Das ist mein Freund Fritz!", wurden die beiden vorgestellt, und Hans fügte hinzu: „Der beste, den ich je hatte! – Und das ist seine Frau Aitana. Buenos Dias, Aitana! Como estas?" „Masomenos, Amigo!" Ihre Antwort war kurz und mit einem Augenzwinkern; denn „masomenos" bedeutet lediglich „mehr oder weniger" oder „sowohl als auch". Die beiden kamen mit auf dem Rundgang durch die Gartenanlage. In der Gartenmitte stand ein großes Blockhaus aus Naturstämmen mit einem spitzen Schindeldach und Fensterläden, hinter denen schräg zur Seite geraffte weiße Gardinen zu sehen waren. Der Blick durch die geöffnete Tür weckte in den beiden die Erinnerung an die rustikal eingerichteten norwegischen Landhäuser, deren Atmosphäre sie während etlicher Norwegenurlaube lieben gelernt hatten. Die quadratische Fläche vor dem Blockhaus bestand aus sauber verlegten Dielenbrettern. Dahinter lag eine große sorgfältig gepflegte Rasenfläche, auf die auch ein Brite hätte stolz sein können. Ringsherum gab es eine Unmenge von einheimischen und auch exotischen Sträuchern und Bäumchen. Von der Gartenseite aus konnte man in den geräumigen Wintergarten blicken, in dem nun bald das Grillfest des „Rosa Ziegenbock" steigen sollte. Hier würden Dorothea und Henning in der Folgezeit noch eine ganze Reihe schöner Feste mitfeiern.

Hans verband mit Fritz eine lange Freundschaft. Sie hatten etliches gemeinsam unternommen. Und weil Henning wusste, wie wichtig Hans diese Beziehung war, steckte er sich – was er nur äußerst selten tat – ein Zigarillo an und stellte sich zu dem an seiner Zigarette ziehenden Fritz, um mit ihm ein wenig ins Gespräch zu kommen. Der ließ sich sofort darauf ein und fragte mit sorgenvollem Gesicht: „Was meinst Du denn zu Elise?" Er hatte natürlich von ihrer neuen Diagnose erfahren und auch von der damit verbundenen eingeschränkten Lebenserwartung. Anscheinend hatte ihn das sehr berührt. Henning reagierte eher zurückhaltend, um nicht preiszugeben, dass ihn selbst dieser Befund natürlich noch viel tiefer getroffen hatte. „Ich habe gehört, Du bist Pfarrer gewesen", begann Fritz ein neues Thema, „vielleicht kannst Du in einer anderen Sache einen Rat geben. Aitana hat eine gute Freundin, die todkrank ist. Und die schwankt hin und her zwischen Aufgeben, um ihre letzten Tage, so gut es noch geht, zu genießen oder sich doch noch einmal einer risikoreichen Operation zu unterziehen. Sie fragt uns immer, was sie machen soll. Und wir haben keine Ahnung, wozu wir ihr raten könnten." Henning überlegte einen Moment und sagte dann: „Findet heraus, was Eure Freundin selbst will! Wenn Euch klar wird, welchem dieser beiden Wege sie tief in ihrem Innern den Vorzug geben möchte, dann bestärkt sie darin!" Fritz schien einigermaßen überrascht und meinte, das sei ein Rat, mit dem sie wirklich etwas anfangen könnten. Es sah so aus, als wenn er den neuen Freund von Hans und Elise zu schätzen begann.

Man rechnete jetzt jeden Moment mit dem Eintreffen der Freunde des „Rosa Ziegenbock". Das Grillen bei solchen Anlässen übernahm wie immer Wilfried, den Hans vor etlichen Jahren auf einer Fortbildung kennen gelernt hatte und zu dem und dessen Familie eine enge Freundschaft entstanden war. Er brachte dann immer seinen Gasgrill mit und verstand es, die Schnitzel genauso zuzubereiten, wie Hans sie mochte. Da kam Wilfried auch schon um die Hausecke mit einem Teil des Grills in der Hand, hinter ihm seine Ehefrau Sigrun. Die beiden hatten eine sehr sympathische Ausstrahlung. Eine verbindliche Frische ging von ihnen aus. Henning und Dorothea mochten sie auf Anhieb. Nun läutete es an der Haustür, und weitere Freunde trafen ein. Nach und nach kamen auch die anderen, bis der komplette „Rosa Ziegenbock" anwesend war. Alle nahmen an der langen Tafel im Wintergarten Platz. Auch Sohn Hartwig mit Ehefrau Melanie und den Kindern Max und Verena waren gekommen, um bei der traditionellen Grillparty dabei zu sein. Es waren aufgeweckte lebhafte Enkelkinder, die ihrer Ausgelassenheit bei Opa und Oma stets freien Lauf lassen durften. Als Wilfried die ersten Schnitzel schon fast fertig hatte, trafen Günter, der Ehemann von Friederike und deren Zwillingstöchter Saskia und Svenia ein. So lernten Dorothea und Henning die Familie ihrer neuen Freunde kennen. Zu diesem Zeitpunkt ahnten sie noch nicht, dass sich daraus nie ein harmonisches Verhältnis entwickeln würde.

Als Beilage für die Schnitzel hatte Hans am Nachmittag einen Vorrat Kartoffelsalat aus dem „Fischerstüble" geholt, einem renommierten Speiselokal im nahen Thalfingen. Die Gäste hatten einige Salate mitgebracht, und in einem riesigen Kühlschrank warteten gekühlte Getränke aller Art. Es wurde ein richtig gemütlicher Abend in Elchingen mit viel Spaß. Henning und Dorothea fühlten sich eigentlich gut integriert. Niemand schien etwas dabei zu finden, dass Dorothea stets neben Hans saß und Henning neben Elise. Schließlich hatte er die Aufgabe übernommen, als Hilfestellung für Elise da zu sein, sobald sie sich für einen Toilettengang oder aus einem anderen Grund von ihrem Sessel erhob. Gegenüber von den beiden saß Babette, die mit ihren spaßigen Bemerkungen immer wieder für Lacher sorgte. Sie brauchte das, um innerlich nicht von der Trauer um ihren Ehemann Siegfried zerfressen zu werden, dessen Tod ja nicht einmal ein halbes Jahr zurück lag. Henning und Elise hielten unbemerkt von den anderen unter dem Tisch Händchen oder er streichelte ihr Knie. Ihr gemeinsames Glück war felsenfest. Und gleichermaßen empfanden auch Dorothea und Hans.

Der Abschied fiel dieses Mal nicht schwer, da sich die Vier am nächsten Tag in Heidenheim bereits wieder sehen würden. Auf der Rückfahrt meinte Dorothea: „Ich denke, es war gut, dass Hans so lange damit gewartet hat, uns zu sich einzuladen. Was die beiden mit ihrem Luxusanwesen zu bieten haben, hätte uns wahrscheinlich erschlagen, wenn unser erstes Treffen hier in Elchingen gewesen wäre." „Ja", antwortete Henning, „ich glaube, da hätte ich Bedenken bekommen, ob wir die Beziehung zu ihnen wirklich möchten. Aber es ist eigentümlich: jetzt, wo wir uns bis tief in unsere Seelen hin kennen, ist das überhaupt kein Problem. Gut, dass Hans sich soviel Zeit mit der Einladung nach Hause gelassen hat. Ich fange an, auch ihn wirklich von Herzen zu mögen, und ich freue mich für Dich, denn ich sehe, dass er Dir wirklich gut tut. Das sieht man Dir übrigens auch äußerlich an!" –

Das Treffen am Sonntagnachmittag erlebten die Vier harmonisch und mit den vertrauten überschwänglichen Wogen des Glücks. Die Zeit bis zur Abfahrt zu ihrem zweiten Oberstaufenwochenende am Freitag überbrückten sie gewohntermaßen mit einer Menge E-Mails hin und her. Elise schrieb hingebungsvolle Zeilen an ihren Henning.

„Mein Henning, mein wundervoller Geliebter,
ich danke Dir für Deine liebe E-Mail. Es ist schön, dass es Dir gefällt, was ich geschrieben habe. Es ist alles wahr, denn es kommt aus dem Tiefsten meiner Seele, weil ich Dich von Herzen liebe. Ja, wir werden einander immer wieder alles geben, immer wieder alles schenken. Ich möchte die Frau sein, die sich bis an ihr Lebensende von Dir verwöhnen und liebkosen lässt. – Nun bin ich sehr müde und werde gleich ins Bett gehen und mit lieben Gedanken an Dich einschlafen. Bitte nimm mich noch einmal fest in Deine Arme, mein Liebster. Ich bin unendlich glücklich mit Dir und freue mich herzlich auf Oberstaufen und die Nächte dort mit Dir.
Es küsst Dich
Für immer Dein Mädel, Deine Elise"

Henning las ihre Zeilen, die ihn wie immer tief in seinem Herzen bewegten und schaute sich noch einmal jenes Bild an, das sie als Zweiundzwanzigjährige in einem dunkelblauen Kleid am Stuttgarter Flughafen zeigte. Er hatte es in ihrem Fotoalbum gefunden und zusammen mit einigen anderen für sich gescannt und in sein Handy kopiert. Sie mochte es, wenn er sie seitdem „mein Mädel im blauen Kleid" nannte und hatte ihm gesagt, wenn sie ihn damals schon gekannt hätte, hätte sie sich ihm ganz sicher schon damals hingegeben. Er schrieb ihr:

„Meine Elise, mein wundervolles Mädel im blauen Kleid,
ja, es ist wunderbar, dass alles, was wir einander sagen und schreiben, wahr ist. Ich empfinde es als ein unendliches Glück, dass Du wirklich die Frau sein möchtest, die ich bis an ihr Lebensende liebkosen darf. Du hast mein Versprechen, dass ich Dir diesen Wunsch ganz sicher erfüllen werde. Ich

möchte der Mann sein, der Dir bis an sein Lebensende immer alles geben und schenken wird, was er hat. Es gibt mir so unsagbar viel, wie sehr Du mich liebst. Jetzt kannst Du Dich wieder auf einen schönen Kurzurlaub in Oberstaufen mit Deinem Liebsten freuen. Wir wissen ja, wie wunderbar es ist, wenn wir beide zusammen sind und Zeit haben und das noch dazu in der wunderschönen Landschaft des Allgäu und einem entsprechenden Ambiente. Wir werden ohne Ende glücklich sein und nichts anderes tun, als uns lieb zu haben, einander zu beschenken und unsere Liebe zu genießen. Bis dahin werde ich von all dem Wunderbaren träumen, das wir miteinander gemacht haben ... Und jetzt küsse ich Dich! Unsere Sehnsucht nacheinander tut uns beiden so unendlich gut! Ich umarme Dich und bin für immer
Dein Henning"

Die Zeit bis zur Abfahrt in ihr zweites Oberstaufen-Wochenende am Freitag, den 18. Juni, verging durch die regelmäßige Korrespondenz per E-Mail relativ schnell. Anders als beim ersten Mal hatten sie schönes Wetter mit strahlendem Sonnenschein, so dass sie sich schon während der Fahrt an der herrlichen Allgäuer Landschaft freuen konnten. Ihr Ziel war dieses Mal nicht der „Königshof", sondern das Hotel „Bergkristall". In der Empfangshalle wurden sie überaus freundlich begrüßt und aufgefordert, erst einmal Platz zu nehmen. Jeder erhielt ein Glas Sekt, nur Elise hatte sich für Mineralwasser entschieden. Die Platzverteilung war, wie inzwischen gewohnt: Dorothea neben Hans und Elise neben Henning. Das verkomplizierte die Aufnahme der Daten dann ein wenig. Da Dorothea die telefonische Reservierung übernommen und sich dabei als Elise Zerger gemeldet hatte, was ja eigentlich unnötig war, wurde sie mal wieder für die Ehefrau von Hans gehalten. Als dann der Nachname von Henning notiert war und nach dem Vornamen seiner Frau gefragt wurde, hieß die spontane Antwort natürlich: „Elise!". „Oh, das ist interessant", entfuhr es der Dame von der Rezeption, „dass beide Ehefrauen denselben Vornamen haben!" Die Vier verkniffen sich das Schmunzeln. Henning war dadurch aber ein wenig durcheinander, so dass er als Elises Geburtsdatum den 30. Mai 1952 angab und ihn damit um exakt einen Monat vorverlegte. Das hatte zur Folge, dass Elise künftig immer vier Wochen zu früh ihren alljährlichen Geburtstagsgruß vom Hotel „Bergkristall" erhielt, was die Vier dann stets von neuem schmunzeln ließ. Sie bezogen nun ihre Zimmer, die dieses Mal nebeneinander lagen und vereinbarten, dass sie sich zum Gala-Dinner wieder treffen wollten und genossen ihre tiefe Liebe bis dahin in vollen Zügen. Es war so wundervoll, dass sie einander hatten!

Gleichwohl gab es etwas, das Elise bedrückte. Sie erzählte Henning, dass Hans für sie einen Notfalltermin bei einem Psychotherapeuten vereinbart hatte und zwar schon am kommenden Montag. Er war nämlich der Meinung, dass sie unbedingt professionelle Unterstützung brauche, um zu verarbeiten, dass diese unheilbare Krankheit zu ihrem Schicksal geworden war. Außerdem hatte er Sorge, dass sie durch die Kenntnis ihrer Diagnose in eine Depression fallen könnte. Ihr selbst widerstrebte das über die Maßen und lag nun wie eine Last auf ihrer Seele. Auch Henning kamen Bedenken, ob eine Psychotherapie wirklich eine so gute Idee war. Als langjähriger Seelsorger wusste er, wie so etwas abläuft und erwartete deshalb viel eher, dass seiner Liebsten damit für längere Zeit ein weiteres Problem aufgegeben würde. Er versprach ihr, noch an diesem Wochenende mit Hans darüber zu reden und zu versuchen, ihn dazu zu bewegen, dass er den vereinbarten Termin wieder rückgängig machte. Dass Henning sich darum kümmern wollte, tröstete Elise bereits so sehr, dass sie ihm wieder so fröhlich und zuversichtlich erschien wie sonst. Das Gala-Dinner war auch im „Bergkristall" ein wirkliches Highlight. Man genoss das Miteinander, lachte und scherzte und ließ es sich gut gehen. Danach suchten sie die Bar auf, die sie aber nicht so gemütlich fanden wie die im „Könighof". Auch gab es hier keine Livemusik –, aber es gab Sambuca. Jedenfalls bejahte der Ober die entsprechende Frage. Aber er kannte sich offensichtlich nicht so gut damit aus, denn er servierte ihn ohne Kaffeebohnen und nicht brennend, so dass Hans ihm erst einmal ein bisschen Nachhilfeunterricht geben musste. Als er dann die Kaffeebohnen brachte und den Sambuca anzünden wollte, zeigte sich, dass er die falschen Gläser gewählt hatte. Gleich das erste Glas zerbarst durch die Hitze. Die anderen hielten es aus, was wohl eher ein glücklicher Zufall war, denn sie sahen genauso aus wie das erste. Die Vier ließen es aber bei dem einen Gläschen bewenden. „Hans, ich würde Dich gern mal unter vier Augen sprechen", sagte Henning. Hans ging mit ihm durch eine Glastür auf die angrenzende Terrasse und ließ sich sein Anliegen vortragen. Er hörte aufmerksam zu und sagte dann: „Ich mache mir wirklich große Sorgen. Elise sitzt zu Haus und ist über alle Maßen bedrückt und meint, sie sei jetzt nur noch ein Krüppel und zu nichts mehr wirklich zu gebrauchen." Henning traf das tief ins Herz. Das hatte er nicht gewusst und auch nicht erwartet. Er kannte Elise nur als die wunderbare zuversichtliche Frau, die alles stets positiv sah. Anzeichen von Depression hatte er an ihr nie wahrgenommen. Trotzdem hielt er eine Psychotherapie für den falschen Weg, weil Elise davor einen regelrechten Horror verspürte und es als zusätzliche unnötige Last empfunden hätte. Schließlich meinte er: „Ansonsten denke ich, dass ich selbst für Elise so etwas wie eine Therapie bin, die ihr gibt, was sie jetzt wirklich braucht!" Hans sagte ihm daraufhin zu, dass er unter Zurückstellung seiner Bedenken den Termin beim Psychotherapeuten wieder rückgängig machen werde. Elise erleichterte das über die Maßen. Zum Einschlafen hielten die beiden sich in dieser Nacht fest im Arm. Henning war tief berührt von dem, was er erfahren hatte und nahm sich umso fester vor, alles, aber auch wirklich alles zu geben, was seiner Elise helfen konnte und ihr gut tat. Nie wollte er müde werden, sie zu stützen und sie glücklich zu machen mit allem, was ihm möglich war.

Für den Samstag hatten sie sich jene Bergtour vorgenommen, die bei ihrem ersten Oberstaufen-Wochenende buchstäblich ins Wasser gefallen war. Beim Frühstück erklärte Hans, wie er sich das vorstellte. Er sagte zu Henning: „Du musst heute auf dem Rückweg den Cayenne fahren und zwar vom Hochhederich-Parkplatz zurück bis Steibis. Dort nimmst Du mit Elise die Seilbahn hinauf zum Imberghaus. Da kommen Dorothea und ich nach unserer Wanderung hin. Wir kehren dort ein und fahren miteinander wieder zurück. – Du hast doch Erfahrung mit einem Automatikgetriebe?" „Ich habe meinen Führerschein auf einem Automatik-Kadett gemacht", antwortete Henning, „das war 1974 in Ludwigshafen. Seitdem habe ich ausschließlich Schaltgetriebe gefahren, aber ich denke, dass ich noch weiß, wie es geht." Von jenem Parkplatz sei es eine gute halbe Stunde Fußweg bis zur Mooralpe, einer gemütlichen Jause. Dort werde man kurz auf ein Erfrischungsgetränk einkehren. Elise und Henning könnten da noch ein bisschen verweilen, während Hans und Dorothea zu ihrer Bergwanderung aufbrechen würden. Beim Imberghaus wollte man sich wieder treffen und dort miteinander zu Mittag essen. Der lange Fußweg machte Henning ein wenig Kopfzerbrechen, ob seine Elise das schaffen würde und er sie in allen Situationen auch sicher halten könnte. An Ort und Stelle ging das auf dem Hinweg aber sehr viel besser, als er befürchtet hatte. Dabei war strahlender Sonnenschein, und die beiden hatten ihre Jacken ausgezogen und sich um die Hüften gehängt und mit den Ärmeln vorn zusammen gebunden. In manchen Teilen war der Weg so schmal, dass sich Elise nicht unterhaken konnte. Dann ging Henning dicht hinter ihr, was gleichermaßen sicher war, weil sie stets nur nach rückwärts fiel, wenn es passierte. Außerdem gaben ihr ein paar leichte Walkingstöcke zusätzlichen Halt. Der Weg war etwas steinig und führte durch den Wald und durch ein Grasgelände. An einer Stelle lag hellgrau und bizarr die Wurzel eines schon vor etlichen Jahren gefällten Baumes und war auf der Seite liegend immer noch fast drei Meter hoch. Dorothea fand, das sei ein so malerisches Motiv, dass ein Foto gemacht werden musste, auf dem sie davor stand. Nach nicht ganz vierzig Minuten hatten sie gut gelaunt die Jause erreicht, machten es sich auf der Terrasse bequem und bestellten für jeden ein Glas Mineralwasser. So wie sie dasaßen, war das ein Bild von vier absolut glücklichen Menschen. Nach der Stärkung machten Hans und Dorothea sich auf den recht steil nach oben führenden Weg in Richtung Hochhäderich. Elise und Henning winkten ihnen ein paar Mal nach und blieben Händchen haltend noch eine ganze Zeit sitzen. Über den Rückweg zum Parkplatz machte Henning sich kaum Gedanken, so gut hatte es auf dem Hinweg geklappt. Als sie aufbrachen, um zurück zum Parkplatz zu wandern, liefen beide wie ein längst eingespieltes Team. Sie mussten nun wieder an jener malerischen Riesenwurzel vorbei, und Elise sagte, sie wolle auch so ein Foto, bei dem sie vor der Wurzel stehen würde. Henning brachte sie sicher in Position, obwohl der Boden dort etwas matschig war. Dann ging er ein paar Schritte zurück und fotografierte seine Liebste vor dieser eigentümlichen Kulisse. Er hatte seine Kamera noch nicht ganz wieder eingesteckt, da musste er sehen, wie Elise langsam zur Seite rutschte und dann, ohne dass er es verhindern konnte, vor der Monsterwurzel im Gras lag. Ausgerechnet jetzt kam ein Wanderer an dieser Stelle vorbei und fragte, ob er helfen könne. Elise schüttelte den Kopf, und auch Henning verneinte, wartete aber, bis er außer Sicht war, denn er wusste, dass es gar nicht so einfach werden würde, seine Liebste wieder auf die Beine zu bringen. Er konnte auch nur mit Mühe verhindern, dass es dabei zu einem weiteren Sturz kam. Die beiden blieben jedoch gut gelaunt und erreichten glücklich den Parkplatz ohne weitere Zwischenfälle. Henning hatte sich bald an die Automatik des Cayennes gewöhnt. Elise kannte den Weg nach Steibis und lotste ihn dort sicher auf den großen Parkplatz des Seilbahngeländes. Als sie ausgestiegen war, bat Henning sie, sich einen Moment an das Auto zu lehnen, weil er noch etwas aus dem Kofferraum holen wolle. Da passierte es an diesem Tag zum zweiten Mal, dass sie seitlich wegrutschte und neben dem Auto auf dem Asphalt zu liegen kam. Wieder kam jemand, der helfen wollte und dem sie auch dieses Mal bedeuteten, dass das nicht nötig sei. Henning richtete Elise auf und fegte ihr mit der Hand den Parkplatzstaub von ihrer Kleidung. Sie lösten die Tickets und zwar zweimal Berg- und Talfahrt und noch zweimal nur Talfahrt für Dorothea und Hans, die sie oben am Imberghaus treffen würden. Der Weg in den Wartebereich der Seilbahn führte durch ein enges Gatter, bei dem eine Schranke verhindern sollte, dass mehrere Personen gleichzeitig eintreten konnten. Sie ließ sich nur bewegen, wenn ein gültiges Ticket in den Automaten gesteckt worden war. Henning musste also für einen Moment lang Elise ganz freigeben, nachdem sie die Schranke hinter sich hatte, um sein eigenes Ticket einzuschieben und ihr zu folgen. Das waren bange Minuten für ihn, aber es ging. Genauso schwierig war es, Elise beim

Einsteigen in die schaukelnde Gondel zu helfen. Nun saßen sie endlich und genossen die Aussicht, je höher die Gondel nach oben stieg. Man konnte recht gut den Weg sehen, den diejenigen zu gehen hatten, die zu Fuß zum Imberghaus gehen wollten. „Das hab ich mit Hans auch mal gemacht", sagte Elise und hielt auch nicht hinter dem Berg damit, dass sie da unten inmitten einer eng stehenden Baumgruppe mal Sex mit ihm hatte, weil er sich das wünschte. Es gab für sie nichts, das Henning nicht wissen durfte. Das Aussteigen aus der Gondel war gleichermaßen schwierig wie das Einsteigen. Er stieg als erster aus und konnte, sobald er selbst festen Boden unter den Füßen hatte, seiner Liebsten sicheren Halt geben. Das Imberghaus hatte eine große Terrasse, auf der äußerst viel Betrieb war, Hochsaison eben. Dort nahmen die beiden an einem Tisch Platz und hielten Ausschau nach Dorothea und Hans. Es wehte ein frischer Wind hier oben, aber der warme Sonnenschein war angenehm. Nach etwa fünfzehn Minuten bemerkte Elise die Erwarteten als erste. Schon bald saß man gemeinsam am Tisch und konnte beim Ober die Bestellung aufgeben. Dorothea berichtete begeistert von ihrer ersten Bergerfahrung und dem ersten Berühren eines Gipfelkreuzes. Trotz anfänglicher Bedenken hatte sie das offenbar in hohem Maße genossen. Von ihrer Überzeugung, an Höhenangst zu leiden, war nichts mehr übrig geblieben. Jedenfalls fühlte sie sich bei ihrem Hans in jeder Lebenslage geborgen. Bei der Rückfahrt mit der Seilbahn gab es keine Probleme, weil Hans beim Ein- und Aussteigen behilflich war. Allerdings fiel ihm plötzlich auf, dass einer der Walkingstöcke fehlte. „Der muss noch oben liegen, wo wir gesessen haben. Den lassen wir natürlich nicht hier! In dieser Hinsicht bin ich einfach Schwabe!", meinte er und stieg kurzer Hand wieder in die Gondel, um noch einmal nach oben zu fahren und das vermisste Teil zu holen. Dann ging es zurück zum Hotel „Bergkristall".

Nach dem Gala-Dinner ließen die Vier den Abend in der Hotelbar ausklingen. Es wurde immer selbstverständlicher, dass sie vieles nur gemeinsam unternehmen wollten. Am nächsten Tag traten sie glücklich über das traumhafte Wochenende die Rückfahrt an. Ziemlich genau um

13:00 Uhr waren sie in Heidenheim. Und weil noch viel Zeit war, machten sie es sich im Garten hinter dem Haus bei einem alkoholfreien Hefeweizen unter der Pergola bequem. Nach einer Weile trug Hans vor, was ihm schon seit geraumer Zeit durch den Kopf ging: „Das war jetzt wirklich wieder wunderschön, aber auch irgendwie zu kurz!", meinte er, „Ich habe mir überlegt, dass wir auch mal gemeinsam Urlaub machen könnten. Elise möchte gern mal ans Meer, wohin es mich eigentlich nicht so zieht, aber vielleicht finden wir ja ein schönes Ferienhaus auf der Insel Sylt. Dürfen wir Euch dazu einladen?" Das war jene Art von Ideen, wie sie für ihn typisch sind. Noch ganz unter dem Eindruck der letzten Tage in Oberstaufen waren Dorothea und Henning natürlich begeistert. Ihr Leben hatte durch die neuen Freunde einen vollkommen neuen Schwung erhalten und das in einem Maße, das sie selber erstaunen ließ. Sie sollten Hans aber möglichst die Suche nach einem geeigneten Ferienhaus abnehmen. Voraussetzung seien zwei separate Schlafzimmer und auch zwei Bäder. Darum wollten sie sich gern kümmern. Dorothea meinte auf einmal: „Wisst Ihr was? Das müssen wir feiern! Wir laden Euch jetzt noch ein auf einen Meeresfrüchtesalat bei unserem Lieblings-Italiener!" Da dieses Gericht als Abendessen gut zu den Ernährungsgeflogenheiten von Hans passte, stimmte er gern zu. So fand dieser zweite gemeinsame Kurzurlaub seinen Ausklang und war gleichzeitig Auftakt zu einem neuen Kapitel ihrer Liebe zu viert.

5. Sylt-Kleid und Eiderstedter Torte

Elises neunundfünfzigster Geburtstag stand bevor, und Henning machte sich Gedanken über ein Geschenk für seine Liebste. Irgendwie sollte es etwas Besonderes sein! Da er seit dem Dirndlkauf in Oberstaufen wusste, dass sie die Konfektionsgröße vierundvierzig hatte, fragte er Dorothea, ob sie nicht miteinander für Elise ein Kleid aussuchen und zwar eins, das sie dann auch gut in dem geplanten Sylturlaub tragen könnte. Sie machten sich gleich auf den Weg zu „Siegfried Moden", einem renommierten Bekleidungshaus in Heidenheim, zu dessen Inhaberin Dorothea einen guten Draht hatte. Ihnen fiel nach einigem Suchen ein Kleid in wunderschön leuchtenden Sommerfarben auf: „Das ist genau das Richtige, das wird Elises Sylt-Kleid!" Darin waren sie sich schon beim ersten Anschauen einig. „Dazu braucht sie noch eine passende Halskette!", ergänzte Dorothea und fand bald eine mit großen Steinen in exakt jenen strahlenden Farben, die auch das Kleid auszeichneten. Henning freute sich jetzt noch viel mehr darauf, zum ersten Mal den Geburtstag der Frau mitfeiern zu können, die inzwischen zu seiner großen Liebe geworden war.

In der Woche vor dem Fest schrieb er das Rezept von der „Eiderstedter Torte" ins Reine, mit der alles angefangen hatte. Er fügte es als Anhang seiner nächsten E-Mail bei und schrieb:

„Meine Liebste,
jetzt möchte ich endlich mein Versprechen einlösen und Dir das Rezept
für die „Eiderstedter Torte" schicken. Ich habe es Schritt für Schritt auf-
geschrieben, so dass es keine Missverständnisse geben dürfte. Du findest es
als Word-Datei im Anhang. Viel Freude beim gelegentlichen Auspro-
bieren! Ich bin übrigens ganz sicher, dass Dir diese Köstlichkeit gut ge-
lingen wird.
Es küsst Dich
Dein Henning"

Im Anhang las sie dann:

EIDERSTEDTER TORTE (zuckerreduziert):

Hinweis vorweg: Die Torte sollte am Vortag zubereitet werden und über Nacht gut durchkühlen!

Zutaten für den Teig:
125 g Süßrahmbutter (zum Backen immer nur Süßrahmbutter verwenden!)
90 g Zucker
4 Eigelb
150 g 630er Dinkelmehl
½ Päckchen Vanillinzucker
2 TL Backpulver

Zubereitung: Aus den Zutaten für den Teig einen Rührteig zubereiten und in 2 Teilen auf je einen Springformboden geben.

Zutaten für das Baiser:
4 Eiweiß
150 g Zucker (in der Küchenmaschine fein mahlen)
½ TL Balsamico Essig hell

Zubereitung: Eiweiß in der Küchenmaschine schlagen und dann den Zucker hinzufügen und den Balsamico Essig dazu geben und gut durchschlagen. Das Ganze je zur Hälfte (bzw. etwas mehr bei dem Boden, der die obere Hälfte werden soll) auf die beiden vorbereiteten Böden streichen und diese nacheinander auf der zweiten Schiene von unten bei 180 Grad (Ober- und Unterhitze, keine Umluft!) 20 bis 25 Minuten backen.

Zutaten für die Creme:
2 Becher à 200 ml Schlagsahne

2 Päckchen Sahnesteif
4 EL Orangenlikör (Cointreau)
3 bis 4 EL ausgepresster Orangensaft
Zesten von einer Biozitrone
1 EL Puderzucker

Zubereitung: Die Zutaten zu einer Creme aufschlagen. Nach dem Backen denjenigen der gebackenen Böden, der die obere Hälfte werden soll, in 12 gleiche Stücke teilen (lässt sich nur unmittelbar nach dem Backen schneiden). Auf den unteren Boden nach dem Erkalten ein Päckchen Sahnesteif gestreut. Darauf wird eine dünne Schicht fruchtiger Orangen- oder Aprikosenmarmelade gestrichen. Darauf wiederum wird die fertige Creme gestrichen. Danach werden vorsichtig die 12 geschnittenen Teile des oberen Boden darauf gelegt und mit Puderzucker bestreut. Fertig! –

Elise antwortete:

„Mein Liebster,
ich danke Dir für das Rezept und für Deine Mühe. Ich werde die Torte zu meinem Geburtstag backen. Ansonsten denke ich, dass wir unseren E-Mail Kontakt niemals abreißen lassen dürfen, denn diese Mails verbinden uns intensiv miteinander. Ja, es ist wirklich wunderbar, wenn wir uns Worte und Begebenheiten schreiben können, auch wenn sich diese auch x-mal wiederholen werden. Mein Schatz, ich bin unendlich dankbar, dass wir eine solche Vertrautheit haben und dass es mit uns beiden so ist und wir uns so überschwänglich lieben. Ich küsse Dich und freue mich auf Dich und bin auf immer Deine sehnsüchtige Elise, die ständig davon träumt, mit Dir Liebe zu machen"

Elises Geburtstag sollte am Sonntag, den 4. Juli gefeiert werden. Um bei der Vorbereitung des großen Festes mitzuhelfen, richteten es Dorothea und Henning so ein, dass sie schon von Donnerstag bis Freitag bei Elise und Hans in Elchingen waren. Der Wintergarten musste gründlich geputzt und ausreichend Tische und Stühle hingestellt und das Geschirr gerichtet werden. Als Tischschmuck bereitete Dorothea wunderschöne Blumenschalen vor. Das Backen der „Eiderstedter Torte" und einer weiteren Torte wollte unbedingt sie selbst übernehmen, weil es ihr einfach zu risikoreich schien, wenn Elise backen würde, obwohl sie sich das eigentlich vorgenommen hatte. Zu leicht hätte es dabei einen Sturz geben können! Stürze in der Küche, wo es etliche Ecken und Kanten gibt, waren ja noch viel gefährlicher als Stürze in anderen Räumen oder im Freien. So hatte Elise in diesen Tagen viel Zeit, mit Henning Händchen zu halten im offenen Wintergarten und auch draußen den strahlenden Sonnenschein zu genießen. In den zwei Nächten schwelgten sie im Glück in jenem „zweiten Liebesnest", wie Elise es genannt hatte. Und Hans und Dorothea taten es ihnen gleich. Dieses Mal waren sie im Obergeschoss auf einer „höheren Ebene", während sich Elises Schlafzimmer im Erdgeschoss befand. Am Samstag, dem Tag vor dem großen Fest, reisten Henning und Dorothea am späten Vormittag wieder ab. Hans meinte, es sei besser, wenn auch sie wie alle anderen erst zu dem Fest als Gäste anreisten. Er war, wie er selbst sagte, ein „Familienmensch" und wollte Rücksicht auf seine Angehörigen nehmen, die ganz in der Nähe wohnten und den Hof einsehen konnten, wenn auch nur aus einer ziemlichen Distanz. Natürlich würden die mitbekommen, wenn Besuch da war, beziehungsweise wieder abreiste. Hans war es jedenfalls irgendwie lieber, wenn sie nicht bereits da wären, wenn das Fest beginnt. Im Blick auf seine Familie war er ungewohnt sensibel. –

Am nächsten Tag trafen sie zur vereinbarten Zeit gegen 13:30 Uhr in Elchingen wieder ein. Elise trug ein schickes schwarzes Kleid. Henning sah sie an und wusste genau, wie es in ihrer Seele aussah. Er nahm das Paket mit dem Kleid und der Halskette und legte es erst einmal im Flur ab, um sie dann in seine Arme zu schließen und ihr aus ganzem Herzen und mit all seiner Liebe zu gratulieren. „Mein Schatz, das ist Dein erster Geburtstag, den wir gemeinsam feiern können. Alles, alles Gute für Dich!", sagte er und gab ihr einen langen Kuss. Es waren ja noch keine weiteren Gäste im Haus. Dann sagte er: „Schau mal, das musst Du jetzt erst einmal auspacken!" Mit diesen Worten nahm er das Paket und überreichte es ihr. Vorsichtig öffnete sie die Schleife, um das Geschenkpapier nicht zu beschädigen, denn das konnte man ja aufheben und wieder verwenden. Sie war eben auch eine rechte Schwäbin. Beim Auspacken strahlten ihre Augen wie die eines kleinen Mädchens. Richtig aufgeregt war sie, was da wohl zum Vorschein kommen würde. Als sie das bunte Sommerkleid mit seinen leuchtenden Farben in ihren Händen hielt und dazu die passende Halskette, war sie tief bewegt von dem, was ihr Liebster da zu ihrem Geburtstag für sie ausgesucht hatte. Das legte sie allerdings nicht mit auf den vorbereiteten Geschenketisch, damit niemand auf die Idee käme, danach zu fragen, von wem sie das denn wohl bekommen habe. Vor der Familie und dem großen Freundeskreis sollte ihre wundervolle Liebe zu viert auf jeden Fall erst einmal geheim bleiben. So wurde das Kleid auf einem Bügel auf die Gartenterrasse gehängt, so als sollte es gelüftet werden. Die Kette legte Henning auf Elises Nachttisch. In Gedanken fing sie nun an, Pläne zu schmieden, was sie denn für seinen Geburtstag, der in zwei Wochen bevor stand, aussuchen könnte. Diese Gedanken wurden allerdings unterbrochen, weil nun allmählich die anderen Gäste eintrafen und der Wintergarten sich zu füllen begann. Friederike, die Schwester von Hans hatte mehrere Karaffen mit „Kalter Ente" vorbereitet. Das war ein schwach alkoholischer Cocktail aus Prosecco, Holunderblüten-Sirup, frischer Minze und Sodawasser. Damit wurde an mehreren Tischen erst einmal auf Elises Wohl angestoßen. Außer Verwandten und Familienangehörigen kamen auch etliche Freundinnen und Freunde von Elise und Hans: Wilfried und Sigrun, Fritz und Aitana, Margot und Klaus und natürlich Valery, ihre langjährige beste Freundin. Alle zeigten ihre Freude, auf diese Weise wieder zusammen zu sein und ließen sich die süffige „Kalte Ente" gut schmecken. Auch für die Vier sollte das in der Folgezeit zum beliebtesten Getränk werden.

Ziemlich überrascht stellte Henning fest, dass Fritz und Aitana ihn und auch Dorothea bei der Begrüßung fast keines Blickes würdigten. Von der Aufgeschlossenheit bei ihrer ersten Begegnung war nichts mehr zu spüren. Sie gingen beide ganz unzweifelhaft bewusst auf Distanz. Henning versuchte es mit einem Scherz, aber das Gesicht von Fritz blieb versteinert. Irgendetwas musste es inzwischen gegeben haben. Eine Erklärung dafür war zu diesem Zeitpunkt nicht in Sicht.

Inzwischen hatten sich fast alle im Wintergarten eingefunden. Dorothea schnitt noch in der Küche die Torten an. Dabei geschah es, dass sie mit dem Messer ein wenig abrutschte und sich eine kleine Wunde an der linken Hand zufügte. Sie blutete kaum, doch musste das natürlich versorgt werden. Hans führte sie darum in das Badezimmer und legte ihr dort ein Heftpflaster auf. Das war keine große Sache, und die beiden hatten für den kurzen Moment sogar die Tür offen gelassen. Aitana hatte das beobachtet. Sie war durch diesen gemeinsamen Gang der beiden ins Bad dermaßen irritiert, dass sie sich genötigt sah, Elise sogleich darüber zu informieren. Sie ging zu ihr und flüsterte ihr mit ihrem typischen spanischen Akzent ins Ohr: „Habe ich gesehen, Hans und Dorothea zusammen gehen in Badezimmer! Geht doch nicht! Esto no hará! Meinst du nicht?" „Aber da ist doch nichts dabei!", erhielt sie schmunzelnd zur Antwort, was ihre Irritation jedoch eher noch vergrößerte.

Dorotheas Torten schienen ganz nach dem Geschmack der meisten Gäste zu sein, die bereits mit Kaffee versorgt an den beiden langen Tafeln im Wintergarten saßen und die Geburtstagsfeier in vollen Zügen genossen. Einige fragten sogar nach dem Rezept. Elise saß am oberen Ende der Tafel, wo die geöffnete Glastür frische Luft herein ließ. Zusammen mit den warmen Sonnenstrahlen tat das einfach gut. Henning saß neben Elise, um ihr bei allem sogleich behilflich zu sein. Neben ihn hatte sich Margot gesetzt und erzählte in ihrer quirligen Art, wie sie Elise seinerzeit kennen gelernt hatte. Damals ging Katharina noch in den Kindergarten. Die beiden Mütter waren sich beim Abholen ihrer Kinder zufällig begegnet. Dabei war Margot von der lieben aufgeschlossenen Art von Elise so sehr berührt, dass sie sich damals wünschte, diesen Kontakt weiter vertiefen zu können. Seitdem bestand eine Freundschaft zwischen den beiden Frauen. Auch Valery rückte beim Kaffeetrinken enger zu Elise, um sich mit der lieben alten Freundin mal wieder etwas intensiver auszutauschen. Sie war eine couragierte Frau, die stets genau wusste, was sie wollte. Henning stand sie anfangs eher etwas distanziert gegenüber. Es brauchte noch gut zwei Jahre, bis sich auch zwischen ihnen ein herzliches Verhältnis entwickelte.

Wilfried begann jetzt draußen mit dem Braten der Schnitzel. Die wurden mit dem für solche Anlässe obligatorischen Kartoffelsalat aus dem „Fischerstüble" in Thalfingen serviert. Dazu gab es leckere frisch gebackene Wecken. Man konnte wählen zwischen solchen mit Kümmel, mit Zwiebeln oder mit Schinken. Hans hatte sich zur Aufgabe gemacht, die Schnitzel, die Wilfried bereits fertig hatte, am Tisch an die Gäste zu verteilen. Riesenschnitzel waren das. Jedes füllte allein schon fast den ganzen Teller. Als er zu Aitana kam, sagte sie zu ihm: „Für mich bitte nur ein Halbes!" „Halbe habe ich nicht!", antwortete er knapp, und damit legte er ihr wie allen anderen ein ganzes Schnitzel auf ihren Teller. Es war sonst nicht seine Art, jemanden zu brüskieren, aber in diesem Fall schien es einen Grund zu geben. Aitana widersprach nicht, doch in ihrem Gesicht war die Verärgerung deutlich zu sehen. Es geschah noch etwas, dass genau dazu passte. Elise sagte zu Fritz: „Hans hat ganz tollen Rotwein aus Spanien bekommen. Den magst Du doch so gern. Sag ihm einfach, dass er ein paar Flaschen davon aus dem Keller holt!" Hans hatte das gehört und meinte nur: „Wenn er Wein trinken will, soll er in die Küche gehen und sich welchen holen!" Für Henning stand nach dieser Szene fest, was er von Anfang an vermutet hatte: irgendetwas musste zwischen den alten Freunden vorgefallen sein. Bald darauf verabschiedeten sich Fritz und Aitana mit einer kurzen Geste und brachen eilig auf. Der Feierstimmung an Elises Ehrentag tat das keinen Abbruch. Erst beim nächsten Treffen kam Hans darauf zu sprechen, dass in der Beziehung zu Fritz und Aitana irgendetwas nicht stimmen würde. Sie verhielten sich ihm gegenüber ganz eigenartig, ja fast schon ablehnend, wofür er keine Erklärung habe. Es verging noch eine ziemliche Zeit, bis sich herausstellte, warum die Kommunikation mit den beiden auf Elises Geburtstag so schwierig war. Draußen begann es nun langsam dunkel zu werden. Kerzen wurden angezündet, und die Infrarotstrahler oben an der Wand begannen zu leuchten. Eine gemütlich warme Atmosphäre kam auf. Henning streichelte unter dem Tisch, wo es keiner sehen konnte, liebevoll Elises Knie unter ihrem schwarzen Kleid.

Für alle anderen ging das Fest sehr harmonisch und auch ausgelassen seinem Ende entgegen. Schade, dass Henning und Dorothea nicht bei ihren Liebsten übernachten konnten, weil die Familie sonst vielleicht doch mitbekommen könnte, was noch geheim und vertraulich bleiben sollte! Aus diesem Grund hatte Hans für die beiden ein Hotelzimmer in Elchingen reserviert. Es war sehr stilvoll eingerichtet und gleichzeitig recht gemütlich. Nach dem Fest schliefen die beiden bald ein. Zum Frühstück am nächsten Morgen wollten sie mit Elise und Hans zusammen sein und machte sich darum recht früh auf den Weg zurück zur Villa Zerger, denn Hans musste ja pünktlich in seiner Firma sein. Gegen Mittag brachen sie auf, allerdings nicht ohne dass Henning seiner Elise voller Sorge einschärfte: „Bitte sei ganz vorsichtig, wenn Du durchs Haus gehst! Du darfst nicht stürzen! Ach, ich lasse Dich so ungern allein!"

Das nächste Wochenende verbrachten die Vier von Samstag bis Sonntag wieder in Heidenheim, das folgende dann in Elchingen. Jeder spürte, dass er ohne den anderen nicht mehr sein konnte. Schon am Montagabend hatte Henning Elises E-Mail in seinem Postfach:

„Mein Henning, mein Geliebter,
mein Herz ist noch ganz voll von dem traumhaften Miteinander. Ich bin
unendlich stolz, dass ich in Deinem Herzen sein darf. Stolz bin ich auch

darüber, wenn Du schreibst, dass Du mich für immer brauchst und dass Dich noch nie eine Frau so geliebt hat, so wie ich Dir meine Liebe zeige. Es ist für mich auch schön zu lesen, dass Du mich aus den Tiefen Deiner Seele liebst, und nun gehört mir Deine Liebe für immer. Mein Schatz, ich danke Dir für Deine guten Wünsche und Dein Gebet für mich. Das gibt mir Kraft. Ich verspreche Dir, dass ich sehr, sehr gut auf mich aufpasse. Ich freue mich auch sehr auf Mittwoch, auf unser Liebesnest. Dann werde ich Dein Geburtstagsgeschenk mitbringen, bin gespannt, was Du dazu meinst. Ich liebe Dich, ich brauche Dich, ich begehre Dich, mein Liebster.

Deine überschwängliche sehnsüchtige Elise"

Für Freitag, den 9. Juli, hatte Hans einen Termin in der Abteilung für Augenheilkunde in der Uniklinik Günzburg zu einer Voruntersuchung für eine eventuell bevorstehende Augenoperation. In den letzten Wochen sah er vermehrt mit dem linken Auge eine Wolke schwarzer Punkte. Er brachte Elise kurz gegen 11:00 Uhr nach Heidenheim und fuhr anschließend mit Dorothea zur erforderlichen Voruntersuchung nach Günzburg. Henning und Elise genossen die gemeinsame Zeit und liebten einander mit der gewohnten Intensität. Wenn sie wieder zu Atem gekommen war, flüsterte sie ihm ins Ohr, dass sie ein richtig schönes Geburtstagsgeschenk für ihn habe. Es sei bereits im Kofferraum des Cayennes und würde nachher heimlich in der Garage verstaut, damit er es übermorgen an seinem Geburtstag gleich hätte. Weiter verriet sie ihm nichts, aber sie freute sich wie ein kleines Mädchen mit leuchtenden Augen, dass sie eine Überraschung für ihn hatte. Am Spätnachmittag kamen Hans und Dorothea mit der Nachricht zurück, es gäbe gute Chancen für eine gelingende Operation. Aber jetzt stand erst einmal der gemeinsame Sylturlaub bevor, und die letzten Vorbereitungen mussten in der nächsten Woche bis spätestens Freitagnachmittag erledigt sein, denn am Samstag, den 17. Juli, sollte es schon früh morgens um 5:00 Uhr losgehen. Den Geburtstag von Henning planten sie darum am kommenden Sonntag bei „Fisch-Fiete" in Keitum auf Sylt zu feiern, einem der renommiertesten

Fischrestaurants der Insel. Am späten Abend fuhren Elise und Hans zurück nach Elchingen, und Henning und Dorothea winkten ihnen nach. Alle Vier fühlten trotz getrennter Wohnungen ein tiefes Glück und empfanden jeden Tag als ein wundervolles Geschenk.

Am Morgen des 10. Juli ging Dorothea ganz früh in die Garage, um Elises Geburtstagsgeschenk für Henning ins Esszimmer zu holen. Dort hatte sie bereits den Tisch gedeckt und eine Kerze angezündet. Frühstück zu machen war eigentlich die Aufgabe von Henning, nur an seinem Geburtstag ließ sie es sich nicht nehmen, ihn an einen bereits gedeckten Tisch zu führen und ihm mit einer Kerze in der Hand „Happy Birthday" zu singen. Elises Geschenk zeigte sich in Form eines riesengroßen länglichen Kartons aus Wellpappe, aus dem Henning einen wunderschönen Liegesessel für die Gartenterrasse hervor zog. Er war von derselben Art wie jener, den sie auf der Terrasse in Elchingen gesehen und ausprobiert hatten: wundervoll bequem und ideal zum Relaxen in der Mittagspause oder wann immer einem danach ist. An diesem Tag gab es allerdings keine Zeit für Pausen oder Gemütlichkeit. Gleich nach dem Frühstück machte sich Henning daran, eine Rieseneinkaufsliste für die ersten Sylttage zu schreiben und diese per E-Mail an den Vermieter des Ferienhauses auf Sylt zu schicken. Der hatte sie auf die Möglichkeit hingewiesen, alle benötigten Lebensmittel vor Ort in Keitum zu bestellen und direkt in das Ferienhaus in Morsum liefern zu lassen. Beim Eintreffen im Ferienhaus würde dann alles bereit stehen. Um sich die Arbeit in der fremden Küche zu erleichtern, notierte Henning sich, was er an Küchenutensilien von daheim brauchte. Einpacken konnte er diese Dinge jedoch noch nicht, weil am Abend die letzte Bandprobe war und er die Freunde eine Stunde früher zum Grillen eingeladen hatte. Für die Zubereitung der Salate benötigte er diese Dinge ja noch. Dorothea begann bereits mit dem Packen der Koffer. Jedenfalls hatten die beiden an diesem Tag alle Hände voll zu tun. Sie waren dabei guter Dinge, denn die Vorfreude auf Sylt beflügelte sie enorm. Die Geburtstagsgrüße von Elise und Hans kamen jeweils telefonisch. Die Küsse zwischen den Liebenden konnten heute nur durch die

Telefonleitung ausgetauscht werden, aber bald würden sie zehn Tage und zehn Nächte Zeit dafür haben.

Um 19:00 Uhr fuhren die Bandmusiker auf den Hof oder parkten auf der Straße und nahmen an dem gedeckten runden Tisch unter der Pergola Platz: Hubert, der Bassist, Carlo, der Rhythmusgitarrist und Ernst-Günter, der Schlagzeuger. Sie ließen sich schmecken, was Henning ihnen vom Grill servierte. In ausgelassener Runde wurde gescherzt und gelacht. Als die Uhr bereits kurz vor neun zeigte, meinte Hubert, der stets zu Späßen aufgelegt war: „Jetzt müssen wir aber noch ein bisschen Musik machen, wir sind schließlich nicht zum Vergnügen hier!" Lachend begab man sich in den Probenraum im Untergeschoss des Wohnhauses und hatte immerhin noch eine ganze Stunde zum Musikmachen.

Der Freitag stand im Zeichen der letzten Vorbereitungen und des Kofferpackens. Da Elise und Hans sie am nächsten Morgen schon um 4:30 Uhr in Heidenheim abholen wollten, war klar, dass man erst unterwegs frühstücken konnte. Dorothea hatte sich vorgenommen, alle mit einem kleinen Sektfrühstück auf irgendeinem Autobahnparkplatz zu überraschen. Sie hatte sich dazu schon beim letzten Treffen den Picknick-Rucksack aus Elchingen mitbringen lassen und ergänzte mit dessen Geschirr den eigenen Picknick-Rucksack, so dass es für vier Personen reichte. Obwohl an vieles zu denken war, kamen Henning und Elise auch an diesem Tag nicht ohne E-Mail Kontakt aus:

„Meine Elise,

alles, was Du schreibst, spiegelt wider, was auch in meinem Herzen ist. Wir erleben miteinander die ganz große Liebe, und wir erleben sie noch intensiver als in der Zeit, als wir jung waren und am Anfang unseres Lebensweges standen. Auch ich konnte mich vorgestern nur schwer wieder von Dir trennen. Aber auf Sylt sind wir ja 10 Tage und 10 Nächte zusammen. Ich sehe uns beide schon in einem Strandkorb sitzen und Händchen halten und einfach miteinander glücklich sein im Sonnenschein. Dorothea versucht heute noch, von hier aus einen Strandkorb für Dich und mich zu organisieren. Heute ist alles ein bisschen stressig, aber es ist natürlich ein schöner Stress. Meine Liebste, ich muss jetzt schon meine Zeilen beenden. Zuvor möchte ich Dir noch einmal sagen, dass alles wahr ist, was Du geschrieben hast. Und von ganzem Herzen bleibe auch ich

für immer Dein Henning, Dein Liebster, Dein Schatz"

Elise antwortete:

„Mein liebster Henning,

das Band der Liebe hält uns fest umschlungen, und dies ist ein wundervolles Gefühl der Zusammengehörigkeit. Du hast so Recht, wir erleben zusammen die ganz große Liebe, und wir erleben sie noch intensiver als in der Zeit, als wir jung waren. Es wäre natürlich sehr schön, wenn wir in einem Strandkorb zusammen sitzen könnten und darin glücklich sein können. Hoffentlich ist Dorotheas Versuch, einen zu organisieren von Erfolg gekrönt, das wäre wunderbar. Es sind noch gut 6 Stunden, dann sehen wir uns, mein Schatz, deshalb gehe ich jetzt eilends in mein Bett, dass ich wenigstens etwas ausgeschlafen bin. Ich habe Sehnsucht nach Dir!

Deine unersättliche Elise, Dein sehnsüchtiges Mädel"

7. Ellenbogen und Sylter Welle

Gegen 4:00 Uhr morgens klingelte der Wecker, und Dorothea und Henning gingen ins Bad und machten sich reisefertig. Sie waren beide ziemlich aufgeregt. Hans hatte gesagt, dass er pünktlich sein würde, weil es an diesem Tag galt, eine Strecke von neunhundertfünfzig Kilometern zu bewältigen. Umso mehr waren die beiden erstaunt, als sie um 4:45 Uhr immer noch auf die Freunde warteten. Dann klingelte das Telefon. Hans teilte ihnen mit, sie seien schon kurz vor dem Rasthof Lonetal gewesen, da hätten sie gemerkt, dass sie Elises Medikamente vergessen hatten und seien dann gleich umgekehrt, um sie zu holen. Deshalb verzögere sich ihr Eintreffen entsprechend.

Kurz nach 5:00 Uhr rollte der weinrote Cayenne auf den Hof. Wegen der Verspätung begrüßten sie einander sehr viel kürzer als sonst. Hans hatte alle Mühe, das Gepäck der Freunde noch in dem bereits sehr gefüllten Kofferraum unterzubringen. In dieser Disziplin erwies er sich an dem Morgen wie auch später noch so oft als unschlagbar. Um 5:30 Uhr fuhren sie los und waren nach wenigen Minuten auf der A7 in Richtung Norden. Die ungewollte Verspätung hatte sie doch eine gute Stunde gekostet. Dorothea saß wie immer vorn neben Hans und hielt Händchen mit ihm. Henning und Elise taten dasselbe hinten im Fond und hatten dort natürlich viel mehr Spielraum für Zärtlichkeiten. Die Vier waren beieinander und fühlten sich eingehüllt in tiefes Glück. Sie genossen die Fahrt in den neuen Tag, der ihnen ein wunderschönes Morgenrot zeigte.

Gegen 9:30 Uhr erreichten sie den Rasthof Hasselberg und parkten den Wagen dort, wo neben der Fahrbahn Karrees mit Bodenplatten gelegt waren, auf denen jeweils ein Tisch und zwei Bänke standen. Dort breitete Dorothea ein weißes Tischtuch aus und zauberte in kurzer Zeit einen gemütlichen Frühstückstisch, an dem nichts fehlte. In dem Picknick Rucksack gab es Sektgläser aus Kunststoff, in sie wurden zwei Piccoloflaschen „Henkel Trocken" geleert, so dass es für jeden eine halbe Piccoloflasche gab, was die Fahrtüchtigkeit nicht im geringsten beeinflussen würde. Es gab heißen Kaffee aus einer orangenfarbenen Thermoskanne, belegte frische Brötchen und auch Obst. Die Sonne schien schon jetzt warm vom Himmel. Hans meinte, er habe noch nie auf einem Autobahnparkplatz in so fürstlicher Weise gefrühstückt. Wenn die Vier zusammen waren, passte stets einfach alles. Gestärkt setzten sie sich wieder ins Auto, und weiter ging es auf der A7. Fast 550 Kilometer lagen noch vor ihnen. Sie fuhren an Kassel vorbei und an Göttingen und erreichten den Harz bei Osterode. „Wir fahren jetzt durch die Gegend, in der ich meine Kindheit und Jugend verbracht habe", erklärte Henning und erzählte Elise jene Erinnerungen, die sich für ihn mit den Orten verbanden, deren Namen auf den vorbei fliegenden Schildern standen. Da war Bad Gandersheim, wo jene Firma, bei der er nach dem Schulabschluss gejobt hatte, ihre Betriebsfeiern abhielt, bei denen auch seitens der Abteilungsleiter die Sau raus gelassen wurde, sobald sich die Lehrlinge mit einem Sonderbus auf dem Rückweg befanden. Es ging vorbei an Bockenem, wo damals ein Arbeitskollege seines Vaters wohnte. Bei dessen Familie seien sie einmal zum Nachmittagskaffee eingeladen gewesen. Zum Kuchen gab es dort keine Sahne, weil das zu teuer gewesen wäre. Die Ehefrau hatte allerdings behauptet, die Sahne sei nicht steif geworden. Den gut gemeinten Vorschlag seiner Mutter, man könne die Sahne dann ja vielleicht noch für den Kaffee nehmen, habe die aber brüsk abgewehrt.

Auf der rechten Seite war nach einiger Zeit der Rasthof „Hildesheimer Börde" zu sehen, wo Dorothea, Henning und Sohn Christian sich 1985 auf dem Weg in einen Norwegenurlaub mit den Eltern von Henning für ein gemeinsames Mittagessen getroffen hatten. Seine Mutter hatte dafür Hacksteaks gebraten und eine Schüssel Kartoffelsalat mitgebracht, den sie seit Jahrzehnten nach dem tschechischen Rezept ihrer Schwägerin zubereitete. Es war ziemlich kurzweilig für die Vier auf dieser Autofahrt immer weiter nach Norden. Jetzt kam schon der Elbtunnel in Sicht. Nachdem sie Hamburg hinter sich gelassen hatten, brauchte Hans dringend eine Ruhepause. Er fuhr auf einen Rastplatz und Dorothea bereitete ihm mit Decken einen weichen Schlafplatz auf einer Bank. Schon nach kurzer Zeit war an seinen Atemgeräuschen zu hören, dass er fest schlief. Dorothea machte sich eine Menge Mühe, ihn mit entsprechend aufgehängter Kleidung und Tüchern vor der Sonne zu schützen. Es war ihr ganz wichtig, dass Hans wirklich ruhen konnte und dabei keine „Hitzemeise" bekam, wie sie es nannte. Er hatte immerhin noch fast zweihundert Kilometer zu bewältigen bis zum Terminal des Sylt-Shuttles in Niebüll. Etwas über eine halbe Stunde hatte Hans fest geschlafen, dann fühlte er sich fit genug für die Weiterfahrt. Sie lagen trotz der Verspätung vom frühen Morgen gut in der Zeit und erreichten den Autozug pünktlich zum Einchecken. Die Fahrt mit dem Sylt-Shuttle über den Hindenburgdamm genossen sie als ein besonderes Erlebnis bei diesem schönen Wetter. Schon bald war Westerland erreicht. Nun mussten sie noch kurz in Keitum beim Vermieter den Schlüssel für das Ferienhaus in Empfang nehmen. Von da aus hatten sie nur noch fünf Kilometer bis zu ihrem Ziel zu fahren. Was sie dort im hellen Schein der Abendsonne sahen, war noch schöner als auf den Fotos im Internet: ein lang gezogenes Backsteinhaus mit einem tiefen Reetdach und zwei Kaminen. Auf der Vorderseite sah man im rechten Drittel einen malerischen Zwerggiebel mit dem Eingang im unteren Teil und links davon vier und rechts zwei große Fenster. Im Dach gab es nach vorn eine halbrunde malerische Gaube. Ein typisches Friesenhaus wie aus dem Bilderbuch würde nun für zehn Tage ihr Urlaubsdomizil sein. Was sie beim ersten Rundgang durch das Innere antrafen, überstieg ihre Erwartungen noch einmal. Linkerhand ging es im Erdgeschoss über einen Gang in das geräumige Wohnzimmer mit offenem Kamin und einer gemütlichen Sitzgruppe, und rechterhand gelangten sie in den eleganten Speiseraum mit einem romantischen Kachelofen am Eingang und integrierter Küche. Im Obergeschoss direkt unter dem Reetdach waren separat auf jeder Giebelseite die Schlafräume und die dazu gehörigen Bäder in modernster Ausführung. Hans und Dorothea hatten sich absolut für das richtige Objekt entschieden. Sie bezogen miteinander den linken Giebel, während Henning und Elise sich den rechten Teil ausgesucht hatten. Hier gab es eine barrierefreie Dusche, was den beiden sehr entgegen kam, während es auf der anderen Seite statt einer Dusche eine Badewanne gab, weshalb Hans für sich entschied: „Ich komme morgens zum Duschen immer zu Euch rüber!"

Henning hatte schon bei der Planung des Urlaubs vorgeschlagen, dass er am ersten Abend nach der langen Autofahrt eine Suppe zubereiten könne, eine Thailändische Süß-scharfe Suppe. Das Rezept hatte er bei einem chinesischen Kochkurs mitgeschrieben und dann selbst noch etwas verändert. Nach dem Auspacken der Koffer begab er sich darum mit Elise sogleich in den Speiseraum, wo sich hinter einem gewaltigen tresenartigen Tisch mit zahlreichen unterschiedlich großen Schubladen auf der Vorderseite die Küche befand. Als erstes mussten die Kartons mit all den bestellten Waren ausgepackt und diese eingeräumt werden in Kühlschrank, Vorratsschränke und Speisekammer. Elise hätte ihm gern dabei geholfen, aber das wäre viel zu gefährlich gewesen. So saß sie in einem bequemen Stuhl und leistete ihm einfach Gesellschaft. Nachdem, was er gesehen hatte, war alles komplett vorhanden, was er auf seiner Bestellliste notiert hatte. So konnte er sich nun an die Vorbereitung der Suppe machen. Das Rezept dafür hatte er im Kopf:

„THAILÄNDISCH SÜßSCHARFE SUPPE:

Zutaten für etwa 6 Personen:
3 getrocknete ostasiatische Pilze
500 g Hackfleisch
jeweils 2 gelbe, grüne und rote Paprikaschoten
4 Eier
1 Glas Bambussprossen
1 Bund Frühlingszwiebeln
Gewürz 1:   1 Teelöffel Sojasauce
*   2 Teelöffel Zucker*
*   ½ Teelöffel Pfeffer*

	2 Teelöffel Stärkemehl
Gewürz 2:	*½ Tasse Essig*
	1 Teelöffel Pfeffer
	1 Teelöffel Chilipaste
	½ Tasse Sojasauce
	4 Teelöffel Zucker
	2 Teelöffel Stärkemehl mit 8 EL Wasser verrührt

Zubereitung:
Die Pilze in einer kleinen Schüssel mit kaltem Wasser mindestens eine halbe Stunde einweichen und danach in kleine Stücke hacken. Paprika putzen und in kleine Streifen schneiden, die Frühlingszwiebeln in kleine Ringe. Hackfleisch mit Gewürz 1 vermischen und eine halbe Stunde marinieren lassen. 3 EL Öl oder Ghee (Butterschmalz) in einem Topf erhitzen. Das Hackfleisch darin kurz anbraten. 1 ½ l Wasser dazugeben und kochen lassen. Paprika und Pilze dazugeben, gut verrühren und noch 10 Minuten köcheln. Die Bambussprossen dazugeben und die verquirlten Eier spiralenförmig langsam in den Topf gießen und warten, bis die Eier gestockt sind, erst dann Gewürz 2 dazugeben und vorsichtig umrühren, mit der Stärke binden und anschließend die Frühlingszwiebeln dazugeben. "

Henning besprach mit Elise jeden seiner Handgriffe. Die beiden hatten viel Spaß miteinander. Schon bald konnte man riechen, dass hier eine asiatische Spezialität gekocht wurde. Da die eigentliche Garzeit recht kurz ist, war die Suppe bald fertig. Als Henning sie probierte, hatte er irgendwie den Eindruck, dass sie nicht den vertrauten Geschmack hatte, konnte sich aber nicht erklären, woran das lag. Er würzte mit Sojasauce und Chilipaste nach. Das brachte allerdings in erster Linie ein Mehr an Schärfe. Auch Elise, die er probieren ließ, merkte das, doch machte sie ihm sogleich Mut mit den Worten: „Der Hans isst gern recht scharf!" Mit ein bisschen Herzklopfen entschloss sich Henning, die Suppe so zu servieren – und tatsächlich: Hans schmeckte es so über alle Maßen gut. Er schlug vor, dass der halbe Topf mit übrig gebliebener Suppe morgen wieder auf den Tisch kommen musste. Von Stund an erklärte er „Thailändische Süß-scharfe Suppe" zu seinem Leibgericht. Wann immer es in den folgenden Jahren um die Frage ging, was gekocht werden sollte, war seine stereotype Antwort: „Thailändische Süß-scharfe Suppe!"

Während Henning und Dorothea die Küche aufräumten, zündete Hans im Wohnzimmer den Kamin an, und die Vier ließen den ereignisreichen Tag in gemütlicher Runde ausklingen, allerdings nicht ohne brennenden Sambuca mit Kaffeebohnen, der seit den beiden Wochenenden in Oberstaufen zu ihrem Lieblings-Absacker geworden war. Damit sich dieselbe Panne wie seinerzeit im „Bergkristall" nicht wiederholte, hatte Henning für den Sylt-Urlaub original Sambuca Gläser besorgt. Da die lange Fahrt bei allen deutliche Spuren hinterlassen hatte, begaben sich die beiden Paare schon recht früh in ihre Schlafgemächer und fanden es über alle Maßen aufregend, dass sie nun für zehn Tage neben dem geliebten Partner einschlafen und am Morgen auch neben ihm aufwachen würden. Während sie sich dann liebevoll Haut auf Haut im Arm hielten, fragte Henning scherzend: „Ob unsere ‚Konkurrenz' auf der anderen Seite jetzt wohl genauso glücklich ist wie wir?" Elise antwortete schlagfertig: „Konkurrenz haben wir keine, höchstens Mitbewerber!" –

Der nächste Tag begann gleich mit einem Highlight. Als die beiden in den Speiseraum kamen, hatte Dorothea bereits den Tisch gedeckt, und Hans holte frische Brötchen aus Keitum. Der Raum hatte ein fast fürstliches Ambiente. Die Wände und die Decke waren mit hochwertigem Holz verkleidet und in einem hellen cremefarbenen Ton gehalten. In der Mitte stand ein großer an den Ecken abgerundeter weißer Tisch, den man eigentlich schon als Tafel bezeichnen musste. An ihr hätten locker zwei komplette Familien Platz gefunden. Darüber hing ein geschwungener reich verzierter Messingkronleuchter mit gelbbräunlichen Wachskerzen. Um den Tisch standen dunkelgraue Rattansessel mit bequemen Kissen. Dorothea hatte mit diesem Frühstück für reichlich Auswahl gesorgt und es auch an Tischschmuck nicht fehlen lassen. Stilvoller hätte der erste Urlaubsmorgen nicht beginnen können.

Obwohl es draußen etwas nieselte, machten sich die Vier auf den Weg zu einem Morgenspaziergang. Hans wurde nicht müde zu betonen, wie wichtig es für Elise sei, auf diese Weise ihre Muskeln zu trainieren, weil sie wegen ihrer Erkrankung notgedrungen sehr viel weniger in Bewegung war als früher. Henning blieb eng an ihrer Seite, um sie sofort zu halten, falls sie strauchelte. Das war gar nicht so einfach, denn sie benutzte ihre Walkingstöcke und hatte darum keine Hand frei. Hans folgte mit Dorothea in ganz kurzem Abstand, um Elise nach rückwärts abzusichern, denn für gewöhnlich stürzte sie nach hinten. Er gab ihr fortwährend Anweisungen. Es lag ihm alles daran, ihr möglichst lange ihre Beweglichkeit zu erhalten: „Etwas schneller! Und rechts mehr Druck auf den Stecken!" Elise bemühte sich, so gut es ging. Sie würde überhaupt alles tun, was ihrer Krankheit entgegenwirkt. Etwa fünfundvierzig Minuten wanderten die Vier durch die Wiesen und am Deich entlang.

Für die Mittagszeit hatte Henning eingeladen in das renommierte Zwei-Sterne-Restaurant „Fisch Fiete", um mit ihnen seinen zweiundsechzigsten Geburtstag gebührend nachzufeiern. Elise hatte dazu ihr rotes Kostüm angezogen und trug die bunte Halskette, die Henning ihr zum Geburtstag geschenkt hatte. Er war ihr beim Einsteigen behilflich, da rutschte ihr kurzer Kostümrock weit den Oberschenkel hinauf, was ihn erregte und überglücklich sein ließ über die Liebe einer so wundervollen Frau.

Das Restaurant war ein weißes reetgedecktes romantisches Friesenhaus. Auf der Vorderseite gab es in der Mitte wiederum den typischen Zwerggiebel mit dem Eingang. Über der Eingangstür mit geschwungenen Glasscheiben stand in blauen Buchstaben „Fisch Fiete". In dem Garten davor sah man einen kreisrunden Brunnenteich, in dessen Mitte eine Bronzeskulptur stand, die umgeben war von kleinen Wasserfontänen.

Dieses Restaurant wurde seit über sechzig Jahren von einer Familie geführt und gehörte längst zu den Wahrzeichen von Keitum. Die Vier betraten das Lokal und konnten sich zunächst gar nicht satt sehen an den malerischen in Blau gehaltenen unterschiedlichen Delfter Kacheln an den Wänden. Sie nahmen an einem gemütlichen Tisch am Fenster Platz und begannen ihr Menü mit einer Fischsuppe, die keine Wünsche offen ließ. Als Hauptgang hatte Elise dasselbe gewählt wie Henning: „Gedämpftes Filet vom Küsten-Kabeljau mit Estragon-Senfsauce, Schmorgurken und Nordstrander Salzkartoffeln". Dorotheas Wahl fiel auf „Zartes Matjesfilet, Nordseekrabben und Backfisch mit Landei, Bratkartoffeln, leckeren Dips und frischem Blattsalat". Und für Hans gab es „In Flensburger-Bierteig gebackene Fischfilets mit Kartoffelecken, Gurkensalat und Kräutersauce". Dazu suchte Elise für alle einen trockenen Kerner Weißwein aus. Henning empfand dieses gemeinsame Mahl als Ausdruck ihrer Liebe zu viert als das schönste Geburtstagsgeschenk seines Lebens. Er verlangte die Rechnung und dann brachen sie auf. Dorothea ging mit Elise noch kurz zur Toilette, so dass die beiden Männer vor dem Haus einen Moment allein waren. „Das Allerwichtigste ist, dass es keine Eifersucht gibt!", wandte sich Hans an Henning, der ihm aus tiefstem Herzen zustimmte. Dann fügte er hinzu, was ihn offenbar selbst erstaunte: „Weißt Du, aus uns sind jetzt zwei unzertrennliche Paare geworden – aber eben umgekehrt: Du und Elise und ich und Dorothea!" Er hatte völlig Recht, und treffender konnte man es nicht mehr ausdrücken.

Der Nieselregen hatte aufgehört und am Ferienhaus angekommen, machten die Vier erst einmal eine Runde außen um das Gebäude herum. Die zaunlosen großen Rasenflächen auf allen Seiten waren frisch gemäht. Im hinteren Teil des Anwesens gab es einen originalen Strandkorb und davor ein gepflastertes Rondell mit massiven hölzernen vom unvermeidbaren Möwenkot verunreinigten Gartenmöbeln. So ist es mit allem, was auf Sylt im Freien steht. Hans ging ins Haus und kam mit einem Putzeimer und warmem Wasser zurück. Er machte sich sogleich daran, den Tisch und die Stühle zu reinigen, wiewohl das Wetter an diesem Tag noch nicht zum Sitzen im Freien einlud. Laut Wettervorhersage sollte es immerhin bald Sonnenschein geben.

Für den Abend hatte Henning schon angekündigt, dass er im Fernsehen gern mit Elise das Fußballspiel der deutschen Frauen-Nationalmannschaft anschauen würde. Henning war etwas unsicher, ob er seine Elise ein wenig für den Frauenfußball begeistern könnte, hoffte aber, dass der Funke bei ihr irgendwie überspringen würde. Hans und Dorothea planten, diesen Abend miteinander in Westerland zu verbringen, um schon einmal herauszufinden, was die Syltmetropole zu bieten hatte. Es wurde für alle ein glücklicher Abend. Elise fand tatsächlich Gefallen daran, mit ihrem Henning Frauenfußball zu gucken. Pünktlich mit dem Schlusspfiff kamen auch die beiden ‚Mitbewerber' wieder zurück. Hans ließ es sich nicht nehmen, für alle noch ein Feuer im Kamin anzuzünden. Henning holte die Sambuca Gläser, die Flasche und die Kaffeebohnen, und so fand der Abend einen gemütlichen Abschluss.

Der Montag brachte deutlich mehr Sonnenschein, und es wurde langsam auch wärmer – richtiges Urlaubswetter! Am Vormittag hatte Hans im Geräteschuppen hinter dem Haus zwei Fahrräder entdeckt und begann akribisch, diese in Stand zu setzen. Was er dazu brauchte, besorgte er sich in Morsum, und wenige Stunden später hatten er und seine Liebste fahrbereite Räder für ihre erste Radtour. Dorothea meinte allerdings, sie sei schon vierzig Jahre nicht mehr Rad gefahren, doch sie fuhr dann überraschend sicher und hatte eine Menge Freude am Radeln. Überhaupt war ein Fahrradausflug mit Hans ganz nach ihrem Geschmack. Elise und Henning hatten es sich derweil im Wohnzimmer gemütlich gemacht und studierten miteinander die vorhandenen Sylt-Prospekte, um sich für die Unternehmungen der nächsten Tage inspirieren zu lassen. Zum Abend-essen sollte es marinierte Heringsfilets geben mit Pellkartoffeln und einer Schinken-Zwiebel-Sauce. Den Fisch hatte Hans am Morgen aus Keitum mitgebracht. Henning bereitete eine Marinade aus Schmand, Sahne und Gewürzen vor und legte die Filets darin ein, so dass sie genügend Zeit zum

Durchziehen hatten. Es war so ganz nach seinem Geschmack, hier auf Sylt stets eine sehr hohe Qualität von frischem Fisch zur Verfügung zu haben, den er zubereiten konnte. Er liebte Fisch über alles, und fangfrischen Meeresfisch gab es in Süddeutschland natürlich nicht.

Hans und Dorothea kamen gegen 18:00 Uhr von ihrem Ausflug zurück. Henning brauchte nur noch die Pellkartoffeln aufzusetzen und die Schinken-Zwiebel-Sauce zuzubereiten. Es war ein durchaus einfaches Gericht, immerhin typisch für die Nordseeküste und schmeckte allen wirklich gut. Als sie dann wieder im Wohnzimmer gemütlich um das Kaminfeuer saßen, ging Hans noch einmal in den Vorratsraum und brachte eine Flasche, die er augenzwinkernd auf den Tisch stellte: „Ihr glaubt nicht, was ich heute Morgen in dem Geschäft entdeckt habe – einen echten ‚Kardenal Mendoza', wie Elise und ich ihn früher auf dem Flughafen in Madrid bekommen haben, wenn wir auf den Flieger in die USA warten mussten! Und der war nicht einmal teuer!" Er goss jedem von diesem edlen alten Weinbrand ein und hielt sich sein Glas unter die Nase: „Das riecht nach Urlaub!", woraufhin Elise bestätigte: „Es schmeckt auch nach Urlaub!" Nun hatten die Vier eine echte Alternative zum Sambuca als abendlichen Absacker.

Von Dienstag an gab es strahlenden Sonnenschein. Darum hatten sich die Vier für diesen Morgen eine größere Wanderung als bei den bisherigen Spaziergängen vorgenommen. Sie wanderten in der gewohnten Weise zunächst wieder zum Deich, dann immer weiter daran entlang. Hans lag sehr daran, dass sich Elise wirklich etwas abverlangte und schlug deshalb vor, dass sie auf den Deich hinaufstiegen. Dabei musste sie kräftig ihre beiden Walkingstöcke einsetzen, während Hans neben ihr ging und sie an ihrem linken Oberarm hielt. Henning ging eng dahinter, um sie nach rückwärts abzusichern. Es war leichter als erwartet. Deshalb bestand Hans darauf, dass diese Übung noch zweimal wiederholt wurde und noch ein weiteres Mal an einer anderen Stelle, was für Henning fast so anstrengend war wie für Elise. Alle empfanden diese Wanderung durch das sonnige

Marschland als pures Glück. Am Deich begegneten ihnen immer wieder die für Nordfriesland so typischen Deichschafe. Da mussten sie tüchtig aufpassen, um nicht in den überall verstreut liegenden Schafskot zu treten. Auf den eingezäunten Weiden grasten prächtige Haflinger Pferde, die dicht an die Umzäunung heran traten und sich über die Nüstern streicheln ließen. Aus der Ferne war stets das Kreischen der Möwen zu hören. Nach einer guten Dreiviertelstunde brauchten Elise und Henning eine kleine Pause. Sie setzten sich unter einer Baumgruppe auf eine rote Bank, die gerade rechtzeitig in Sicht gekommen war. Es wurde für Elise immer beschwerlicher, und Henning hatte Mühe, sie zu halten. Dorothea und Hans stiegen noch einmal auf den Deich, um von dort aufs Meer zu schauen. Nach dem Verschnaufen ging es in einem großen Rechtsbogen wieder zurück zum Ferienhaus. Ein Blick auf die Uhr zeigte ihnen, dass sie über anderthalb Stunden unterwegs gewesen waren.

Für das Mittagessen hatten sie sich vorgenommen, in Westerland nach einem geeigneten Fischlokal zu suchen und anschließend miteinander die Stadt zu erkunden. Dabei wurde ihnen schnell bewusst, wie sehr hier alles auf Tourismus eingerichtet war. Das sagte den Vieren nicht wirklich zu. Sie verspürten nach kurzer Zeit den Wunsch, lieber am Strand spazieren zu gehen und den Meerblick zu genießen. Allerdings mussten sie feststellen, dass sie dazu ihre Kurkarten benötigten, die aber im Ferienhaus bei den Sylt-Prospekten lagen. Dorothea zückte kurz entschlossen ihre Geldbörse und sagte: „Dann zahlen wir eben! Ist doch kein Problem!" Das ging Hans nun ganz und gar gegen den Strich: „Geld ausgeben, nur weil wir die Kurkarte vergessen haben? Kommt nicht in Frage! Dazu bin ich viel zu sehr Schwabe!", sagte er. So machten sich die Vier wieder auf den Rückweg zum Ferienhaus.

Dort ging Dorothea nochmals die Prospekte durch und entdeckte dabei den Hinweis auf das „Rote Kliff" bei Kampen und las, dass dieser Platz zu den schönsten der ganzen Insel gehören würde. So brachen sie nach dem Abendessen miteinander auf, um zu erleben, was da beschrieben war. Aber dieses Mal nicht ohne die Kurkarten! Kurz nach Kampen fanden sie den ausgewiesenen Parkplatz und entnahmen der dort aufgestellten Schautafel den Verlauf jenes Wanderweges am Strand entlang beziehungsweise durch die Dünen. Sie gingen zunächst über einen schmalen Holzsteg, dann die Düne hinunter, wo es einen freien Strandkorb gab mit Blick aufs Meer und die bereits tief stehende Sonne. Das war ein guter Platz, wo Henning und Elise dem angekündigten Naturschauspiel in Ruhe zusehen konnten. Hans und Dorothea hingegen begaben sich Hand in Hand auf den Fußweg zum Kliff. Ja, es war genauso, wie Hans es am Sonntag ausgedrückt hatte: sie waren zu zwei unzertrennlichen Paaren geworden! Im Strandkorb fanden sie es anfangs ausgesprochen gemütlich. Sie hatten eine Flasche Piccolo dabei und auch zwei Sektgläser, mit denen sie auf ihre Liebe anstießen. Händchen haltend und sich immer wieder küssend beobachteten sie die untergehende Sonne, die inzwischen zu einem großen roten Feuerball geworden war. Nicht mehr lange, und sie würde am Horizont versunken sein. Die beiden spürten nun die mittlerweile aufgezogene Abendkühle. Trotz ihrer Anoraks begannen sie zu frösteln. Sie hielten immer wieder Ausschau in nördlicher Richtung den Strand entlang, von wo sie die Rückkehr der beiden anderen erwarteten. Ganz vereinzelt sahen sie ab und zu Paare auf sich zukommen. Aber immer, wenn sie meinten, sie könnten Dorothea und Hans erkennen, mussten sie einsehen, dass sie sich getäuscht hatten. Es fing an, recht ungemütlich zu werden. Sie schmiegten sich eng aneinander, um sich zu wärmen, denn die Abendkühle begann unerbittlich zu werden. Eine lange Zeit verging noch, bis Elise die beiden endlich kommen sah, was ihnen fast wie eine Erlösung erschien. Hans und Henning nahmen Elise in die Mitte und halfen ihr durch den tiefen Sand die Düne hinauf und über den Holzsteg zum Parkplatz. Das war ein ziemlicher Kraftakt, der Henning fast außer Atem brachte. Als sie das Auto endlich erreichten, hatte er sein Hemd klitschnass geschwitzt. Kurze Zeit darauf saßen die Vier dann gemütlich am warmen Kaminfeuer zusammen und berichteten bei einem Gläschen „Kardenal Mendoza" ihre Eindrücke vom Sonnenuntergang am „Roten Kliff". Die Wärme des offenen Kamins und vielleicht auch die des reifen alten Weinbrands trugen maßgeblich dazu bei, dass alle nur in malerischen Bildern von einem traumhaften Abend in der Natur schwärmten und das Frösteln im Strandkorb längst vergessen war.

Es folgten wundervolle Tage. Die Sehenswürdigkeiten der Insel konnten sie nun bei strahlendem Sonnenschein erkunden. Jeden Urlaubstag, der zu Ende ging, empfanden die Vier als etwas Besonderes und ihre Liebe als ein unverdientes glückliches Geschenk von anderswo her. Hans nannte es gern eine „Fügung", dass sie einander gefunden hatten, wiewohl ihm bewusst war, dass sich solche Sicht nicht wirklich damit vertrug, dass er gern betonte, Realist zu sein.

Für Freitag, mit dem sich bereits das letzte Wochenende ankündigte, war eine ausgedehnte Wanderung geplant, die Hans und Dorothea über den „Ellenbogen" machen wollten, den nördlichsten Zipfel von Sylt. Sie hatten die Idee, dass Henning und Elise in der Zeit die „Sylter Welle" ergründen könnten, jenes bekannte Freizeitbad in Westerland, mit Saunalandschaft, temperiertem Meerwasserbecken, Bistro und Cafeteria. Bei Henning löste das keine große Begeisterung aus. Er fühlte sich in Schwimmbädern nie sonderlich wohl und hatte selbst erst mit dreißig Jahren Schwimmen gelernt. Aber dann stimmte er doch gern zu, weil er merkte, dass Elise sich auf die „Sylter Welle" schon lange gefreut hatte. Am frühen Nachmittag fuhren sie miteinander nach Westerland, wo Hans und Dorothea die beiden zum Eingang dieser Wellness-Oase geleiteten und dann selbst weiterfuhren nach Norden Richtung Ellenbogen.

Henning war sich seiner Verantwortung sehr bewusst und hielt Elises rechten Arm mit beiden Händen, um sie sicher zur Saunenlandschaft zu geleiten, wo sie beginnen wollten. Vor dem Eingang der Damen-Umkleide musste er sie allein lassen und tat das mit großem Unbehagen. Er selbst beeilte sich mit dem Umziehen und Duschen, um schnell wieder bereit zu sein. Es erleichterte ihn über die Maßen, als er seine Liebste unversehrt wieder aus der Tür kommen sah. Sie hakte sich bei ihm ein, nachdem sie die Bademäntel aufgehängt hatten, und er führte sie sicher in die Sauna. Sie bestand aus einem riesigen kreisförmigen Raum, viel größer als er je es zuvor gesehen hatte, mit einer Holzkuppel und vier in Stufen angeordneten ebenfalls kreisrunden Bankreihen. Der Saunaofen befand sich in der Mitte und war aus Natursteinen aufgemauert. Er hatte einen kupfernen Aufbau, der oben in der Mitte die Kuppel berührte. Außer ihnen war niemand da, als sie eintraten. Sie wollten sich gerade setzen, als Henning schlagartig bewusst wurde, dass sie beide noch die Badesandalen trugen. So schnell er konnte, streifte er sie von seinen Füßen, um Elise ihrerseits dabei helfen zu können. Die hatte aber schon jenen verhängnisvollen Schritt nach rückwärts gemacht. Im Niederbücken musste er sehen, wie sie ungebremst und wie ein gefällter Baum nach rückwärts stürzte und mit dem Kopf die Kante der ersten Bankreihe nur um einen winzigen Zentimeter verfehlte. Ihr linker Arm schrammte dabei an den groben Steinen des Saunaofens entlang und wies nun eine leichte Schürfwunde auf. Henning standen die Tränen in den Augen, als er sich über seine Liebste beugte, die ihm aber sofort erklärte: „Mir ist nichts passiert!" Doch das tröstete ihn nicht, und von Stund an war die Angst der ständige Begleiter seiner tiefen Liebe zu ihr. Sie saßen nun auf der untersten Ebene, konnten aber nach dieser Erfahrung nicht wirklich relaxen. Zwei hübsche junge Damen kamen herein, setzten sich ihnen gegenüber, scherzten miteinander und hatten offenbar auch Spaß daran, ihre Reize zu zeigen. Henning hatte nicht einen Moment lang ein Auge für sie und hätte am liebsten losgeheult wegen der permanenten Sturzgefahr seiner Elise, die ihm nun noch bewusster geworden war und auch noch größere Angst machte als bisher schon. Beiden war die Freude an der Sauna vergangen und eigentlich an allen Angeboten dieser herausragenden Wellness-Einrichtung. Sie zogen ihre Bademäntel an und suchten in einer der Schwimmhallen einen Liegesitz, denn sie wollten auf keinen Fall etwas Weiteres von den vielfältigen Angeboten ausprobieren, was doch nur wieder gefährlich hätte werden können. Henning hielt ihre Hand und streichelte sie, was nun nicht nur Ausdruck seiner Liebe war, sondern zugleich Ausdruck der Sorge um sie, so als müsse er sie festhalten, um sie nicht zu verlieren. Der Nachmittag in der „Sylter Welle" wurde ihnen recht lang, da sie sich zu nichts anderem in der Lage sahen, als da zu sitzen, etwas zu trinken und ansonsten zu warten, bis sie wie abgesprochen per Handynachricht erfuhren, dass die beiden „Ellenbogen-Wanderer" sie demnächst am Ausgang abholen würden. In Henning stiegen dabei missmutige Gedanken hoch. Er meinte, in diese Misere nur dadurch gekommen zu sein, dass Dorothea für ihn und Elise ein Alternativangebot für die Zeit gesucht hatte, in der sie mit Hans wandern wollte.

Für diese beiden war der Weg durch die Dünen an der Nordspitze der Insel ein herrliches Erlebnis. Der warme Sonnenschein tat ihnen gut, während gleichzeitig eine leichte Brise für angenehme Abkühlung sorgte. Sie genossen die Natur und machten eine Menge schöner Fotos. Sie hielten einander an der Hand und empfanden es als ein großes Glück, hier gemeinsam unterwegs zu sein. Die Dünen rechts und links ihres Wegs bildeten überall tiefe Mulden, in die vom Weg aus nicht hinein zu schauen war, was Dorothea auf eine kuriose Idee brachte, die Hans ihr durchaus nicht zugetraut hätte: „Wollen wir uns eine gemütliche Mulde suchen und uns eine Jacke drunter legen …?", fragte sie ihn viel sagend. Er stutzte ein wenig, war aber nicht abgeneigt und dachte bei sich, dass die Idee auch von ihm hätte sein können. Sex in den Dünen vom „Ellenbogen"! Es war wunderbar, wie jung man sich in diesem Alter noch fühlen konnte.

Die Uhr zeigte bereits halb acht, als Henning die erlösende SMS-Nachricht erhielt, dass sie sich bereit machen könnten für den Heimweg. Hans zeigte sich sehr betroffen, als er von Elises Sturz erfuhr und hielt ihr vor, sie müsse bei jedem Schritt viel konzentrierter sein. Er malte ihr eindringlich das Szenario vor Augen, wie ein Sturz auch einmal ganz anders ausgehen könne. Die Schelte von Hans hatte seine Ursache allein in jener tiefen Sorge um Elise, die auch in Henning immer stärker wurde. Gleichwohl tat es ihm leid, dass Elise sich das alles anhören musste. Er wusste nur zu gut, dass es ihr ja gar nicht möglich war, besser auf ihre

Schritte Acht zu haben. Nicht Unaufmerksamkeit war die Ursache für ihr Straucheln, sondern ihre Erkrankung. Er drückte sie auf dem Weg zum Auto und auch im Auto auf der Rückfahrt zum Ferienhaus eng an sich. Sie sollte um alles in der Welt wissen, wie sehr sie sich immer auf ihn verlassen konnte. Gleichzeitig schmerzte es ihn, ihre Stürze nicht einmal dann verhindern zu können, wenn er ganz in ihrer Nähe war. –

Für den Samstag hatten sich die Vier den Südzipfel von Sylt mit dem Hafen Hörnum vorgenommen. Schon auf dem Parkplatz spürten sie ein angenehm maritimes Flair. Von hier aus starteten Ausflugsschiffe zu den Halligen und zu den Sandbänken, auf denen meist Robben anzutreffen waren. Auch etliche Segelschiffe konnte man sehen, was nicht darüber hinweg täuschen durfte, dass dieser Hafen weitaus mehr gewerblich geprägt war als die Häfen im Norden. Möwen kreischten und flogen zum Teil beängstigend dicht an den Passanten vorbei. Einer gelang es sogar, einem Kind im Flug das Fischbrötchen aus der Hand zu stibitzen. Elise hatte sich bei Henning eingehakt und schlenderte mit ihm die Hafenpromenade entlang. Dorothea und Hans gingen Hand in Hand ein ziemliches Stück hinter ihnen und holten sie erst ein, als sie auf einer sauberen weißen Bank für ein kleines Päuschen Platz genommen hatten. Elise trug ihr neues farbig leuchtendes Syltkleid, mit dem ihr Liebster sie zu ihrem Geburtstag überrascht hatte und darüber die Jacke ihres roten Kostüms. In geringer Entfernung ragte rot und weiß der Leuchtturm von Hörnum aus der Landschaft. Dieses malerische Bild hielt Henning gleich in mehreren Fotos fest. Hans und Dorothea waren weitergewandert und längst nicht mehr in ihrem Blickfeld. Ihr Rückweg musste sie auf jeden Fall wieder an dieser Bank vorbei führen, so blieben die beiden einfach sitzen und erfreuten sich mit Blick auf das Wasser und dem Treiben der Möwen. Immer wieder küssten sie sich und flüsterten einander ins Ohr, wie unendlich lieb sie einander hatten. Irgendwann kamen ihre ,Mitbewerber' wieder in Sicht, und die Vier machten sich auf den Rückweg. Der führte direkt auf einen Verkaufsstand zu, über dem oben ein Schild angebracht war mit der Aufschrift „Sylt Crepes". Elise fragte:

„Hans, kaufst Du mir einen?" „Passt nicht! Hat zuviel Kohlehydrate!", war seine kurze Antwort. Henning aber sagte: „Schatz, wenn Du einen Crêpe möchtest, dann kaufe ich Dir einen!" Sie traten an den Stand heran, wo sich Elise sogleich einen Crêpe mit Zucker und Zimt aussuchte und mit Wohlbehagen hinein biss, als hätte ihr Liebster ihr damit den Himmel geschenkt. Der Samstag endete mit der Kaminrunde im Wohnzimmer des Ferienhauses und den obligatorischen Absackern. Die erste Urlaubswoche lag nun bereits hinter ihnen. In der Einschlafphase hörte Elise ein Geräusch im Haus und hatte Sorge, es könnten Einbrecher sein. Henning beruhigte sie liebevoll und spürte dabei, dass sie bereits im Halbschlaf war, denn sie antwortete mit der Logik einer Träumenden: „Ach ja, Einbrecher können es ja gar nicht sein, denn der Sylt-Shuttle fährt ja um diese Zeit nicht mehr!" Solche Dialoge im Halbschlaf gab es von ihr häufiger. So hörte Henning sie ein anderes Mal sagen: „Ich finde es nicht richtig, dass Du mir von Deiner Wohnung noch gar keinen eigenen Schlüssel gegeben hast!" „Morgen bekommst Du einen!", antwortete er und war unendlich glücklich, weil Elise ihre Liebesbeziehung auch im Schlaf und im Traum lebte.

Am Sonntagmorgen konnte im Garten hinter dem Haus gefrühstückt werden wie schon an den meisten Tagen. Die Vier sogen die Idylle, die sie miteinander hier hatten, in vollen Zügen ein. Kaffee, frische Brötchen, gekochte Eier und frisch zubereitetes Müsli im Garten mit Blick auf das malerische reetgedeckte Friesenhaus, das war wie ein Stückchen Himmel für die Vier. Nach der morgendlichen Walking-Runde trafen sie wieder im Garten ein und machten es sich dort bequem: Henning und Elise auf den Kissen der beiden Holzliegen, Hans im Strandkorb, in dem er es sich bequem machte und sich so weit es ging nach hinten lehnte. Dorothea hob das Fußteil an, um es ihrem Hans so komfortabel wie möglich zu machen. Dabei war sie sich der enormen Hebelwirkung nicht bewusst, und ehe sie sich versah, hatte sie den ganzen Strandkorb einschließlich Hans nach hinten umgekippt. Es war zum Glück nichts Schlimmes passiert. Elise und Henning amüsierten sich köstlich und kamen aus dem

Lachen nicht mehr heraus, als Hans seine Dorothea nun „versäckelte", wie es auf schwäbisch heißt.

Dann war schon der letzte ganze Urlaubstag angebrochen. Vor dem Aufstehen nahmen Henning und Elise einander noch einmal fest in die Arme und versicherten sich gegenseitig, dass zwar der Urlaub, niemals jedoch ihre Liebe ein Ende haben würde. Elise duschte als erste, während Henning seine Zähne putzte. Dabei gewahrte er gerade noch im Augenwinkel, dass sie völlig schräg, fast diagonal in der Dusche stand, zwar noch mit dem Rücken die Wand berührend, aber doch so, dass sie in den nächsten Sekunden unweigerlich abrutschen würde. Er warf den Zahnbecher aus der Hand, dass es schepperte, riss augenblicklich die Glastür zur Dusche auf und konnte im allerletzten Moment den Sturz verhindern. Klitschnass hielten sich beide jetzt im Arm und waren überglücklich, dass es dieses Mal gut gegangen war. Auf der Treppe hörten sie ein Geräusch. Hans war im Anmarsch, um seinerseits die Dusche zu nutzen. Es widerstrebte ihm, die Badewanne im eigenen Bad als Dusche zu benutzen, wie es Dorothea tat, der das überhaupt nichts ausmachte. Nach der Morgentoilette deckten sie den Tisch im Garten. Während Hans mit dem Fahrrad Brötchen holte, bereitete Dorothea den Kaffee zu und kochte die Eier. Sie nahmen sich vor, diesen letzten Urlaubstag noch einmal in vollen Zügen zu genießen und so wenig wie möglich an die morgige Abreise zu denken. Die Hauptmahlzeit wollten sie auf den Nachmittag verschieben und dazu das Fischrestaurant „Gosch am Kliff" in der Dünenstraße in Wenningstedt aufsuchen. Eigentlich hatten sie mit den standardisierten Angeboten einer Restaurantkette nicht so viel im Sinn. Was sie über dieses Lokal gelesen hatten, klang immerhin viel versprechend. Sie machten sich gegen 15:00 Uhr auf den Weg zum Kliff am Strand. Der Massenbetrieb, den sie hier antrafen, sagte ihnen allerdings nicht sonderlich zu. Das eigentliche Restaurant strahlte trotz der vielen Leute Gemütlichkeit aus. Es gab hier keine Bedienung, stattdessen suchte sich jeder an einem riesigen Buffet seine Speisen selbst aus. Als Vorspeise nahmen sich die Vier eine „Sylter Edelfischsuppe". Dorothea entschied sich für ein gebratenes Lachsfilet mit Remouladensauce, Bratkartoffeln und einer Salatbeilage. Hans griff nach einer „Paella à la Fischhuus", bestehend aus gebratenen Fischfilets, Garnelen und Meeresfrüchten mit Safran-Gemüsereis. Henning hatte sich für die „Fischerpfanne" entschieden mit verschiedenen gebratenen Fischfiletwürfeln, Gemüse, Kräuterbutter und einem Salat. Elise suchte sich dieses Mal nicht dasselbe aus wie Henning. Ihr war ein exotisches Fischgericht ins Auge gefallen, ein Ragout aus Fisch und Gemüse mit gebratenen scharf gewürzten Garnelen und einer Chilisauce. Bereits nach dem zweiten Bissen bedauerte sie ihre Wahl. Es schmeckte alles dermaßen scharf, dass sie es eigentlich gar nicht essen konnte. Sie zwang noch ein paar Bissen in sich hinein und ließ Hans von ihrem Teller probieren, weil sie wusste, dass er gern recht scharf aß. Mehr als drei oder vier Gabeln voll bekam auch er nicht herunter. Henning tauschte seinen Teller mit ihr, musste aber das meiste davon auch stehen lassen. Die anderen Gerichte waren durchweg lecker und erfüllten ihre Erwartungen. Es tat allen von Herzen leid, dass Elise mit ihrer Wahl daneben gegriffen hatte. Am letzten Urlaubstag nahmen es alle Vier mit Humor, und Hans versprach, zum Trost draußen am Kiosk noch für jeden ein Eis zu spendieren. Danach unternahmen sie einen kleinen Strandspaziergang, um sich von der Nordsee, die ihnen in den vergangenen zehn Tagen ans Herz gewachsen war, zu verabschieden. Dorothea meinte, sie müsse unbedingt etwas von dem feinen Sand mitnehmen als Andenken und ließ sich das auch von Hans nicht ausreden. Zielstrebig lief sie in den Souvenir Shop an ihrem Weg und fragte dort nach einer Plastiktüte. Was sie dann in der Hand hatte, als sie wieder heraus kam, schien für ihr Vorhaben wenig geeignet zu sein. Sie fand, es sei besser als nichts, und der Sand musste ja unbedingt mit. Im Ferienhaus würde sie schon einen geeigneten Behälter finden. Mit viel Liebe füllte sie nun von dem Sand in jenes abgerissene Stückchen Plastiktüte, welches sie hatte ergattern können. Schon nach kurzer Zeit geschah, was Hans und Henning vorhergesehen hatten. Aus mehreren kleinen Löchern lief der feine Sand wieder heraus. Dorothea hielt diese dann mit ihrer Hand zu, um der wertvollen Fracht nicht komplett verlustig zu gehen. „Ich will aber keinen

Sand in meinem Auto haben!", sagte Hans streng. Dorothea ließ sich nicht beirren und legte die löchrige Sandtüte vorsichtig in ihren Rucksack. Selbst wenn sie sich auf dem Weg zum Ferienhaus weiter ausleeren sollte, wäre der Sand ja nicht wirklich verloren. Er könnte immerhin von Hand oder mit einem Löffel in einen geeigneten Behälter gefüllt werden. Jedenfalls war sie nicht bereit, die Insel morgen ohne ein paar Hände voll Sylter Sand zu verlassen.

Im Ferienhaus wurde es Zeit, die Koffer zu packen und das Gepäck zum allergrößten Teil schon im Auto zu verstauen, weil sie am nächsten Morgen unbedingt den ersten Shuttle-Zug erreichen wollten, um über den Hindenburgdamm wieder aufs Festland zu kommen. Die Vorbereitungen für die Abreise gingen ihnen gut von der Hand. Es war eine sehr gelöste Stimmung bei allen, so dass überhaupt kein Stress aufkommen konnte. Jeder wusste, wo er anzupacken hatte, und so waren alle Arbeiten schon bald erledigt, so dass auch dieser letzte Abend am Kaminfeuer mit einem guten Gläschen zelebriert werden konnte. Dann geschah etwas Besonderes! Hans hob sein Glas feierlicher als sonst und sagte: „Wisst Ihr, das ist so schön, mit Euch zusammen in einem Ferienhaus zu wohnen! Was meint Ihr dazu, wenn ich für uns Vier das Ferienhaus in Waltenhofen kaufe, das wir uns angeschaut haben?" Dorothea und Henning waren erst einmal platt. Ihnen wurde erst jetzt klar, dass Hans schon damals eine Perspektive für sie alle Vier anstrebte. Was er ihnen gerade eröffnet hatte, bedeutete, dass er ihrer Liebe zu viert eine Zukunft geben wollte, eine gemeinsame Zukunft, eine Zukunft, die geeignet war, ein vollkommen neuer Lebensabschnitt zu werden! Natürlich konnten sie sich das vorstellen, hatten mit solch einem Angebot aber nie und nimmer gerechnet. Die Abschiedsstimmung des letzten Urlaubsabends verwandelte sich damit augenblicklich in die Vorfreude auf einen neuen gemeinsamen Aufbruch. Obwohl alle recht müde waren, konnten sie an diesem Abend nicht gleich einschlafen. Es ist einfach so, dass uns Menschen gelegentlich ein Maß an Glück geschenkt wird, so unvorstellbar groß, dass es schwer zu fassen ist.

Der erste Sylt Shuttle am Dienstagmorgen ging um 5:05 Uhr in Westerland ab. Auf ein Frühstück zu so zeitiger Stunde hatten sie verzichtet. Wie schon bei der Anreise gedachten sie ihre Morgenmahlzeit auf einem Autobahnrastplatz einzunehmen. Als sie dann vom Shuttle Zug aus ein letztes Mal die Nordsee vor Augen hatten, überkam sie doch ein recht melancholisches Gefühl des Abschiednehmens. Es war für alle Vier einer der schönsten Urlaube ihres Lebens.

8. Ende einer Freundschaft und Firmenjubiläum

Nach dem Urlaub wurde Hans natürlich wieder ganz und gar von seiner Firma in Anspruch genommen, so dass für das nächste Treffen erst das übernächste Wochenende in Frage kam. Bis dahin musste sich der Kontakt der beiden verliebten Paare wieder auf die Kommunikation per E-Mail beschränken. Noch am Abend des Rückreisetages schrieb Henning:

„Meine Elise, mein wundervoller Schatz,
hinter uns liegt ein traumhafter Urlaub: Du als meine Traumfrau und ich als Dein Traummann! Einfach wunderbar! Die Sylt-Fotos habe ich schon auf den PC übertragen. Es sind viele sehr schöne Aufnahmen dabei, und es sind wundervolle Erinnerungen damit festgehalten. Zwei habe ich für Dich schon einmal beigefügt. Danke für Deine Nähe in diesem einmalig schönen Urlaub! Du tust mir unendlich gut! Sei nicht traurig, dass Hans Dich auf seine ,Achtzylinder-Ausfahrt' in die Alpen nicht mitnehmen kann. Er hat einfach Recht, dass das für Dich zu gefährlich wäre, weil er dort nicht die Möglichkeit hat, für Dich so da zu sein wie es notwendig wäre. Zu viert können wir immer noch ganz viel Schönes miteinander unternehmen. Bitte mach ihm keine Vorwürfe! Er ist in seiner Sorge um Dich genauso hilflos wie ich es in der ,Sylter Welle' war. Ich habe Dorothea vorhin gesagt, dass es weh tut, dass wir nicht mehr beieinander sind wie auf Sylt. ,Ja', hat sie geantwortet und hinzugefügt: ,Sie fehlen mir! Alle beide!' Und ich habe ihr gesagt: ,Ja, auch mir fehlen alle beide!' Zur viert können wir noch ganz vieles unternehmen und einander so viel Glück schenken! Ach, meine Liebste, ich muss es Dir einfach noch einmal schreiben, dass es ein ganz und gar traumhafter Sex war mit Dir. So unendlich schön war das in meinem ganzen Leben noch nicht. Das geht nur mit Dir! Und wenn Du heute schlafen gehst, dann bin ich bei Dir, und wir verschmelzen in Gedanken!
Ich liebe Dich und bin für allezeit Dein Henning"

Am nächsten Morgen konnte er lesen:

„Mein liebevoller Schatz, mein Traummann, mein Henning,
ja, ein traumhafter Urlaub liegt hinter uns. Danke für die schönen Bilder
in der Anlage. Ich danke auch Dir für Deine Nähe! Du tust mir unendlich
gut! Ach, mein Liebster, ich weiß doch, dass Du mit mir mit fühlst, und
ich weiß auch, dass Hans Recht hat, dass ich nicht mit auf die Ausfahrt
sollte. Wir haben zu Hause noch mal darüber gesprochen. Es ist wirklich
zu gefährlich. Es tut gut zu hören, dass wir Euch fehlen, denn ich habe
gestern Abend auch gesagt, dass es so schön war, und dass ich ungern von
Euch beiden gegangen bin, und Hans hat mir beigepflichtet. Ja, wir hatten
traumhaften Sex miteinander. Ich kann davon nicht genug bekommen,
das weißt Du. Und ich bin sehr stolz darauf, wenn Du schreibst, dass das
nur mit mir geht. Gestern Abend als ich in meinem Bett lag, sind meine
Gedanken mit Dir verschmolzen und ich war sehr glücklich in meinen
Gedanken. Ich liebe Dich sehr!
Deine Elise, Dein Mädel"

Seit Elises unheilbare Erkrankung zuverlässig erkannt worden war, konnte es therapeutisch nur noch darum gehen, sie so lange wie möglich beweglich zu halten und dadurch zu stabilisieren. Dazu wurde ihr ein Physiotherapiezentrum auf der Schwäbischen Alb empfohlen. Dort war eine spezielle und auch durchaus viel versprechende Pedalo-Therapie entwickelt worden. Gleichzeitig solle die Behandlung mit Parkinsonmedikamenten fortgesetzt werden, um das Voranschreiten der Krankheit zu verlangsamen. Von Elchingen war der kleine Ort mit dem Therapiezentrum fast achtzig Kilometer entfernt. Hans hatte seinen alten Freund Fritz gebeten, diese Fahrten zu übernehmen und Elise zu begleiten. Der hatte ihm in gewohnter Weise zugesagt. Inzwischen war es Mitte August geworden. Woche für Woche hatte er sie mit dem Cayenne zur Pedalo-Therapie gefahren. Elise hatte das sichere Gefühl, dass ihr diese Behandlung wirklich etwas brachte. Sie spürte aber, dass Fritz sich ihr gegenüber immer distanzierter verhielt und die gewohnte Herzlichkeit vermissen ließ.

Und als er Elise an diesem Tag wieder zurück nach Elchingen gebracht hatte, teilte er ihr an der Haustür zu ihrem Erstaunen mit, es sei nun das letzte Mal gewesen, dass er sie gefahren habe. Künftig müsse sie sich jemand anderen suchen. Es war vor allem die Art, wie er das gesagt hatte, die Elise schlucken ließ, denn er hatte ihr das Gefühl gegeben, dass sie sein Entgegenkommen irgendwie nicht länger verdient habe, obwohl doch niemals auch nur ein böses Wort zwischen ihr und ihm gefallen war. Er drehte sich auf dem Absatz um, und Elise ging ins Haus und musste sich erst einmal hinsetzen. Am Abend berichtete sie Hans davon. Der fuhr daraufhin sogleich mit seinem Fahrrad nach Unterelchingen, um mit Fritz und Aitana zu reden. Die beiden öffneten ihm erst, nachdem er ein drittes Mal energisch geläutet hatte. Sie hätten ihn am liebsten an der Tür abgefertigt. Aber Hans war ein Mann, der sich nicht so leicht irritieren ließ. Er bestand auf ein klärendes Gespräch über das Vorgefallene. Da brach es aus den beiden heraus wie eine Eruption von Vorwürfen, die für ihn aber sämtlich nicht nachvollziehbar waren. Um was es eigentlich ging, wurde deutlich, als Aitana ihm in ihrer unnachahmlichen Art sagte: „Du besser solltest aufpassen, dass Dir Henning die Elise nicht wegnimmt!", und mit Nachdruck fügte sie hinzu: „Vielleicht sie gehört schon gar nicht mehr dir, Amigo!" Dass Fritz sich veranlasst sah, hinzuschmeißen, war also in Wirklichkeit ein Eifersuchtsdrama. Durch die neu entstandene Freundschaft zu Henning und Dorothea sahen die beiden sich irgendwie heraus gedrängt, vernachlässigt und zurück gesetzt. Das wurde Hans nun klar, plausibel erschien es ihm immer noch nicht. Hatte sich Aitana bei Hans irgendwelche heimlichen Hoffnungen gemacht, die über eine Freundschaft hinausgingen – oder Fritz bei Elise – oder beides? Auf diese Frage sollte es nie eine Antwort geben. Vorsichtig machte Hans noch einen Versuch, die Situation zu entgiften. Er signalisierte seine Bereitschaft, sich zu entschuldigen, falls er die beiden, ohne es beabsichtigt zu haben, verletzt hätte. Aber Aitana fuhr ihm barsch über den Mund mit den Worten: „Dafür jetzt zu spät!", und wiederholte das noch auf Spanisch: „Demasiado tarde!" So blieb Hans nichts anderes übrig, als sich wieder auf sein Rad zu setzen und nach Elchingen zurück zu fahren und Elise zu berichten, dass heute das Ende einer Freundschaft besiegelt worden war und er es nicht zu verhindern vermochte.

Für die weiteren Fahrten von Elise zum Therapiezentrum bot sich Henning an, regelmäßig als Chauffeur zu fungieren. Auf diese Weise konnte er ja noch öfter mit seiner Geliebten zusammen sein. Das bereits etwas veraltete Navi in seinem Passat kannte den kleinen Ort auf der Schwäbischen Alb allerdings nicht, sondern nur einen Ort dort in der Nähe. Dessen Namen gab er ein und verließ sich ansonsten auf Elises Ortskenntnisse. Wie immer hatte sie ihre Hand unterwegs auf sein Knie gelegt. Es war für die beiden eine willkommene weitere Möglichkeit, etwas miteinander zu unternehmen. „Ich glaube ganz fest, dass wir seelenverwandt sind!", sagte sie unterwegs, fügte dann aber fragend hinzu: „Was ist das eigentlich genau: Seelenverwandtschaft?" Henning erzählte ihr von dem griechischen Philosophen Platon, der im fünften Jahrhundert vor Christus den Mythos vom androgynen Kugelmenschen in die griechische Philosophie eingebracht hat. „Weißt Du, ‚androgyn' bedeutet männlich und weiblich zugleich. Die Erzählung besagt, dass die Menschen ursprünglich vier Arme, vier Beine und einen Kopf mit zwei Gesichtern hatten. Zur Strafe für irgendein Vergehen dieser ersten Menschen spaltete Zeus die Kugelmenschen in zwei Hälften. Aus diesen Hälften seien die heutigen Menschen entstanden, die nun natürlich unter ihrer Unvollständigkeit leiden. Deshalb sucht jeder seine verlorene andere Hälfte und sehnt sich nach der einstigen Ganzheit. Eben das sei die Ursache für das erotische Begehren, das auf eine Wiedervereinigung abzielt. Das ist ein schönes Bild, aber natürlich eins, das mit der Realität nichts zu tun hat." Elise hatte aufmerksam zugehört und meinte: „Schade eigentlich, dass es nur ein Bild ist! Aber für uns beide muss es ganz genauso gewesen sein!" Als sie den im Navi eingegebenen Ort erreichten, war sich Elise sehr unsicher, wie es von dort weiterging. Es gab keinerlei Schilder, und Passanten, die sie fragten, zuckten mit den Achseln. Erst der dritte oder vierte Versuch führte an eine Stelle, wo sich Elise wieder auskannte. So kamen sie gerade noch rechtzeitig. Während der einstündigen Behandlung machte Henning einen Spaziergang, der ihn an einem Hundeverein vorbei führte, wo er sich durch den Zaun mit einem schwarzen Labrador anfreundete. Als er mit Elise wieder im Auto saß, wählte er im Navi die Option „Standort speichern", um zu gewährleisten, dass sie sich das nächste Mal nicht wieder verfahren würden. Dann ging es zurück nach Elchingen. –

Für das Wochenende vom 10. bis 12. September hatte Hans mit Herrn Blonkfitz, dem Makler, vereinbart, dass alle Vier in dem Ferienhaus in Waltenhofen, einmal zur Probe wohnen könnten. Danach würde er sich im Blick auf einen eventuellen Kauf entscheiden. Dessen Reaktion war zunächst gewesen, dass er meinte, so etwas habe es noch nie gegeben. Aber Hans war nicht der Mann, dem man etwas ausreden konnte. Nachdem das abgemacht war und auch Siegfried Maler davon Kenntnis erhielt, stellte der sogleich ein Putzteam für eine Grundreinigung der Innenräume des Gebäudes zusammen. Am Freitag um 12:30 Uhr brachen die Vier miteinander von Heidenheim aus auf und machten eine knappe Stunde später Station in Wangen, um wie schon einmal beim „Fidelisbäck" einzukehren. Da es in dem Haus in Waltenhofen zwei geräumige Schlafräume gab, nämlich einen im Erdgeschoss und einen im Untergeschoss, schlug Hans vor: „Ihr schlaft in der ersten Nacht oben und Dorothea und ich unten. Für die zweite Nacht machen wir es umgekehrt!" Zum Probewohnen war das Zimmer im Untergeschoss das deutlich schlechtere Los. Der Teppichboden roch etwas streng, was wohl darauf zurück zu führen war, dass die Besitzer stets ihre Hunde dabei gehabt hatten, wenn sie hier im Urlaub waren. Unter der Auslegware entdeckte Dorothea auch noch tote Käfer und Larven. Es war eigentlich kein einladender Raum. Aber allein der Gedanke, hier mit Hans zu übernachten, zerstreute alle ihre Bedenken. Henning und Elise hatten es da viel besser in dem hellen Zimmer im Erdgeschoss mit Blick auf die Kalkalpen des Ostallgäu. Henning war allerdings ein bisschen unwohl bei dem Gedanken, dass sie für die zweite Nacht nach unten wechseln sollten. Jetzt wollten sie aber erst einmal eine kleine Runde um das Haus herum machen, um ihr eventuelles neues Zuhause etwas besser kennen zu lernen. Denn bei ihrer ersten Besichtigung hatte es geregnet, so dass darauf verzichtet worden war. Dicht um das ganze Gebäude standen Büsche und Sträucher. Wenige Meter von den Hauswänden entfernt erhoben sich hohe Fichten und Birken. Das mutete überaus romantisch an, was Dorothea an das Dornröschenschloss aus dem Märchen erinnerte. „Die Bäume und Sträucher müssen alle weg!", sagte Hans und hielt auch gegen den Einspruch der Frauen daran fest. Hinter dem Haus gab es eine Bank zwischen den Sträuchern, die so einladend war, dass sich Dorothea und Elise sogleich darauf setzten und Henning ein Foto machen musste. Anschließend wurde noch einmal innen im Haus alles in Augenschein genommen. Die vorhandenen Möbel gaben den Räumen zwar eine wohnliche Atmosphäre, weckten aber bei näherem Hinsehen nicht den Wunsch, sie im Falle eines Kaufs zu übernehmen bis auf einen sehr schön geschnitzten hochwertigen und recht alten Gläserschrank im Wohnzimmer und dem Marmortisch bei der Sitzgruppe. Für den Abend wurde im offenen Kamin ein Feuer angezündet, bei dem man dann ausgiebig beratschlagte, welche Möglichkeiten dieses Haus und die einzelnen Räume bieten würden. Dann folgte wieder eine Nacht voller Glück für die beiden immer noch frisch verliebten Paare. Am nächsten Morgen schien die Sonne so warm, dass sie auf der Terrasse frühstücken konnten. Das war fast wie auf Sylt, wenngleich die Gartenmöbel der Besitzer sämtlich etwas wackelig und auch sonst wenig einladend aussahen. Aber wo immer die Vier beieinander sein konnten, empfanden sie nichts als pures Glück. Hans nutzte den Vormittag für weitere Vermessungen und Planungsüberlegungen, die er sich notierte. In einem Prospekt hatte er den Hinweis auf ein Speiselokal direkt im Ort gefunden, das „Schlemmer Inn" direkt am See. Er schlug vor, dort zu Mittag zu essen, danach wollte er mit Dorothea eine Wanderung am Forgensee entlang machen, während es Henning und Elise vorzogen, einen Mittagsschlaf zu halten. Froh waren die beiden, als Hans am Abend vorschlug, dass die Schlafräume für die zweite Nacht lieber doch nicht getauscht werden sollten, wie er es ursprünglich gedacht hatte. „Das ist für Elise doch zu beschwerlich. Die Steintreppe hinunter und der lange Weg nachts zur Toilette über den ganzen unteren Flur! Bleibt mal, wo ihr seid! Das ist besser", räumte er ein. Eigentlich war dieses Probewohnen in jeder Hinsicht ein Erfolg. Es gab nichts, das gegen einen Erwerb dieses Anwesens sprechen würde. Als Henning am nächsten Morgen fragte, zu welchem Ergebnis Hans gekommen sei, meinte der nur kurz in der ihm eigenen Art: „Ich schlafe noch eine Nacht darüber, und dann treffe ich eine Entscheidung." Elise drückte die Hand von Henning und flüsterte ihm zu: „Der kauft das Haus! Da bin ich mir sicher." Natürlich behielt sie Recht. Als die Vier sich am nächsten Freitag in Elchingen wieder trafen, sagte Hans, dass er das „Ferienhaus Waltenhofen", wie sie es von Anfang an stets nannten, gekauft hatte und die Eintragung im Grundbuch für Anfang des nächsten Monats vereinbart worden war.

Für die Vier gab es im September noch ein besonderes Ereignis, genau genommen: für das Unternehmen von Hans! Der Umzug von Gundelfingen nach Senden war längst abgeschlossen, und in der neuen Fertigungshalle wurde bereits mit Hochdruck gearbeitet. Ihre Einweihung fiel zeitlich mit dem zwanzigjährigen Bestehen der Firma zusammen. Das war nun in einem angemessenen Rahmen als Firmenjubiläum zu feiern, das vom 9. bis 11. September stattfinden sollte. Für Donnerstag war die Feierstunde der VIPs mit den Ehrengästen vorgesehen. Der Freitag war den Firmen vorbehalten. Den Samstag hatte man sich als „Tag der offenen Tür" gedacht, zu dem alle Interessierten kommen konnten. Für Hans stand von vornherein fest, dass natürlich auch Dorothea und Henning als Ehrengäste einzuladen waren. Sie sollten schon ab Mittwochvormittag in Elchingen sein, damit Elise wegen der stets gegebenen Sturzgefahr den Tag nicht allein sein musste. Henning hatte daheim wieder ein Indisches Curry vorbereitet und mitgebracht. Und er hatte diesmal seinen Laptop dabei, auf dem er Elise seine alten Fotos zeigen wollte. Es wurde ein wirklich schöner Tag für die Drei in Elchingen, während Hans in seiner Firma das Fest vorbereitete und an seiner Rede für die Feierstunde der VIPs feilte. Die Nacht erlebten beide Paare wie stets voller Liebe und Hingabe. Am nächsten Morgen frühstückten sie gemeinsam schon um halb sieben, weil Hans wie immer pünktlich in seiner Firma sein wollte. Dorothea, Elise und Henning machten sich erst gegen 14:30 Uhr auf den Weg, denn der Beginn des offiziellen Teils war für 16:00 Uhr angesetzt. Elise, die wie immer neben Henning vorn im Auto saß, zeigte ihm den Weg, denn er war wie auch Dorothea zuvor noch nie in der Firma von Hans gewesen. Nach einer guten halben Stunde hatten sie das Ziel erreicht, wo am Gebäude drei große Fahnen mit dem roten Metall-Zerger-Emblem angebracht waren. Elise hatte sich bei Henning eingehakt, als sie das Gebäude betraten. Er war sehr berührt von der Herzlichkeit, mit der Elise zunächst von der Chefsekretärin und dann auch von den anderen Mitarbeiterinnen und Mitarbeitern begrüßt wurde. Alle kannte sie bestens, weil sie bis vor kurzem eine wichtige Funktion in der Firma inne hatte und alle ihre ausgleichende und vermittelnde Art zu schätzen wussten. Seit Bestehen des Unternehmens war sie für viele wie ein Sonnenschein im rauen Alltag des Industriebetriebs. Die Drei gingen nun zum Fahrstuhl, um in die Chefetage im Obergeschoss zu gelangen, wo das Büro von Hans war. Der bat sie sehr herzlich und mit einem Küsschen für beide Frauen herein in das geräumige großzügig angelegte helle Büro. Es gab da eine bequeme Sitzgruppe, wo sie miteinander Platz nahmen und linkerhand an der Wand die beiden großen in Acryl-Technik gefertigten Gemälde hängen sahen, die Dorothea eigens für das neue Büro in dem ihr eigenen unverwechselbaren Stil gemalt hatte. Für jeden gab es erstmal eine Tasse Kaffee, bevor sie von Hans herumgeführt wurden, um alles in Augenschein nehmen zu können. Zuvor erhielt Dorothea noch wie alle anderen Firmenmitarbeiter ein Namensschild angesteckt, auf dem oben in rot das Firmenlogo aufgedruckt war, darunter ihr Name, so dass sie für alle als offizieller Ansprechpartner erkennbar war. Keine Frage, dass sie dieses Schildchen mit ehrlichem Stolz trug. Gegenüber dem Büro von Hans gab es eine kleine Küche mit allen Möglichkeiten, um mal schnell eine Mahlzeit zuzubereiten. Die Vier begaben sich nun wieder nach unten und betraten die große Fertigungshalle, wo sich die Maschinen befanden. Auf der Rückseite zum Parkplatz hin war das große Hallentor geöffnet und ein Raum mit einer Bar geschaffen worden für das geplante gesellige

Beisammensein nach der offiziellen Feierstunde. Im Hintergrund lief dezente Country Musik. Alles in allem ein für das Jubiläum eines Industriebetriebs angemessenes Ambiente!

Inzwischen waren auch Friederike mit Elises Mutter Babette eingetroffen und auch Svenia, die ebenfalls ein Firmenlogo als Namensschildchen trug, weil sie beim Servieren des Kaffees mithelfen würde. In dem an den Verwaltungstrakt angrenzenden Teil der Fertigungshalle nahmen nun alle ihre Plätze ein. Die langen Tafeln mit ihren weißen Tischtüchern gaben dem Raum eine festliche Atmosphäre. Jeder hatte einen Sekt-Orange oder auch einen Sekt pur in der Hand. Auch die VIPs waren bereits eingetroffen. Hans eröffnete die Feierstunde mit einer Ansprache, die einerseits humorvoll war und ihn zugleich als engagierten und nach vorn schauenden Unternehmer erkennen ließen. Dabei wies er zugleich auf eine Fülle von bürokratischen Problemen hin, die alle erst einmal überwunden sein wollten, bevor der Bau beginnen konnte. Darauf ging der Vertreter des Gemeinderats, der als zweiter Redner sprach, ein, indem er ihm symbolisch einen gelb-blauen Schirm mit dem Emblem der Stadt übergab und dazu erklärte, dass der ihn daran erinnern möge, dass er ihn nie im Regen habe stehen lassen. Weitere Redner folgten, und dieser offizielle Teil wurde von allen als eine wahrhaft würdige Feierstunde empfunden, wie sich auch an dem kräftigen Applaus zeigte. Vorn an der ersten Tafel saßen Elise, Babette, Henning und Dorothea und freuten sich von Herzen für Hans mit. Die Firma „Metall Zerger" war sein Lebenswerk und gleichzeitig auch das von Elise. In all den Jahren hatte sie ihm selbstlos den Rücken frei gehalten. Doch sie wusste längst, dass ihre unheilbare Erkrankung das Ende dieser vertrauten und über Jahrzehnte eingespielten Lebensphase bedeutete. In das für sie vorgesehene neue Büro, auf das sie sich noch während ihres Aufenthaltes in der Günzburger Klinik gefreut hatte, würde sie nie einziehen können.

Der Übergang zum gemütlichen Teil dieses Tages vollzog sich fließend. Vor dem Hallentor standen ein riesiger Grill und ein Barbecue-

Smoker. Für das leibliche Wohl hatte Hans einen Sternekoch engagiert. Man hatte auch ein Buffet aufgebaut mit Salaten und anderen Köstlichkeiten. Auch Hartwig mit Melanie und den Kindern waren gekommen und hatten an einem Tisch Platz genommen neben dem Tisch, an dem auch Elise, Babette und Henning saßen, während Hans mit Dorothea an seiner Seite ständig irgendwo unterwegs war.

Für den gemütlichen Teil dieses Abends kamen auch die Freunde vom Stammtisch „Rosa Ziegenbock", angeführt von Wilfried und Sigrun. Alle ließen sich munden, was der Sternekoch an Köstlichkeiten gezaubert hatte. Babette verspürte nach dem reichhaltigen Essen Appetit auf ein Schnäpschen zur Verdauung und fragte Hartwig, ob es hier irgendwo so etwas gäbe. Der ging ins Obergeschoss und kam kurze Zeit darauf mit einer großen grünen Flasche zurück, auf der etwas in kyrillischer Schrift stand. Nach Babettes drittem Gläschen sah er sich allerdings veranlasst, die Flasche schleunigst wieder verschwinden zu lassen. Allmählich endete ein für alle wunderschöner Tag.

Am Freitagmorgen fuhr Dorothea nach dem Frühstück mit Hans in die Firma. Dieser Tag des Jubiläums war für die Firmen vorgesehen. Henning und Elise blieben daheim in Elchingen, während es für Dorothea dort das eine oder andere geben würde, bei dem sie Hans eine Hilfe sein könnte. Als die beiden in Senden eintrafen, bot sich ihnen zunächst ein ziemlich chaotisches Bild, weil das schmutzige Geschirr vom Vortag noch überall herum stand. Dorothea wollte umgehend damit beginnen, Ordnung zu schaffen, allerdings nicht ohne ihren Unmut darüber kund zu tun, dass das doch eine schlechte Organisation sei. Sie war innerlich noch ganz in der Rolle der Pfarrfrau, als die sie früher zahlreiche Gemeindefeste mit zu organisieren hatte, und krempelte sich in Gedanken schon die Ärmel hoch. Hans erklärte ihr daraufhin ganz ruhig und genauso bestimmt: „Dorothea, das ist überhaupt nicht Deine Aufgabe!" Ihr Gesicht hellte sich sogleich wieder auf. Sie kannte es einfach nicht anders, als dass auftretende Probleme von ihr selbst zu lösen waren.

Auch dieser Tag der Kunden hatte durch die umsichtige Vorbereitung durch die Angestellten von Hans einen gelungenen Rahmen und trug zu einer sehr informativen Darstellung von „Metall-Zerger" bei. Als Dorothea und Hans am Abend ein bisschen geschafft nach Elchingen heimkehrten, wussten sie nur Positives zu berichten und hatten einige schöne Mitbringsel dabei, unter anderem eine wunderschöne große weiße Designervase mit Orchideen darin und einen interessanten Bildband über Kräuter. Sie tranken noch einen Absacker und waren einfach glücklich miteinander.

Der Samstag war als „Tag der offenen Tür" konzipiert. Mit ihm fand dieses Jubiläum zum zwanzigjährigen Bestehen der Firma und zur Einweihung des neuen Firmensitzes seinen gelungenen Abschluss. Für Dorothea und Henning war es pure Freude, dass sie dabei sein konnten. Zusammen mit Elise empfanden sie dasselbe, was Babette schon am Donnerstagabend bei Tisch mit den Worten auf den Punkt gebracht hatte: „Hans, ich bin einfach stolz auf Dich!"

9. Haushaltswaren en gros und ein kreisrundes Bett

Am Sonntag brachen die Vier dann bereits sehr früh auf, um sich einen lange gehegten Wunsch zu erfüllen: einen Besuch im Märklin-Museum in Göppingen, Mekka für alle Modellbahnfreunde. Hans hatte gelesen, dass dort die neue Großanlage mit ICE-Strecke besichtigt werden konnte. Außerdem würden bereits einige Neuheiten des kommenden Jahres dort vorgestellt. Daran hatte natürlich auch Henning immer noch großes Interesse, wiewohl er kein aktiver Modellbahner mehr war. Tatsächlich konnte er die vielen interessanten Informationen nicht wirklich aufnehmen, weil er alle Hände voll zu tun hatte, um Elise in dem Gedränge, das es vor den Vitrinen mit den besonderen Exponaten gab, zu stützen und sicher zu geleiten. Ihm ging durch den Kopf, das sie über kurz oder lang einen Rollstuhl brauchen würde. Als sie dann nach fast zwei Stunden ein Restaurant aufgesucht hatten, spürte er, dass seine Kräfte damit erst einmal verbraucht waren.

Der nächste Tag war Montag, der 13. September: der Todestag von Hans und Elises Tochter Katharina. Henning hatte versprochen, Elise auf den Elchinger Friedhof zu begleiten, und natürlich kam auch Dorothea gern mit. Hans hatte an diesem Morgen in seiner Firma zu tun, wollte aber bis 14:00 Uhr zurück sein, weil sie sich vorgenommen hatten, am Nachmittag in Senden die Möbel für das Ferienhaus in Waltenhofen auszusuchen. Es war ein bewegender Moment, als sie dann zu dritt an Katharinas Grab standen. Auf dem Stein waren die Worte „Blühendes Leben einfach ausgelöscht" zu lesen. Auch Henning kamen die Tränen, und er hielt Elise ganz fest in seinem Arm und drückte sie. In seinen Gedanken sprach er ein Gebet. Laut reden hätte er nicht gekonnt. Dorothea rückte die mitgebrachte Blumenschale zurecht und sorgte dafür, dass die Pflanzen frisches Wasser bekamen. Schweigend gingen sie zum Auto zurück. Alle Drei waren sich in ihren Gefühlen und Gedanken in diesem Moment noch näher als sonst.

Henning und Elise hatten nun eine weitere Aufgabe vor sich, nämlich einen Grosseinkauf in dem neuen Outlet Center in Neu-Ulm für Töpfe, Geschirr, Besteck, Gläser und allem, was in der neu einzurichtenden Küche in Waltenhofen benötigt würde. Elise als Ortskundige zeigte Henning den Weg, und schon bald standen sie auf dem Kunden-Parkplatz in Neu Ulm. Sie nahmen sich einen großen Einkaufswagen, an dem sich Elise mit beiden Händen festhalten konnte, so dass Henning immer wenigstens einen Arm frei hatte, um die ausgesuchten Waren einzuladen. Anfangs addierte er im Kopf zusammen, was da an Warenwert zusammen kam, aber schon bald war das zu einer solchen Menge angewachsen, dass ihm das nicht mehr gelang. Elise hatte einen sicheren Blick für die wirklich guten und hochwertigen Dinge. In ihm stiegen jetzt Bedenken auf, was Hans sagen würde, wenn er auf den Kontoauszügen die astronomische Summe entdecken würde, mit der inzwischen zu rechnen war. Er teilte Elise behutsam seine diesbezüglichen Bedenken mit, aber sie sagte nur: „Was wir brauchen, müssen wir schon mitnehmen, sonst fehlt es uns!" An der Kasse zog sie routiniert ihre EC-Karte aus ihrer Geldbörse, während Henning sie dabei von hinten stützte, bis sich alles wieder in ihrer Handtasche befand. Vorsichtig machten sich die beiden mit einem Berg von Waren in ihrem Einkaufswagen auf den Weg zum Auto. Elise hielt sich wieder mit beiden Händen am Wagengriff fest, wobei es Henning schwer fiel, mit einer Hand beim Lenken behilflich zu sein und mit der anderen Hand seine Liebste zu sichern, um Stürzen vorzubeugen. Er kam dabei rechtschaffen ins Schwitzen und geriet fast außer Atem, bis er alles im Kofferraum des Passats verstaut hatte. Als Elise dann erklärte, dass in einer Nebenpassage noch die Gläser zu kaufen wären, wurde er sogar etwas ungehalten, was Elise sichtlich irritierte, so dass es ihm augenblicklich Leid tat. Das Geschäft, das sie nun betraten, war ziemlich eng, und überall gab es Berge von gestapelten Gläsern und anderen Glaswaren. „Nicht auszudenken, was geschieht, wenn Elise hier stürzt und ich sie nicht halten kann!", ging es ihm durch den Kopf. Mit großer Unruhe hielt er ihren Arm fest, mit dem sie sich bei ihm eingehakt hatte, während sie in aller Seelenruhe aussuchte und begutachtete, was in Waltenhofen an Gläsern benötigt werden würde. Nach dem Bezahlen ließen sie die Kartons zunächst im Geschäft, und Henning brachte Elise zu einer Bank in jener Seitenpassage, wo er sie in Sicherheit wusste, während er die Kartons mit den Gläsern zum Auto brachte. Er empfand diesen Großeinkauf zusammen mit seiner Liebsten als ganz und gar wundervoll. Andererseits ging es ihm fast schon wieder über seine Kräfte, und er musste sich ziemlich zusammenreißen. Jedenfalls wurde es höchste Zeit für eine kleine Mittagspause, für die sie sich in das Restaurant des Outlet Centers begaben. Henning suchte in Erinnerung an die Zeit auf Sylt zwei leckere Fischgerichte aus, und die beiden ließen es sich gut schmecken. Als Elise danach nicht gleich zurückfahren, sondern sich in einem weiteren Geschäft nach Frotteewaren umschauen wollte, hielt ihn nur ihr unendlich lieber Blick und die Art, wie sie das sagte, davon ab, ihr zu widersprechen. Er fürchtete, ein neuer langer Weg mit ihr hin und zurück könnte ihn wirklich überfordern. Und gleichzeitig empfand er es als ein unbeschreibliches Glück, dieses alles zusammen mit seiner wundervollen Elise tun zu können. Für alle Schätze der Erde hätte er auf diese Erfahrung nicht verzichten wollen.

Zurück in Elchingen reichte es dann gerade noch zu einer Tasse Kaffee für alle Vier, bevor sie sich erneut auf den Weg nach Neu-Ulm machten, um die im Ferienhaus benötigten Möbel zu bestellen. Es war kurz nach 15:00 Uhr, als sie das Möbelhaus betraten. Henning hatte sich innerlich auf eine größere Aktion eingestellt und rechnete damit, dass sie sicher bis nach 17:00 Uhr dort sein würden. Immerhin waren für fast zweihundertsiebzig Quadratmeter Möbel auszusuchen. Er achtete zunächst darauf, Elise bei jedem Schritt einen festen Halt zu geben, und seine Übung darin hatte seit dem Vormittag spürbar zugenommen. Sie suchten nach zwei bequemen Sitzgruppen im Landhausstil für das Wohnzimmer. Eine sollte für den Fensterbereich sein mit einem passenden Couchtisch dazu und eine weitere für die Kaminecke. Außerdem brauchten sie Möbel für das im Untergeschoss geplante Wohn-Schlafzimmer von Hans und Dorothea, also eine Schrankwand, ein Sideboard, eine große stilvolle Sitzgruppe und natürlich ein adäquates Doppelbett. Sie wanderten von Abteilung zu Abteilung, wobei Hans sehr geschickt dafür sorgte, dass das Personal dieses Möbelhauses alle vorhandene Beratungskompetenz mobilisierte. Immer wieder mussten neue Ideen ausprobiert werden. In der Bettenabteilung wurden von Hans und Dorothea etliche Liegeproben durchgeführt, während es sich Henning und Elise in einer Sesselecke bequem gemacht hatten und ihnen schmunzelnd zusahen. Nach einiger Zeit stand fest, dass es ein Boxspringbett werden sollte, aber welches? Eins nach dem anderen wurde ausprobiert, bis auf einmal sein Blick auf ein riesiges kreisrundes Bett fiel. „Was meinst Du denn dazu?", fragte er Dorothea. „Ich weiß nicht." Ihre Antwort kam zögernd. Henning raunte Elise zu: „Pass mal auf, die nehmen das Runde!" Genauso kam es. Die Augen von Hans leuchteten vor Begeisterung, und auch Dorothea hatte sich mit dem Gedanken an ein rundes Bett angefreundet. Auch dieser Artikel musste in die inzwischen schon sehr lange Liste eingetragen werden. Hans wünschte für die Kaufabwickelung eine Bankbürgschaft, was kein Problem war. Dazu wurde auch die Unterschrift seiner Ehefrau benötigt. Die Abteilungsleiterin wandte sich damit natürlich an Dorothea, die sie für seine Frau hielt. Hans stellte das sogleich richtig und erklärte: „Das ist meine Frau!" und zeigte auf die ziemlich entfernt stehenden Sessel, in denen Henning und Elise saßen. Man konnte förmlich sehen, dass es im Gehirn dieser Dame nun ähnlich ratterte wie seinerzeit im Kopf von Frau Blonkfitz. Sie machte ein Gesicht, als wenn sie die Welt nicht mehr verstehen würde und musste auf ihre ganze Routine zurückgreifen, um die Formalität zum Abschluss zu bringen. Nun fehlten nur noch ein Sideboard und zwei Nachttische für das Schlafzimmer von Elise und Henning. Ein Bett erschien ihnen zu dem Zeitpunkt als nicht erforderlich, denn das vorhandene machte eigentlich noch einen recht guten Eindruck. Es folgte wieder eine längere Suche, bis sie das Richtige fanden, nämlich wunderschöne helle Möbel in Naturbelassener Mooreiche. Eine so gewaltige Einkaufsrunde hatten Dorothea und Henning noch nie erlebt. Die Uhr zeigte jetzt kurz nach 18:00 Uhr. Es war viel später geworden, als

Henning anfangs geschätzt hatte. Jetzt musste die Bestellung der ausgesuchten Möbel noch als Vertrag aufgesetzt und die Endrechnung erstellt werden. Dazu machte sich ein junger Abteilungsleiter engagiert an die Arbeit und war dabei bestrebt zu demonstrieren, was für ein dynamischer Typ er sei. Er jonglierte die Zahlen und Rabatte geschickt, wie er meinte und es wohl auch so gelernt hatte. Kritische Rückfragen, wie Hans sie ihm immer wieder stellte, machten ihn aber zunehmend unsicher. Und da zu erwarten war, dass diese Prozedur noch eine Menge Zeit in Anspruch nehmen würde, machte sich Dorothea mit Elise schon auf den Weg ins Erdgeschoss zum Haupteingang, um dort auf Hans und Henning zu warten. Dabei wurde ihre Geduld auf eine sehr harte Probe gestellt. Es war nämlich inzwischen Ladenschluss, und der Nachtwächter kam und bot den beiden im Untergeschoss an, sich auf die Teppichrollen zu setzen, um dort zu warten und auf keinen Fall mehr umher zu gehen. Im zweiten Obergeschoss erhielt jener Abteilungsleiter durch Hans im kaufmännischen Rechnen eine Nachhilfelektion nach der anderen. Immer wieder lief er in ein etwas abgelegenes Büro, um die Neuberechnung auszudrucken, weil nur noch dort der Drucker in Betrieb war. Während einer solchen Unterbrechung meinte Hans grinsend zu Henning: „Der pfeift schon aus dem letzten Loch, aber ich habe noch Kondition. Den lass ich gleich noch mal laufen!" Von der anfangs gezeigten forschen Dynamik war nichts mehr übrig geblieben, und trotz vorgerückter Stunde amüsierte diese Situation die beiden ungemein. Spannend wurde es dann noch einmal, als Hans seine Rabattvorstellung vortrug. Wie angelernt erklärte jener Abteilungsleiter, welche enormen Rabatte bereits in der Summe enthalten wären. Solche branchenüblichen Luftrechnereien verfingen hier allerdings nicht. Hans sagte klipp und klar, mit welcher Zahl für ihn der Rechnungsbetrag anzufangen habe. Da müsse er erst mit der Geschäftsleitung Rücksprache nehmen. „Genau das erwarte ich", antwortete Hans kurz. Natürlich kam der Mann zurück mit der Nachricht, dass er grünes Licht für diesen Betrag erhalten hatte. Das Rechenspiel war unterschriftsreif, und Hans und Henning wurden freundlich verabschiedet. Etwas genervt und müde nahmen Elise und Dorothea sie im

Untergeschoss in Empfang, wo sie der Nachtwächter zum Ausgang geleitete, den er eigens für sie noch einmal aufschließen musste. Es war mittlerweile immerhin nach 20:30 Uhr. In Heidenheim wurden Henning und Dorothea kurz verabschiedet, denn auch für Hans und Elise war es an der Zeit, dass dieser Tag zu seinem Abschluss kam.

Mit übervollem Herzen von all dem in den letzten Tagen Erlebten schrieb Henning noch an diesem Abend an seine Elise:

„Meine Elise, mein wundervoller Schatz,
während ich diese Zeilen schreibe, liegst Du hoffentlich müde und glücklich zugleich in Deinem Bett. Hinter uns liegen ausgefüllte, schöne und gleichzeitig anstrengende Tage. So möchte ich doch nicht ins Bett gehen, ohne Dir noch einmal zu sagen, wie wichtig Du mir bist und wie glücklich ich darüber bin, dass es Dich und Hans in unserem Leben gibt. Es war ein bewegender Moment heute Morgen am Grab Eurer lieben Katharina. ‚Blühendes Leben einfach ausgelöscht', das hat Dorothea und mich, die wir ja auch Mutter und Vater sind, tief bewegt und traurig gemacht. Es gibt irdisch keine Antwort auf die Frage nach dem Warum. Christliche Hoffnung ist die Hoffnung auf Totenauferweckung und Gottes Neuschaffen, durch das erst am Ende alles gut wird. Wir sind mit Dir verbunden in dieser Hoffnung, die unser einziger, aber tragfähiger Trost ist. – Es war schön, all die wundervollen Sachen für das Ferienhaus in Waltenhofen auszusuchen. Die Vorfreude darauf wächst, mit Euch in den neu eingerichteten Räumen und dem ganzen wunderbaren Umfeld Urlaub zu machen und erholsame Zeiten der Ruhe und der Liebe zu verbringen. Die Zeit wird schnell vergehen, bis es soweit ist. Und so freuen wir uns auf das gemeinsame Silvester, das wir dort miteinander verbringen wollen, und gleichzeitig auf jeden Schritt, der dahin führt wie Entrümpelung, Putzen, Farbberatung und alles andere. – Wir waren jetzt sechs Tage zusammen und hatten sechsmal traumhaften Sex. So glücklich haben es die meisten jungen verliebten Paare nicht, und ich danke Dir für Deine wunderbare selbstlose tiefe Liebe, mit der Du mich beschenkst. Du bist

und bleibst die Antwort auf meine Träume und Phantasien aus fünf Jahrzehnten. – Ich weiß, dass Du alles tun wirst, damit Du nicht stürzt, bis wir uns wieder sehen, und ich denke fast in jedem Augenblick an Dich und würde am liebsten unermüdlich hinter Dir stehen, natürlich besonders morgen ab 16:00, wenn Dein Zahn gezogen werden muss. Ich möchte Dich mit meiner Liebe trösten, wenn es soweit ist. Ich bin mit meiner Seele bei Dir. In tiefer Liebe zu Dir und mit guten und liebevollen Gedanken an Dich gehe ich jetzt ins Bett.
Dein sehnsüchtiger lieber zärtlicher Henning "

Schon am frühen Morgen des nächsten Tages fand er ihre liebe Antwort:

„Mein Liebster, mein wundervoller Henning,
für Deine wunderschönen Zeilen danke ich Dir von ganzem Herzen. Ja, es war ein bewegender Moment, als wir Drei vor dem Grab von Katharina standen. Das ist Liebe und Freundschaft, dass Ihr beide dabei gewesen seid an so einem Tag der Erinnerung an das, was nun bereits zwanzig Jahre zurückliegt, aber für mich noch so gegenwärtig ist, als wäre es gestern gewesen. Die ganzen Jahre war die Hoffnung auf Totenauferweckung und Gottes Neuschaffen mitunter der einzige tragfähige Trost. Diese Hoffnung hat mir manchmal über den großen Schmerz hinweg geholfen. – Es war wirklich schön für uns alle, die wunderbaren Sachen für das Ferienhaus in Waltenhofen aussuchen zu können. Ja, wir freuen uns auch sehr darauf, in diesem wunderbaren Umfeld Urlaub zu machen und erholsame Zeiten der Ruhe und der Liebe zu verbringen, und natürlich freuen wir uns sehr auf Silvester, das unser erstes gemeinsames Fest dort sein wird. -
Mein Schatz, als ich gestern in meinem Bett lag, habe ich Dein liebes Gesicht vor mir gesehen und war sehr glücklich und hatte wundervolle Gedanken an unseren traumhaften Sex. Ich bin auch sehr dankbar, dass es Dich in meinem Leben gibt und ich mit Dir eine solche Liebe erfahren darf. Ja, ich werde diese Woche nicht fallen, darauf achte ich sehr,

manchmal spüre ich Dich, wie du hinter mir stehst, und das gibt mir
immer wieder den Impuls, nicht fallen zu dürfen.
Deine Dich sehr liebende, sehnsüchtige Elise"

Henning setzte sich sogleich hin, um ihr zu antworten:

„Meine Liebste, meine wundervolle süße Elise,
mit großer Freude habe ich Deine lieben Zeilen gelesen. Wir fühlen beide
exakt dasselbe! Das ist wunderbar. Dein liebes Gesicht habe ich auch
ständig vor Augen. Und – Du wirst es vielleicht gar nicht glauben – auch
Dein wundervolles Mädchenlachen stelle ich mir gern vor, weil ich Dich
genau so mag. Denn so wie Du bist, so liebe ich Dich mit meiner ganzen
Seele und aller Kraft meines Herzens. Nur wenn Du Dich beim Gehen
vor Lachen fast ausschütten willst, habe ich große Angst, dass ich Dich
vielleicht nicht halten kann. Aber es tut mir dann selbst bis tief ins Herz
weh, wie ich Dich dann manchmal anfahre, um Schlimmes zu verhindern.
Du weißt das, und das ist gut so, denn so nimmst Du es mir nicht übel. –
Ich habe übrigens noch eine Menge Küchengerätschaften besorgt, die wir
in Waltenhofen gut gebrauchen können. Dorothea und ich würden das
gern als unseren bescheidenen kleinen Beitrag für Waltenhofen ansehen.
Damit wäre die Küche dann auch in jeder Hinsicht betriebsbereit für so
gut wie alle Fälle. Ach, es ist wirklich wunderbar, all diese Vorbereitungen
zu treffen. Ja, mein Schatz, wir erleben eine wundervolle, kaum be-
schreibbare traumhafte Liebe miteinander! Für allezeit werde ich Dich
lieben und Sehnsucht nach Dir haben. Und von jetzt an denke ich an
Deinen Gang zum Zahnarzt, bis Du es überstanden hast! In tiefer Liebe
und der allerherzlichsten Verbundenheit und Vertrautheit bin ich für
immer
Dein Henning" –

Für das nächste Wochenende war ein Arbeitswochenende in dem neu
erworbenen Ferienhaus in Waltenhofen geplant, dessen Vorbereitung fast
der eines Umzugs gleichkam. Henning schrieb an Elise:

„Meine wundervolle süße Elise, meine Geliebte,
Du hast wieder so wundervolle Worte gefunden. Wir sind einander ganz
nahe, wenn wir unsere E-Mails lesen oder schreiben. Heute Abend ist
wieder Bandprobe, und es ist schade, dass Du nicht dabei sein kannst.
Andererseits bin ich heute den ganzen Tag ein wenig im Stress wegen der
Vorbereitungen für unser Waltenhofen-Wochenende, damit alles besorgt
ist, was wir dort brauchen, und ich muss ja auch noch die Süß-scharfe
Suppe kochen, die wir wieder fertig mitnehmen für die erste Mittags-
mahlzeit. Der Einkauf der Lebensmittel für die gemeinsamen Tage ist
erledigt und der Küchenkleinkram und das komplette Putzzeug ein-
schließlich Putzmittel und Spülmittel sind besorgt, so dass Du Dich in
dieser Hinsicht um rein gar nichts kümmern musst. Wir bringen auch
eine Trittleiter mit, die schon bereit steht. Was Dorothea alles zusammen-
getragen hat, ist solch eine Menge, dass ich nachher ein Foto davon
machen und es Hans schicken werde, damit er den entsprechenden Platz
im Hänger frei lässt. Das alles fühlt sich für mich gerade an wie ein
regelrechter ,Einzug'. Dorothea hat auch Bettzeug für zwei Personen
herausgesucht, so dass auch Ihr nur für zwei Personen Bettzeug mit-
nehmen solltet. Zum Einladen in Heidenheim sind sicher 15 Minuten
erforderlich, die einkalkuliert werden müssen. Deine Wunde vom Zahn-
ziehen hat sich bis dahin hoffentlich vollständig beruhigt. – Mein
wundervolles Mädel, ich habe in meinem ganzen Leben noch nie so
umfänglich Liebe leben können wie mit Dir seit dem 14. Februar. Und es
ist so wundervoll, was Du darüber schreibst. Wir werden beide auch am
Wochenende in vollen Zügen auskosten, was wir ein Leben lang – bewusst
wie ich oder eher unbewusst wie Du – vermisst haben.
In tiefer sehnsüchtiger Liebe umarmt und küsst Dich
Dein Liebster, Dein Henning "

Am Freitag, den 24. September, fuhren Hans und Elise wie vereinbart
schon um 7:00 Uhr mit dem Cayenne samt Anhänger in Heidenheim auf
den Hof, wo sogleich mit dem Einladen begonnen wurde. Auch der
Kofferraum füllte sich mit all den eingekauften Utensilien für die

Ausstattung der Ferienhausküche. Kurze Zeit später rollte das Gespann auf der A7 Richtung Süden. Die Vier wollten sich viel Zeit nehmen für ihr erstes Wochenende in Waltenhofen, seit der Kauf des Anwesens abgewickelt war.

Als sie die Räume betraten, fielen ihnen überall an den Möbelstücken der Vorbesitzer kleine weiße Namensschildchen auf, die offenbar markieren sollten, wer von der Erbengemeinschaft das jeweilige Stück für sich beanspruchte. Es war vereinbart worden, dass der komplette Hausrat der Vorbesitzer bis auf die gut erhaltene Küche nicht übernommen würde und deshalb von den Vorbesitzern zu entsorgen war. Diese Aktion, für die Hans eine Frist gesetzt hatte, stand noch aus und sollte an einem der folgenden Wochenenden durchgeführt werden. Schmunzeln mussten sie, als sie auf der Terrasse entdeckten, dass an den unansehnlichen weißen wackelnden Gartenmöbeln je ein Schildchen mit dem Namen „Evi" angebracht war, die diese Erbstücke für sich in Anspruch zu nehmen gedachte. Nicht einmal geschenkt hätten die Vier diese Gegenstände genommen und waren froh, dass ihnen deren Entsorgung erspart blieb. Dorothea ging in die Küche und machte sich daran, die Schränke auszuräumen und von innen und außen blitzblank zu schrubben, während Henning und Hans all die mitgebrachten Küchensachen aus dem Auto luden und ins Haus trugen. Elise saß dabei im Esszimmer und begann all die Kartons und Schachteln zu öffnen und die einzelnen Teile zu ordnen und für den ersten Abwasch vorzubereiten.

Miteinander in dem Ferienhaus zu sein, empfanden die Vier ähnlich wie in ihrem Sylturlaub. Dass es eine Menge zu tun gab mit Putzen, Räumen und Einrichten erschien ihnen viel eher als Urlaub, statt als Arbeit. Hans entdeckte bei seinem Gang durch die Räume das eine oder andere Teil, das einer kleinen Reparatur bedurfte, und er machte sich mit Dorothea auf die Suche nach einem Baumarkt. Als die beiden zurückkehrten, trug er einen großen Werkzeugkoffer aus Aluminium und war damit nun ausgerüstet für die verschiedensten Instandsetzungen und das

Anbringen von Regalen und anderen Erfordernissen, die ihm noch vor der geplanten Kernsanierung als notwendig erschienen. Sein Weg führte an diesem Wochenende noch mehrfach in den Baumarkt nach Füssen, so dass Henning ihn schmunzelnd fragte, ob er dort nicht gleich seinen zweiten Wohnsitz anmelden wollte. Er besaß auch schon eine Kundenkarte für die Rabatte, und man darf davon ausgehen, dass die Buchhaltung des „Baumarkts" seit der zweiten Septemberhälfte 2010 eine deutliche Steigerung des Umsatzes verzeichnen konnte.

Es waren glückliche Tage, die sie hier miteinander verlebten. Die Abende verbrachten sie im Wohnzimmer bei gemütlichem Kaminfeuer. Am Samstagabend saßen Henning und Elise zunächst vor dem Panoramafenster auf dem Sofa an dem Marmortisch direkt unter dem Messing-Kronleuchter. Elise hatte auf einmal die Idee, sich mit an den Kamin zu setzen und stand einfach auf, um quer durch das Wohnzimmer zu gehen. Henning bekam einen Riesenschreck, denn er musste erst um den Tisch herumgehen, um sie zu erreichen und stützen zu können. Das schaffte er nicht und konnte nur noch sehen, wie ihre Schritte schneller und schneller wurden, und ihre Neigung nach vorn immer bedrohlicher wurde. Sie hatte gedacht, dass sie es noch schaffen würde, sich an der hinteren Sesselkante festzuhalten, aber ihr Sturz war nicht mehr zu vermeiden. Ein Knacken und Splittern war zu hören, dass allen der Schreck in die Glieder fuhr. „Hoffentlich nicht wieder ein Rippenbruch!", schoss es Henning durch den Kopf. Dann hörten sie Elise schallend lachen. Sie konnte sich gar nicht beruhigen, und ihr Lachen klang in dieser Situation ganz absonderlich. Das Splittern rührte glücklicherweise lediglich von dem hölzernen Zeitungsständer her, der unter ihrem Aufprall splitternd zerborsten war. Niemand stimmte in Elises Lachen ein. Schock und Angst saßen zu tief in ihnen. Henning fuhr seine Elise ungehalten an, warum sie nicht auf seine Hilfe gewartet hatte und einfach losgelaufen war. Auch Hans war ehrlich verärgert über ihren Leichtsinn und über ihr Lachen während alle noch versteinert von dem waren, was sie mit ansehen mussten. Erste Stürze auch nach vorwärts kündigten an, dass ihre Krankheit unaufhaltsam voranschritt. Der Abend hatte auf diese Weise seine wunderbare Gemütlichkeit jäh verloren, und die beiden Paare begaben sich geknickt und betreten in ihre Schlafzimmer. Henning war den Tränen nahe. Es irritierte ihn sehr, dass Elise immer noch Mühe hatte, ihr Lachen zu unterdrücken. Wiewohl er doch eigentlich wissen konnte, dass dieses Lachen Symptom ihrer Krankheit war, redete er ihr ins Gewissen, was ihr unheimliches Lachen allerdings nur noch verstärkte.

Ernsthaft überlegte Henning sich sogar, ob es nicht psychologische Ursachen für dieses Lachen gab. Dabei kam ihm das Buch von Rüdiger Rogoll und Werner Rautenberg in den Sinn, das er vor vielen Jahren als nebenamtlicher Dozent im Rahmen eines Fortbildungskurses im Ruhrgebiet kennen gelernt hatte. Es trug den Titel: „Werde, der du werden kannst – Persönlichkeitsentfaltung durch Transaktionsanalyse". Es geht davon aus, dass es drei Grundelemente der Kommunikation gibt, nämlich „kindliche Redeweise", „lehrer- und elternhafte Redeweise" und „erwachsen reflektierende Redeweise". Alle drei Elemente haben ihren Sinn und ihre Berechtigung, senden aber völlig unterschiedliche Signale aus, die dann eine gelingende Kommunikation entweder begünstigen oder erschweren oder sogar unmöglich machen. Henning ging auf dem Hintergrund solcher Erkenntnisse durch den Kopf, dass Lachen dem kindlichen Element zuzuordnen wäre, denn Elise erinnerte ihn in dieser Situation an junge Mädchen, die durch häufiges Kichern kompensieren, was ihnen in ihrem Entwicklungsstadium peinlich ist (ein Phänomen, dass natürlich auch bei pubertierenden Jungen beobachtet werden kann). Er war einfältig genug, Elise dieses erklären zu wollen. Es wurde ein trauriges Gespräch daraus, dem seine Liebste nur Kritik an ihrem Verhalten zu entnehmen vermochte. Immerhin versprach sie ihm, dieses Buch selbst zu lesen. Wenige Tage später schämte er sich dafür von ganzem Herzen. Ihm war bewusst geworden, dass er den Zusammenhang von Elises Lachen und Kichern mit ihrer Erkrankung nicht verstanden hatte. Mit seiner Bemühung jener Theorie der Transaktionsanalyse wurde er ihr genauso wenig gerecht wie mit all den Aufforderungen an sie, sich beim Gehen doch mehr zu konzentrieren. An jenem Abend in Waltenhofen hatte er seine Elise jedenfalls viel zu oft gefragt, wie sie sich ihre häufigen Lachtiraden erklären könne, worauf sie schließlich zur Antwort gab, was ihr durchaus plausibel erschien: „Das ist eigentlich erst, seit ich mit Dir zusammen bin, denn früher bei Hans hatte ich nichts zu lachen." Er wusste, dass das nicht stimmen konnte, und spürte erst jetzt, wie unsinnig all das war, was er ihr in diesem Zusammenhang zu erklären versuchte.

Am nächsten Tag kehrte wieder die gewohnte Harmonie in ihre Viererbeziehung ein. Es wurden sogar spaßige Bemerkungen darüber gemacht, was sich am gestrigen Abend ereignet hatte. Henning meinte grinsend, dass es ja zusätzlich ein großes Glück gewesen sei, dass auf dem Zeitungsständer nicht auch ein Schildchen angebracht gewesen war, das anzeigte, wer aus der Erbengemeinschaft dieses Möbelstück für sich beanspruchte. Grinsend fügte er hinzu, dass man das Objekt in dem Fall noch hätte ersetzen müssen. Es war ein erleichtertes Lachen, mit dem diese Bemerkung von den anderen aufgenommen wurde. Die Heimfahrt am Nachmittag traten sie mit dem sicheren Gefühl an, dass das „Ferienhaus Waltenhofen", wie es für allezeit von ihnen genannt wurde, eine wundervolle Perspektive für ihre Liebe zu viert darstellte. Sie malten sich aus, wie alles sein würde, wenn nach einer Kernsanierung dann auch die neuen Möbel an Ort und Stelle wären. In diesem Zusammenhang äußerte Elise den Wunsch nach einem neuen Doppelbett auch für sie und Henning. Die Antwort von Hans kam kurz und präzise: „Dann fahrt ihr beiden eben noch nach Senden und sucht Euch eins aus!" –

Wegen der deutlich zunehmenden Sturzgefahr sollte Elise nach Möglichkeit nicht mehr allein in Elchingen sein. Deshalb wurde vereinbart, dass sie die neue Woche ganz in Heidenheim verbringt. Das war auch schon deshalb geschickt, weil sie am Dienstag, den 28. September, morgens um 9:00 Uhr ihren nächsten Termin beim Chefarzt der Neurologie in der Klinik in Günzburg hatte, wohin Henning und Dorothea sie begleiten würden. Deshalb fuhr Hans allein nach Elchingen weiter, nachdem sie in Heidenheim angekommen waren und er sich nach einer kleinen Stärkung an dem runden Couchtisch im Wohnzimmer von den Dreien verabschiedet hatte.

Für den Dienstag standen gleich eine ganze Menge von Terminen auf dem Programm: der Arztbesuch in Günzburg am Vormittag, das Outlet Center in Neu-Ulm am frühen Nachmittag, wo sie die Dinge zu ergänzen gedachten, die in der Küche noch fehlten, und am späten Nachmittag noch das Möbelhaus in Senden, um ein Boxspringbett auszusuchen, wie es sich Elise auch für ihr Schlafzimmer gewünscht hatte. So frühstückten sie an diesem Tag schon um halb acht, um einerseits genügend Zeit zu haben, um gemütlich miteinander am Tisch zu sitzen und andererseits rechtzeitig aufbrechen zu können. In Günzburg angekommen, waren sie froh, dass es dort im Anmeldungsbereich Sitzgelegenheiten gab, so dass Elise sich erst einmal sicher hinsetzen konnte, während Dorothea die Formalitäten übernahm. Mit dem Fahrstuhl erreichten sie das erste Obergeschoss, wo sie auf einer Stuhlreihe Platz nahmen und Dorothea sogleich für jeden eine Tasse Kaffee aus dem Automaten besorgte. Auch mit einem Termin muss man hier lange Wartezeiten einkalkulieren. Nach einer halben Stunde wurde Elise zum EEG gerufen, um ihre Gehirnströme aufzuzeichnen. Als sie dann zusammen mit Henning und Dorothea endlich im Sprechzimmer dem Arzt gegenüber saß, war es schon kurz nach 11:00 Uhr. Er führte die typischen nervenärztlichen Untersuchungen an ihr durch und nahm sich viel Zeit, um zu testen, wie weit ihre Blickparese vorangeschritten war. Dann wollte er sehen, wie es wäre, wenn Elise ein paar Schritte allein gehen würde, bei denen Henning sie natürlich nach hinten absichern musste. Mit dem, was er sehen konnte, zeigte er sich schon irgendwie zufrieden. Obwohl er erklärt hatte, dass es keine Therapie gegen diese Erkrankung gibt, klang das, was er sagte, durchaus zuversichtlich und vermittelte ihr das Gefühl, auf dem richtigen Weg zu sein. Er sagte: „Wir können es immerhin mit den bewährten Parkinsonmedikamenten versuchen, vor allem mit L-Dopa, und Stalevo und hoffen, dass die den Krankheitsverlauf zumindest positiv beeinflussen!" Das Rezept bekamen sie im Untergeschoss in der Anmeldung direkt am Ausgang. Den Weg zurück zum Auto gingen sie voller Hoffnung, dass sich Elises Lebenserwartung verlängert und mit ihr alles doch irgendwie gut werden würde.

In Heidenheim machten die Drei nur eine kurze Pause, um dann ohne Dorothea gleich nach Senden aufzubrechen und die noch fehlenden Küchenartikel für Waltenhofen zu besorgen. Die verspätete Mittagsmahlzeit nahmen sie wieder in dem Restaurant des Outlet Centers ein, das Henning und Elise noch von ihrem ersten Einkauf in guter Erinnerung hatten. Henning stellte am Buffet ein leckeres Menü zusammen. Das ließen sie sich ganz entspannt schmecken. Wenn sie zusammen waren, wurde auch der Alltag zum Urlaubstag. Gestärkt besorgten sie sich nun einen Einkaufswagen, an dem sich Elise in der bewährten Weise festhalten konnte. Vor allem wollten sie denselben Bestecksatz noch einmal kaufen, weil ein sechsteiliges für den Bedarf eines Ferienhauses eigentlich zu wenig ist. Leider war das exakt gleiche Besteck nicht mehr vorrätig. So gaben sie sich mit einem zufrieden, das dem Vorhandenen wenigstens recht ähnlich sah. Sie suchten auch noch einen Schmortopf und eine Auflaufform aus. Auf dem Weg zur Kasse entdeckten sie eine Glaskaraffe, die haargenau so aussah wie jene, in denen Friederike zum Geburtstag von Elise die mit Pfefferminzblättern garnierte „Kalte Ente" serviert hatte. Nachdem alles im Kofferraum verstaut war, wollten sie auch Porzellanschüsseln und Schälchen besorgen, die in der Ferienhausküche noch fehlten. Gleich neben diesem Geschäft gab es eines für Bettwäsche und Frotteewaren. Dort kauften sie einen Stapel Handtücher, Saunatücher und Bademäntel. Auch dieses Mal hatte der Passat einen bis oben hin vollgeladenen Kofferraum. Bevor sie die Rückfahrt antreten konnten, mussten sie aber erst noch in das Möbelhaus, um ihr neues Boxspringbett auszusuchen. In der Bettenabteilung fanden die beiden sogleich einen engagierten Verkäufer, der ihnen die verschiedenen Alternativen vorführte. Es berührte Henning ganz tief, dass er mit seiner Liebsten hier in großer Selbstverständlichkeit gemeinsame Liegeproben durchführen konnte. Ihnen wurde erklärt, dass aufgrund des unterschiedlichen Gewichts der Matratzenteil für den Mann einen höheren Härtegrad haben müsse als für die Frau. Dann registrierte der Verkäufer, dass Elise bei jeder Liegeprobe die Bauchlage wählte, und erklärte, in diesem Fall müsse auch ihre Matratze denselben höheren Härtegrad haben wie die ihres „Mannes"; denn natürlich wurden die beiden beim Aussuchen eines für sie geeigneten Bettes als ein altes Ehepaar angesehen. Schon bald hatten sie sich für ein wunderschönes mit beigebraunem Stoff bezogenes Bett entschieden. Für die schriftlichen Formalitäten des Kaufs gingen sie zum Schreibtisch des Verkäufers. Elise hakte sich wie immer fest bei Henning ein, bis sie in bequemen Sesseln Platz nehmen konnten. Dann wurde es etwas kurios. Auf die Frage, ob bereits ein Kundenkonto bestehe, antwortete Henning, indem er auf Elise zeigte und wahrheitsgemäß sagte: „Ihr Ehemann hat eins bei Ihnen, aber der bin nicht ich!" Nun konnte man sehen, wie es im Gehirn des Mannes zu rattern begann und wiederum derselbe Effekt eintrat wie seinerzeit bei Frau Blonkfitz in Waltenhofen und vor kurzem auch bei jener Abteilungsleiterin beim Kauf des runden Bettes für Hans und Dorothea. Stotternd wiederholte er mehrmals: „Nicht ich! Nicht ich!", was aus seinem Mund ja überhaupt keinen Sinn ergab. Elise konnte sich das Lachen nur mit Mühe verkneifen. Wenn die beiden später von irgendetwas nicht betroffen waren, betonten sie seitdem schmunzelnd: „Nicht ich! Nicht ich!" Es ist einfach so, dass eine Liebe zu viert das Weltbild etlicher Zeitgenossen im Handumdrehen ins Wanken zu bringen vermag. Glücklich kehrten die beiden nach Heidenheim zurück und erzählten Dorothea, dass sich jener „Blonkfitz-Effekt" erneut zugetragen hatte.

Für Elise wurde es eine sehr glückliche Woche in Heidenheim. Henning zeigte ihr die alten Fotoalben der Familie und auch einen großen Teil der Dias, die er 2003 gescannt und in den Computer übernommen hatte. Immer wieder griff er auch zu seiner Gitarre, um seiner Liebsten etwas vorzusingen. Am Donnerstag fuhr Hans von seiner Firma aus direkt zu ihnen, um bis zum Wochenende zu bleiben. Am Samstag wollte er mit Dorothea nach Waltenhofen fahren, um dabei zu sein, wenn die fünfköpfige Erbengemeinschaft das Inventar der Vorbesitzer ausräumen und abtransportieren würde. Beim Eintreffen von Hans in Heidenheim schien die Sonne immer noch recht warm, so dass die Vier im Garten unter der Pergola zu Abend essen konnten. Jede gemeinsame Stunde empfanden sie als ein kostbares Geschenk. Gegen 20:00 Uhr kamen die Bandmitglieder. Wie jeden Mittwoch trafen sie sich auch an diesem Abend zur Bandprobe. Elise zog es vor, bei der gemütlichen Gartenrunde zu bleiben, zumal die Musik auch dort noch gut zu hören war. An diesem Abend sollte ein neues Stück einstudiert werden: „Return To Alamo", das für alle Instrumente eine Reihe nicht ganz einfacher Passagen enthielt, die immer von neuem probiert werden mussten. So kam es ihnen sogar entgegen, an diesem Abend ohne Zuhörer zu spielen. Nach der Probe kamen die Musiker noch für einen kleinen, natürlich alkoholfreien Absacker mit unter die Pergola, wo Elise, Dorothea und Hans immer noch beieinander saßen. Auf diese Weise lernte auch Hans die Freunde aus der Band etwas näher kennen. Sie brachen nach einer guten Viertelstunde auf, weil alle noch eine ziemliche Strecke zu fahren hatten. Auch die beiden verliebten Paare gingen jetzt ins Haus, wo für Dorothea und Hans unten im Wohnzimmer die Doppelbettcouch ausgezogen wurde, denn in Dorotheas Zimmer, in dem die beiden sonst stets zusammen waren, gab es ja nur ein Einzelbett, was für die Nachtruhe doch zu unkomfortabel gewesen wäre. Henning und Elise begaben sich wie gewohnt auf die „höhere Ebene" des Obergeschosses, was für die Vier längst zum geflügelten Wort geworden war.

Um rechtzeitig um 14:30 Uhr zu Elises Therapie anzukommen, fuhren die beiden am nächsten Tag bereits um 13:00 Uhr los. Von Heidenheim aus waren es immerhin hundertfünfzehn Kilometer. Sie empfanden es wie stets als eine Fahrt in den Urlaub. Sie hielten Händchen oder streichelten einander über die Beine. Während Elises Behandlung ging Henning seine gewohnte Runde und kam wie immer an dem Hundeverein vorbei. Dort nahm er durch den Zaun gern Kontakt mit den Hunden auf. Die Fahrten zum Therapiezentrum waren für ihn längst zur

Routine geworden. Sie brachten ihm weitere Stunden, in denen er mit seiner Liebsten zusammen sein konnte.

Am Samstagmorgen wollte Hans mit Dorothea schon um 7:00 Uhr aufbrechen. Alle standen darum schon sehr früh auf. Elise und Henning warfen sich kurzerhand ihre Morgenmäntel über und bereiteten das Frühstück vor, während die beiden anderen sich im Bad fertig machten. Es war trotz der frühen Stunde wie immer eine frohe und humorvolle Tischrunde. Schon bald rollte der Cayenne in Richtung Ostallgäu. Das daheim gebliebene Liebespaar genoss es, ungestört viel Zeit für einander zu haben. An diesem Tag bereitete Elise das Mittagessen zu und zwar Kartoffelgulasch, ein Gericht, das Henning nicht kannte, weil es ihre eigene Kreation war. Sie erklärte, dass ihr Enkel Max eine besondere Vorliebe dafür hatte. Henning stand bei jedem Schritt hinter ihr und schaute genau zu. Zuerst wurde eine dunkle Einbrenne vorbereitet, die dann mit Brühe aufgegossen und mit Salz und Pfeffer abgeschmeckt wurde. Dann kamen Kartoffelwürfel hinein und kurz vor dem Garpunkt noch feine Ringe von Saitenwürstchen. Henning konnte sich gut vorstellen, dass Max die Kochkunst seiner Oma begeisterte, denn auch ihm schmeckte dieses einfache Gericht wirklich gut.

Am Nachmittag des folgenden Tages rollte der Cayenne auf den Hof, und die beiden waren gespannt, was Dorothea und Hans zu berichten hatten. Gleich nachdem alle am gedeckten Kaffeetisch Platz genommen hatten, sprudelte es aus Dorothea heraus, welches Bild sich ihnen geboten hatte, als die Erbengemeinschaft, die ja komplett aus Verwaltungsbeamten bestand, sich mit dem Abtransport von schweren Möbeln, Teppichen, Bildern und Geschirr abmühte: „Ihr müsst Euch das mal vorstellen: Beamte in Arbeitskleidung bei einer für sie alle völlig ungewohnten Tätigkeit! Mit Feuereifer wurden Bestecke, Geschirr, alte plüschige Gardinen und auch die Bettwäsche in Körbe verpackt und stöhnend in den gemieteten Klein-LKW eingeladen. Auch jene klapprigen Terrassenmöbel mussten mit. Ihr erinnert Euch an Schildchen mit der Aufschrift ‚Evi'. Den wunderschönen

Gläserschrank im Flur mit dem alten Schnitzwerk und auch den Kronleuchter haben sie dagelassen."

Dorothea berichtete noch, wie ihr beim Gang durch das leere Ferienhaus eine Menge Ideen zur Einrichtung und Farbgestaltung gekommen waren. Sie trug den Dreien das in einer Überschwänglichkeit vor, dass Hans sie ein wenig zu bremsen versuchte, indem er sagte: „Dorothea, lass uns einen Schritt nach dem anderen machen! Step by Step!" Das bekam sie von da an noch öfter zu hören, wann immer ihre wundervolle Kreativität auf eine zu vorschnelle Realisierung drang.

10. Augenoperation und Nikolaustag im Ostallgäu

Für die folgenden Tage war Elises Mutter Babette in Elchingen, um tagsüber, wenn Hans im Geschäft war, an ihrer Seite zu sein, um auf sie Acht zu haben wegen ihrer ständigen Sturzgefährdung. Henning und auch Hans sahen das mit einer gewissen Skepsis, denn die alte Dame würde nie und nimmer die körperliche Kraft haben, um Elise im Falle eines Sturzes zu halten. Auch befürchteten sie, dass Babette ihre Tochter doch sehr in Beschlag nehmen könnte und sich dabei der Schwere ihrer Krankheit nicht wirklich bewusst ist. Henning hatte in mehreren Gesprächen vergeblich versucht, ihr dieses Problem zu erklären, was Babette aber so gar nicht annehmen wollte. Hinzu kam, dass Hans deutlich spürte, dass Babette eine Eifersucht auf Henning und Dorothea zu entwickeln begann. Aus ihrer Sicht hatten Elise und Hans eine viel zu enge Beziehung zugelassen. Irgendwie schien sie ihren Einfluss auf ihre Tochter schwinden zu sehen. Erst etwas später erfuhr Henning, dass Hans zu Babette in dieser Sache ein paar so deutliche Worte gesagt hatte, dass Elise meinte, er sei damit etwas zu weit gegangen. In ihrer E-Mail vom 30. September ging sie darauf ein:

„Mein lieber Henning, mein besonderer Schatz,
es freut mich sehr, dass Du mir schreibst, wie unendlich glücklich Du mit mir bist. Es wäre für mich sehr schlimm gewesen, wenn sich da etwas geändert hätte. Jedenfalls musst Du Dir wirklich keine Sorgen machen, wenn meine Mutti hier bei mir in Elchingen ist. Der Umgang zwischen ihr und mir ist sehr harmonisch, und ich habe nicht den Eindruck, dass sie meine Kräfte für sich mobilisiert. Meine Mutti hilft mir im Gegenteil sogar mehr, als sie mir schadet, denn sie hilft mir beim Anziehen, beim Kochen usw. Ich verstehe übrigens Hans jetzt besser mit seiner Kritik an meiner Mutti, denn er hat mir heute erklärt, wie er es gemeint hat. Deinen Vorschlag für die Speisenfolge ab Donnerstag in Waltenhofen finde ich ganz gelungen. Mir läuft schon das Wasser im Mund zusammen,

wenn ich an die einzelnen Gerichte denke. Mein Geliebter, ich freue mich auf Dich. Auch freue ich mich sehr darauf, dass Du Deine Gitarre und auch das Songbook mitnehmen willst nach Waltenhofen, ich höre Dir nämlich gerne beim Singen und Spielen zu, und da bin ich ganz stolz auf Dich. Meine Sehnsucht ist ebenso groß wie Deine, und ich freue mich schon sehr auf Donnerstag und auf die Waltenhofener Nächte mit Dir. Ich umarme dich sehr herzlich, gebe Dir noch einen dicken und heißen Gute-Nacht-Kuss, und ich werde nachher, wenn ich im Bett bin, von Dir träumen. Ich liebe Dich so sehr aus den tiefsten Tiefen meines Herzens. Deine sehnsüchtige Elise"

Dass die Sorge von Hans und Henning in Bezug auf Elises Beziehung zu ihrer alten Mutter doch nicht unbegründet war, zeigte sich an einer etwas späteren E-Mail-Nachricht an Henning, in der sie schrieb:

„Meine Mutti ist soeben mit Friederike weggefahren, und ich bin sehr froh, dass ich wieder allein bin. Heute musste ich mit ihr nun doch ein ernstes Wort sprechen, wie Du es mir geraten hast. Denn sie hat mich wieder als kleines Mädchen gesehen, und ich habe sogleich gekontert." –

Die Zeit vom 7. bis zum 12. Oktober verbrachten die Vier in Waltenhofen. Hans hatte sich entschieden, das neu erworbene Anwesen einer kompletten Kernsanierung zu unterziehen. Dazu mussten nun die Handwerkeraufträge vergeben werden, was ihre Anwesenheit vor Ort erforderlich machte. Mit Ausnahme des oberen Schlafzimmers, des Esszimmers und des Wohnzimmers, wo es sehr gut erhaltenes Parkett gab, sollten überall neue Fußböden gelegt werden. Beide Bäder waren von Grund auf zu erneuern und barrierefrei zu gestalten. Was die Malerarbeiten betraf, musste die farbliche Gestaltung sorgfältig überlegt werden. In einer Zeitschrift hatte Dorothea eine viel versprechende Adresse gefunden „Farben und Farbberatung" in Nordrhein-Westfalen. Es handelte sich dabei um ganz neue eigens kreierte Kreideemulsionsfarben. Dazu war dort zu lesen, dass sich diese Farben durch eine außergewöhnliche Tiefe, Sanftheit und

Leuchtkraft auszeichnen würden. Hans hatte Dorothea gern grünes Licht für eine erste Kontaktaufnahme gegeben mit dem Ergebnis, dass die Inhaberin persönlich am Dienstag, den 12. Oktober, nach Waltenhofen kam, um das gesamte Gebäude vor Ort in Augenschein zu nehmen und zusammen mit den Vieren die Farben der einzelnen Räume auszusuchen. Das nahm den ganzen Tag in Anspruch. In der Mittagspause aß die Farbberaterin zusammen mit den Vieren das von Henning zubereitete Thailändische Hähnchencurry, das auch dem Gast vortrefflich schmeckte. Am Spätnachmittag war eine detaillierte Liste mit den ausgesuchten Farben fertig. Natürlich sollten diese über die Firma der Farbberaterin bezogen werden. Mit den Anstreicharbeiten beauftragte Hans einen Malerbetrieb in Füssen. Auch die Schreinerarbeiten, die Sanitärinstallationen und Fliesenlegearbeiten vergab Hans an Betriebe in der Nähe. Als Bauaufsicht für die Kernsanierung konnte Siegfried Maler gewonnen werden. Der hatte schon Jahrzehnte lang das Haus als eine Art Hausmeister betreut und beaufsichtigt, sofern die Vorbesitzer selbst nicht anwesend sein konnten. Nachdem die Vier am Spätnachmittag so gegen 18:00 Uhr die Farbberaterin verabschiedet hatten, brachen auch sie auf. Es waren sechs Tage, in denen sie an Ort und Stelle viel erreicht hatten. Die Kernsanierung des Ferienhauses konnte nun mit Volldampf beginnen.

Von Anfang Juli bis jetzt hatte Hans seine anstehende Augenoperation hinausgeschoben. Zum einen wollte der Spezialist diese Operation nicht in den heißen Sommermonaten durchführen, und zum andern gab es vielerlei, dem Hans Priorität einräumen musste. Nun war es soweit, und er begab sich für die Zeit vom 1. bis 4. November auf die Station für Augenheilkunde der Uniklinik Günzburg. Dorothea begleitete ihn, während Elise und Henning in Heidenheim blieben. Erst am Nachmittag des nächsten Tages, wenn Hans nach der Operation wieder in seinem Zimmer sein würde, wollten alle Drei ihn dort besuchen. Als sie eintrafen, fanden sie einen wachen gut gelaunten Hans vor. Die Augenflüssigkeit im betroffenen Auge war ausgetauscht worden bis auf einen Rest, der vom Körper neu gebildet werden würde. Das hatte zur Folge, dass durch das

Gesichtsfeld von Hans eine Art Horizont verlief, was er recht gelassen hinnahm. Die Vier scherzten miteinander und genossen es sogar in einem Krankenzimmer, dass sie wieder zusammen waren. Ihre Ausgelassenheit fand allerdings ein jähes Ende, als Hans sich nach unten beugte, um nach etwas zu greifen, das ihm herunter gefallen war. Er hatte einfach vergessen, dass ihm das Bücken an diesem und am nächsten Tag noch streng untersagt war. Dabei verrutschte die künstliche Linse, die bei der Operation eingesetzt worden war. Das bereitete ihm Schmerzen, und er konnte auf dem Auge nur noch verschwommen sehen. „Das war jetzt völlig unnötig!", kam es unwirsch aus seinem Mund. Sofort wurde nach der Schwester geläutet, die sogleich kam und den drei Besuchern nahe legte aufzubrechen, nachdem sie erfahren hatte, was geschehen war. Denn es musste umgehend eine Neujustierung der Linse vorgenommen werden. Betreten und mit sorgenvollen Mienen machten sich Dorothea, Elise und Henning auf den Heimweg nach Heidenheim. Glücklicherweise konnte Hans noch am selben Abend telefonisch die Entwarnung durchgeben und den Dreien mitteilen, dass sich durch eine Lichtbehandlung die künstliche Linse wieder hatte zentrieren lassen. Schon am übernächsten Tag holte Dorothea Hans aus der Klinik ab. So konnten alle gemeinsam zu Hause zu Mittag essen. Auch Sohn Christian war gekommen, der auf seiner Dienstreise nach Berlin genau um die Mittagszeit an Heidenheim vorbei fahren musste. Alle zeigten sich glücklich, dass die Augenoperation von Hans so gut verlaufen war. Nach der Mahlzeit fuhren Henning und Dorothea mit nach Elchingen. Dort blieben sie bis zum nächsten Mittwoch, damit Elise nicht allein zu Haus sein musste. –

Es war Dezember geworden, und das erste Jahr ihrer Liebe zu viert ging seinem Ende zu. In Waltenhofen kamen die Arbeiten der Kernsanierung gut voran, und es hieß, dass diese in der Woche vor Weihnachten abgeschlossen sein würden. Für die Lieferung der Möbel hatte das Möbelhaus die erste Dezemberwoche angegeben. So fuhren Henning, Elise und Dorothea am 3. Dezember für eine Woche nach Waltenhofen. In dieser Zeit lag auch der Nikolaustag. Dorothea hatte die

Idee, ihre Enkelkinder Anastasia und Antonius mit deren Eltern und auch Hans' und Elises Enkelkinder Max und Verena samt Eltern zum Nikolausfest einzuladen. Liebevoll gestaltete Einladungen wurden verschickt, auf denen viel versprechend stand: „Nikolausfeier im Waltenhofener Zauberwald". Beide Familien nahmen diese Einladungen gern an. Auf diese Weise konnten sie ja auch das neue Anwesen im Ostallgäu nahe dem Forgensee zum ersten Mal in Augenschein nehmen.

Wie zumeist im Allgäu war auch in diesem Jahr schon früh der erste Schnee bereits gefallen. Er lag rings um das Haus zwar nicht sehr hoch aber mit einer dünnen Eisschicht darunter, so dass Henning alle Hände voll zu tun hatte, um Elise gefahrlos ins Haus zu geleiten. Dort dauerten die Renovierungsarbeiten noch an, und darum fanden sie es alles andere als gemütlich. Im Esszimmer stand der Kachelofen kurz vor der Fertigstellung. Deshalb trugen sie den Esstisch für die Mahlzeiten auf den Flur, denn hier waren die Arbeiten bereits abgeschlossen. Der Fliesenleger war gut vorangekommen und hatte eine wirklich zufrieden stellende Arbeit geleistet und würde nur noch zwei bis drei Tage brauchen. Der Elektriker war mit seinen Arbeiten bereits Ende November fertig geworden. Maler und Schreiner arbeiteten hingegen noch mit Hochdruck, damit alles rechtzeitig fertig würde. Während Henning im Flur den Esstisch für die Mittagsmahlzeit deckte, sahen sie draußen den Möbelwagen vorfahren. In Kürze würde es in dem kernsanierten Haus auch alle wichtigen Möbel geben, die ein Heim wohnlich machen. Die beiden Mitarbeiter des Möbelhauses brachten allerdings gleich zu Anfang ihren Unmut darüber zum Ausdruck, dass der Weg vom Fahrzeug bis ins Haus unerwartet lang und auch nicht hinreichend vom Schnee geräumt sei. Als ihnen dann noch gesagt wurde, dass ein großer Teil der Möbel die enge Treppe ins Untergeschoss hinunter transportiert werden müsse, erklärte einer von ihnen mit osteuropäischem Akzent, dass das bei mindestens zwei Teilen gar nicht möglich sei. Der Bogen, den die Treppe in ihrem unteren Teil machte, sei viel zu eng. Auch sei es fraglich, ob alle Stücke durch die Tür des Untergeschosses passten. Sie machten tatsächlich den Vorschlag, ob die betreffenden Möbelstücke nicht einfach im Wohnzimmer aufgestellt werden könnten. Dort würden sie doch auch gut hinpassen. Dorothea verneinte das entschieden. Daraufhin ließen sie ihrem Unmut freien Lauf und erklärten, dieses Problem hätte unbedingt bei Abschluss des Kaufs benannt werden müssen, weil ein Mehraufwand bei der Auslieferung auf jeden Fall zu Lasten des Kunden gehen würde. Nun stünden sie als Auslieferer vor vollendeten Tatsachen. Henning erklärte ihnen gelassen: „Ich weiß nicht, was Herr Zerger mit dem Verkäufer besprochen hat. Das fragen Sie ihn am besten selbst." Er nahm das Telefon, wählte die Nummer von Hans und nachdem der sich gemeldet hatte, reichte er es dem schlaksigen Wortführer. Dieser polterte auch am Telefon in derselben Weise weiter. Damit war er allerdings bei Hans an den Falschen geraten, denn der forderte ihn kurzerhand auf: „Dann packen Sie den ganzen Krempel wieder zusammen und nehmen alles wieder mit, wenn Ihre Firma nicht in der Lage ist, gekaufte Ware vertragsgemäß auszuliefern!" Er ließ keinen Zweifel daran, dass er es ernst meinte und war absolut nicht bereit, die Probleme der Auslieferer zu den seinen zu machen. Diese Reaktion hatte gesessen. Die beiden gingen kleinlaut an die Arbeit und versprachen, ihr Möglichstes zu tun, um die Teile vielleicht doch irgendwie an die vorgesehene Stelle im Untergeschoss zu transportieren. Ein Möbelstück war dann tatsächlich zu breit für jenen Bogen der Treppe. Auch das Abmontieren des eisernen Handlaufs änderte daran nichts. Dorothea kam auf einmal die rettende Idee. Da der direkt über dem Treppenbogen eingebaute Schuhschrank ausgebaut und zum Streichen beim Maler war, müsste man mit dem sperrigen Teil gar nicht die Treppe hinunter und um den engen Bogen herum. Das Teil, müsste nur durch die Öffnung, auf der sonst der Schuhschrank stand, herunter gelassen werden. Sie teilte diese Möglichkeit den weiter vor sich hin schimpfenden Männern mit, die sich allerdings von einer Frau nicht sagen lassen wollten, wie sie ihre Arbeit zu machen hätten. Glücklicherweise war Siegfried Maler zufällig anwesend und erklärte den verdutzten Möbeltransporteuren in der ihm eigenen Art als Allgäuer Urgestein und langjährigem Baustellenkapo unmissverständlich, dass es ganz genauso zu machen sei. Und siehe da, es ging! Mit dem Auspacken und Aufstellen beeilten sich die beiden dann enorm, um so schnell wie möglich dieses Haus wieder verlassen zu können. Ihre Masche, den Kunden erst einmal einzuschüchtern, um ihre Arbeit zu erleichtern, hatte hier so gar nicht verfangen. Auch wurmte es sie, dass ihnen eine Frau den Lösungsweg aufzeigen musste, auf den sie selbst nicht gekommen waren. Jetzt endlich standen in dem Ferienhaus all die geschmackvollen Möbel, die sie sich ausgesucht hatten, und das Haus machte wieder einen wohnlichen Eindruck. Die farbliche Gestaltung passte zu allem hervorragend. Die Drei fühlten sich sehr wohl in der neuen Umgebung und fanden es nur schade, dass Hans noch nicht mit dabei sein konnte.

Elise begann in dieser Zeit immer wieder darüber zu klagen, dass ihre Augen ständig tränten und sie helles Licht nicht mehr vertrug und darum auch im Haus meist ihre Sonnenbrille aufsetzte. Es war zu sehen, dass Elise unter dieser Einschränkung wirklich litt, obwohl ihr Augenarzt wie auch ihr Neurologe dem keinen eigenen Krankheitswert beimaßen.

Da etliches an Lebensmitteln fehlte, hatte Henning eine lange Einkaufsliste geschrieben. Er bat Elise, sich fest bei ihm unterzuhaken, damit er sie gefahrlos zum Auto bringen konnte, denn es gab draußen eine festgetretene dünne Schneedecke, unter der es glatt war. Er atmete sichtlich auf, als sie sicher im Auto saß. Als sie bei dem Geschäft ankamen, machten sie es wieder so wie seinerzeit beim Großeinkauf im Outlet Center. Elise schob den Einkaufswagen und hielt sich gleichzeitig daran fest. Henning sicherte sie mit seiner linken Hand und nahm mit der rechten die benötigten Artikel aus dem Regal, und nach kurzer Zeit befand sich alles, was auf der Liste stand, in ihrem Wagen. In dieser Hinsicht kamen sich die beiden wie ein eingespieltes Team vor. Als sie dann auf dem Parkplatz im Waltenhofener Forstweg ankamen, schlug Henning vor, dass Elise im Fahrzeug sitzen bleiben sollte, bis er um das Auto herumgegangen wäre, um ihr helfen zu können. Beim Aussteigen spürte er, wie glatt es unter seinen Füßen war. Er musste langsam gehen, um nicht selbst zu stürzen.

Umso mehr erschrak er, als er sah, dass Elise einfach ausgestiegen und im Begriff war, auch ihrerseits um das Auto herum zu gehen. Er hatte in diesem Moment furchtbare Angst und rief, nein, er schrie geradezu: „Elise, nicht!". Dann beeilte er sich, an ihre Seite zu kommen, rutschte, vermochte sich aber am Auto zu halten. Als er Elise gerade noch am Arm greifen konnte, war seine Angst umgeschlagen in eine wirkliche Verärgerung ähnlich wie nach jenem unnötigen Sturz auf den Zeitungsständer beim Probewohnen. Er schimpfte mit seiner Liebsten, wie er es sich selbst nie hätte vorstellen können: „Ich tue alles, damit Du nicht stürzen musst, und Du bist ständig leichtsinnig und unterläufst mein Bemühen und machst es mir unnötig schwer. Ich habe keine Chance gegen Deine Unvernunft und denke manchmal, dass ich der Falsche bin für diese Aufgabe!" Die Art, wie er das sagte, und der dahinter erkennbare Zorn, ging Elise bis in ihre Seele und verletzte sie zutiefst. Henning nahm das kaum wahr, denn er kämpfte immer noch mit sich und seiner Angst und Verärgerung und bemühte sich nun ziemlich unwirsch und mit festem Griff an Elises Arm, sie sicher ins Haus zu geleiten. So deutlich wie gerade eben hatte er noch nie daran gezweifelt, dass er dieser Aufgabe kräftemäßig womöglich nicht gewachsen war. Niemals sollte es passieren, dass seiner Liebsten ein Leid geschähe, weil er es vielleicht einfach nicht schaffte, sie zu halten. Elise spürte in dieser Situation aber nichts mehr von seiner Liebe und nahm nur noch seine Verärgerung wahr. Dorothea schüttelte irritiert den Kopf, sagte aber nichts. Das Mittagessen wurde wortlos eingenommen. Als Elise dann zu ihrem gewohnten Mittagsschlaf in ihrem Bett lag, begann sie bitterlich zu weinen. Erst jetzt merkte Henning, wie falsch er reagiert und wie sehr er ihr Unrecht getan hatte. Nun wollte er nur noch eines: seine Liebste trösten, ihr helfen und irgendwie alles wieder gut machen. Ihre Tränen trafen ihn bis in sein Herz, als er sie unter Schluchzen sagen hörte: „Du hast gesagt, dass du der Falsche für mich bist!" Er wusste, dass sie ein Gefühl hatte, als hätte er ihre Liebe verraten. Ihm war jetzt selbst absolut zum Heulen zumute. Er brauchte alle Kraft, um seine Liebste zu trösten und ihr immer wieder zu zeigen, dass sie nie aufgehört hatte, seine Liebste zu sein. Ihm wurde immer bewusster, dass seine Verärgerung und sein Schimpfen ganz und gar unnötig gewesen waren. Auf einmal stand ihm klar vor Augen: Es handelte sich gar nicht um Leichtfertigkeit und Unvernunft bei Elise, sondern das alles war Symptom ihrer heimtückischen Krankheit, auf welche die Medizin keine Antwort zu finden vermochte. Er küsste sie liebevoll und innig und bat sie immer wieder um Verzeihung und versicherte ihr, dass sie sich ihr Leben lang auf ihn verlassen könne, weil sie die große Liebe seines Lebens geworden war, die er nie im Stich lassen würde.

Noch etliche Tage später hatte Henning mit dieser Situation zu kämpfen und schrieb an seine Elise:

„Meine Liebste, mein über alles geliebter Schatz, meine wundervolle Elise, gestern Abend hatte ich immer wieder das Bild vor Augen, wie Du in Waltenhofen bitterlich geweint hast, weil ich Dich traurig gemacht hatte. Das schneidet ganz tief in mein Herz, und ich bin selbst den Tränen nahe, wann immer ich daran denke. Es tut mir so unendlich leid! Ich weiß, dass Du mir das längst verziehen hast, aber der Gedanke daran, dass ich das zugelassen habe, dass Du so traurig wurdest, schmerzt mich ganz arg. Denn ich möchte aus ganzem Herzen niemals etwas anderes sein als Dein lieber zärtlicher verständnisvoller Henning. Ich weiß, dass Du mir in Deinen Gedanken jetzt sagst, dass ich das doch auch wirklich bin. Aber ich musste mir das hier noch einmal von der Seele schreiben; denn ich kann schlecht damit umgehen, Dich verletzt zu haben. Ich hab Dich so lieb, dass ich es fast nicht aushalte, dass das passiert ist. Ich küsse Dich und bin für allezeit
Dein Henning"

Elise antwortete:

„Mein Henning, mein Geliebter,
beim Lesen Deiner E-Mail geht mir das Herz ganz weit auf, denn ich habe eine solche Sehnsucht in mir, die ich kaum beschreiben kann. Es ist

nur schön für mich, dass es Dich in meinem Leben gibt. Ja, wir wollen einander gehören, solange es uns gibt. Danke, dass Du auch wegen der Lichtempfindlichkeit meiner Augen auf mich Acht haben willst, mein Schatz. Bitte entferne dieses Bild aus Deinem Kopf, wie ich in Waltenhofen geweint habe und traurig war. Es gibt nichts mehr bei uns beiden, was uns traurig stimmen muss! Du weißt, dass unsere Liebe alles vergibt, was wir uns beide gegenseitig abverlangen. Also bitte, bitte sei nicht mehr traurig darüber, denn Du bist und bleibst mein zärtlicher und verständnisvoller Henning. Aber ich verstehe Dich auch, wenn Du schreibst, dass Du Dir das alles noch einmal von der Seele schreiben musstest. Aber es bleibt dabei, dass wir einander unendlich lieb haben. Es küsst Dich Deine Elise" –

Die Nikolausfeier war schon für Sonntag, den 5. Dezember, geplant, also einen Tag vor Nikolaustag, weil der in diesem Jahr auf einen Montag fiel. So würden die Kinder am Tag nach der Nikolausfeier im „Zauberwald" ein weiteres Mal Freude am Nikolaus haben, wenn sie ihre mit Geschenken gefüllten Stiefel in gewohnter Weise daheim vor ihren Betten vorfinden. Dorothea hatte einen kleinen Tannenbaum besorgt, der im Flur aufgestellt war unter dem Fenster, an dem zum ersten Mal der beleuchtete Herrnhuter Stern hing. Mit einem roten Kostüm wollte sie wie stets in der Vergangenheit die Rolle des Nikolaus natürlich selbst übernehmen. Pünktlich um 11:00 Uhr trafen alle zu ihrem ersten Besuch im neuen Ferienhaus ein: Christian und Regine mit Anastasia und Antonius wie auch Hartwig und Melanie mit Max und Verena. Hans war schon früh am Morgen angereist. Christian hatte als Einweihungsgeschenk für Hans die Figur eines kunstvoll geschnitzten Gebirgsjägers mitgebracht. Unter Christians Kameraden gab es jemand, der solche Figuren in recht aufwendiger Arbeit fertigte. Eine solche hatte er als Mitbringsel für seinen ersten Besuch in Waltenhofen erworben. Hans, der die Berge über alles liebte, freute sich sehr über solche Symbolik und gab der Figur einen Ehrenplatz auf seinem Schreibtisch. Wohnzimmer und Flur waren mit Adventskranz, Kerzen und Töpfen mit Weihnachtssternen adventlich geschmückt. Am Kronleuchter hing ein gebastelter Engel und an den Fenstern bunte Sternchen. Die Kinder erwarteten gespannt, wie das denn im Allgäu sein würde, wenn der Nikolaus kommt. Für eine kurze Zeit war Dorothea nach draußen verschwunden, dann hörte man ein gewaltiges Klopfen an der Haustür und auch den Klang einer Kuhglocke. „Oh, das hört sich an, als wenn der Nikolaus schon kommt", sagte Henning, und alle außer Elise natürlich stürzten auf den Flur. Hans öffnete die Tür, und polternd trat der Nikolaus ein mit rotem Mantel, Kapuze und dem langen schneeweißen Vollbart. Die Kinder ließen sich von der forschen Fröhlichkeit des Nikolaus schnell anstecken. Der schleppte seinen riesigen Sack ins Wohnzimmer, wohin ihm alle folgten, denn jeder wusste, dass nun die Geschenke ausgepackt würden. Jedes einzelne Teil war liebevoll in farbiges Papier eingewickelt und mit Sternen und Schleifen verziert. Auf jedem Päckchen stand der Name, für wen es bestimmt war. Die Kinderaugen leuchteten, und bald waren alle mit Auspacken beschäftigt, so dass sich bald Berge zerknüllten Geschenkpapiers am Fußboden auftürmten. Auch die Erwachsenen hatte der Nikolaus zu deren Verwunderung nicht vergessen. Melanie und Hartwig staunten nicht schlecht, als der Nikolaus ihnen eine große Weihnachtstüte überreichte. Während die Kinder ihre Geschenke ausprobierten und bestaunten, äußerte Max die Vermutung, ob der Nikolaus nicht in Wirklichkeit Dorothea sei. „Aber Max, Du weißt doch", wandte Henning ein, dass Dorothea viel schlanker ist! Hast Du nicht den dicken Bauch vom Nikolaus gesehen?" Aber ihm kamen Zweifel: „Und warum war Dorothea gar nicht da, als der Nikolaus hier war?" „Ja, eigentlich schade, dass sie vom Nikolaus gar nichts mitbekommen hat!" Dann zog er Max etwas dichter zu sich und flüsterte ihm ins Ohr: „Wenn Du sicher bist, dass Dorothea sich als Nikolaus verkleidet hat, dann bleib dabei und lass Dir das von niemandem ausreden! Du hast gut aufgepasst!" In dem Augenblick kam Anastasia ins Wohnzimmer und hatte sich den Bart des Nikolaus um ihr Gesicht gehängt. Dorothea hatte ihr erklärt, dass die Sache mit dem Nikolaus einfach ein schönes Spiel sei und ihr dann sogar das Kostüm gezeigt. Alle Kinder probierten jetzt vor dem Spiegel im Flur, wie sie mit Bart aussahen. Es war ein schönes

Kinderfest. Henning und Christian gingen in die Küche, um den von Christian mitgebrachten Rehrücken nach dem Rezept eines berühmten Sternekochs als Festmahl zuzubereiten. Dazu sollte es Semmelknödel und Rotkraut geben. In der Zeit war Elise mit Verena im Esszimmer damit beschäftigt, bunte Bilder zu basteln, was ihrer Enkelin enormen Spaß bereitete. Dorothea und Anastasia kamen dazu und machten einfach mit. Die Kinder waren mit Konzentration und Freude bei der Sache. Elise genoss es sichtlich, wie schön sich Verena auf diese Bastelei mit ihrer Oma eingelassen hatte. Nach dem Mittagessen gönnten sich alle noch eine Tasse Kaffee. Danach brachen die Gäste auf, und die Vier hatten den Rest des zweiten Adventswochenendes wieder für sich. Hans fuhr am Montagmorgen in aller Frühe in seine Firma, während Dorothea, Elise und Henning noch bis Mittwoch in Waltenhofen blieben. Dann traten auch sie den Heimweg an. Henning sollte nach der Ankunft in Heidenheim Elise gegen Abend noch nach Elchingen bringen. Wie immer fuhren sie hinter Herbrechtigen auf die A7, waren aber noch nicht anderthalb Kilometer gekommen, als der Motor plötzlich auf die maximale Drehzahl ging, so als ob man im Leerlauf Vollgas geben würde. Was immer Henning versuchte, der Drehzahlmesser blieb im roten Bereich. Es blieb ihm nichts anderes übrig, als auf den Standstreifen zu fahren und den Motor abzustellen. Mit seinem Handy rief er den ADAC an, gab seine Mitgliedsnummer durch und schilderte das Problem. Ihm wurde gesagt, dass in etwa einer halben Stunde Hilfe kommen würde. Er solle das Warndreieck aufstellen, und auf jeden Fall müssten er und eventuelle weitere Insassen die Warnwesten anlegen, das Fahrzeug verlassen und in gebührendem Abstand neben der Standspur warten. Glücklicherweise hatte Elise ihren Wintermantel bereits an, denn es war kalt, und die Luft war feucht. Henning sorgte sich, ob es gelingen würde, Elise eine halbe Stunde lang stehend im Freien zu stützen, ohne dass sie stürzen würde. Elise wuchs in dieser Situation geradezu über sich selbst hinaus, und als der gelbe Kombi des ADAC in Sicht kam, brachte er seine Liebste wieder ins Auto zurück. Als allererstes sollte das havarierte Fahrzeug so schnell wie möglich von der Autobahn herunter, um nicht länger eine Gefährdung darzustellen. Mit geübten Griffen wurde das Abschleppseil eingehängt und der Passat von Henning abgeschleppt. Es war für ihn nicht einfach, dafür zu sorgen, dass das Seil auf Spannung blieb und sich die beiden Fahrzeuge nicht zu nahe kamen, da ohne laufenden Motor die Lenkhilfe und der Bremskraftverstärker nicht funktionierten. An der nächsten Ausfahrt ging es heraus auf einen großen Parkplatz. Der Monteur des ADAC startete nun den Motor des Passats, der zum Erstaunen von Henning ganz normal anlief. Er drehte ein paar Runden mit dem Fahrzeug, dann stand seine Diagnose fest. „Die Kupplung schleift unter Last!" Er riet dringend davon ab, bis Elchingen zu fahren und empfahl die sofortige Rückkehr nach Heidenheim. Das sei wahrscheinlich noch problemlos möglich. Henning rief sogleich bei Hans an, erklärte ihm die veränderte Situation und bat ihn, Elise in Heidenheim abzuholen, was Hans natürlich gern versprach. Die Rückfahrt ließ sich relativ problemlos bewerkstelligen, und bald darauf kam Hans und nahm Elise mit nach Hause. Am selben Abend schrieb Henning an Elise:

„Liebe Elise, mein Schatz,
hinter uns liegen sechs wundervolle glückliche Tage. Wir haben es ge-
nossen, den Traum von unserem Ruhepol in Waltenhofen weiter voran-
zutreiben und nach getaner Arbeit den offenen Kamin zu genießen, um
anschließend liebevoll die Nächte Haut auf Haut und voller Zärtlichkeit
miteinander zu verbringen. Und wir waren glücklich über den Besuch
Eurer und unserer Enkelkinder. Eine wundervolle Realität für uns Vier!
Aber Teil solcher Realität ist immer auch das andere, das untrennbar dazu
gehört: Krankheit, die einschränkt! Glücklich und hoffnungsvoll sein,
kann ein Mensch immer nur trotzdem, *trotz all dem, das eben auch zu*
seinem Leben hinzugehört. Ich denke, dass in diesem Satz eine ganz tiefe
Wahrheit steckt. Jedenfalls möchte ich von Herzen mit Dir trotzdem
glücklich sein, trotz allem, was das Herz schwer machen möchte. Mit dir
trotz allem eine wundervolle Leichtigkeit bewahren, das habe ich vor
Augen, und das ist die Lektion, die ich immer besser lernen möchte – mit
Dir zusammen lernen möchte! – Meine Liebste, es war mit Dir immer

wieder ein traumhafter wundervoller Sex in diesen Tagen. Wir passen so ganz und gar harmonisch zusammen und können einander so unendlich beschenken. Ich hatte Sehnsucht im Herzen, als Du mit Hans davon gefahren bist, und doch war mir dieser Abschied nicht wirklich schwer, weil zwischen uns alles im Reinen ist und uns das Band unserer Liebe ganz fest verbindet. Und nach zwei Tagen sehen wir uns ja schon wieder! Ich kuschele mich nachher in den Schlaf mit lieben Gedanken an Dich. Ich danke Dir für alles und bleibe für immer und allezeit
Dein Henning"

Sie schrieb zurück:

„Mein geliebter Henning, mein Schatz,
du hast Recht, Waltenhofen ist für uns Vier wirklich ein Ruhepol. Wir haben am Feuer gesessen, und wir haben uns auf die gemeinsamen Nächte gefreut, wo wir uns so innig geliebt haben. In dem Satz, dass menschliches Leben immer nur trotzdem gelebt werden kann, steckt wirklich eine ganz tiefe Wahrheit. Ja, ich möchte mit Dir von Herzen glücklich sein und von Herzen hoffen, dass es gelingt, uns eine wundervolle Leichtigkeit zu bewahren trotz allem. Ja, mein Liebster, wir hatten wirklich wundervollen Sex miteinander. Es gibt keinen Wunsch, den wir einander nicht erfüllen würden. Alle unsere Träume sind wunderbare Realität geworden. Ich hatte und habe immer noch eine starke Sehnsucht in meinem Herzen, weil ich Dich liebe und das Band unserer Liebe fest geknüpft ist. Nach dem Schreiben lege ich mich gleich hin und kuschele mich in Gedanken ganz eng an Deinen weichen Körper. Ich liebe Dich!
Deine ungeduldige Elise, Dein Mädel"

Gleich am nächsten Tag fuhr Henning seinen Passat ins Autohaus und gab den Einbau einer neuen Kupplung in Auftrag. Nach vier Tagen, am Freitag, den 17. Dezember, war das Auto wieder fahrbereit. Gegen Mittag holte er es ab, und danach ging es zusammen mit Dorothea und Elise, die Hans schon am Vorabend nach Heidenheim gebracht hatte, sogleich wieder in Richtung Ostallgäu, wo die Sanierungsarbeiten langsam ihrem Ende zu gingen und es dementsprechend eine Menge zu putzen gab, bevor das Weihnachtsfest kommen konnte.

Der Heilige Abend sollte in gewohnter Weise zusammen mit den Enkelkindern verbracht werden. Hans und Elise würden dazu in Elchingen bei ihrer Familie sein und Henning und Dorothea bei Christian, Regine und den Kindern. Am Nachmittag des ersten Weihnachtstages wollte man sich in Waltenhofen wieder treffen. Dann würde Hans bis zum 6. Januar Urlaub haben, so dass die Vier zwölf gemeinsame Tage lang im neuen Ferienhaus miteinander hätten. Der Heilige Abend verlief sowohl für Elise und Hans wie auch für Dorothea und Henning wie in den Jahren zuvor. Die Bescherung der Kinder stand stets im Vordergrund, und es wurde wie immer ein fröhliches und ausgelassenes Miteinander.

Am ersten Feiertag gab es ein sehr glückliches Wiedersehen in dem neuen Heim am „Zauberwald", in dem die Vier nun so etwas wie ein eigenes Zuhause hatten. Nach der Begrüßung mit Umarmungen und Küssen machten sie es sich im Wohnzimmer gemütlich. Auf dem Tisch standen ein paar kleine bunte Weihnachtspäckchen. Dorothea schenkte Hans ein Bergsteigerbuch. Henning überreichte Elise das aktuelle Jahresglöckchen aus Porzellan von der Firma Hutschenreuther. Sie sammelte diese Glöckchen schon seit Jahren und hatte sich gewünscht, dass ihr Liebster ihr das neueste zu Weihnachten schenkt. Außerdem gab er ihr eine CD, auf der er Oldies aus den Sechzigern spielte und sang. Auf dem Cover war zu lesen: „Henning spielt für Elise". Es wurde eine wundervolle glückliche Zeit zwischen den Jahren für die Vier, die sie als Erfüllung jenes Satzes von Hans am letzten Abend des Sylturlaubs sahen, als er in jener gemütlichen Runde am Kaminfeuer sagte: „Wisst Ihr, das ist so schön, mit Euch zusammen in einem Ferienhaus zu wohnen! Was meint Ihr dazu, wenn ich für uns Vier das Ferienhaus im Allgäu kaufe, das wir uns angeschaut haben?" Ja, sie fühlten sich ähnlich wie in jenen Tagen auf Sylt. Henning hatte wieder die Küche übernommen und war bemüht, dass

Elise beim Kochen möglichst auf einem Stuhl an seiner Seite saß. Er genoss es, wenn sie ihm sagte, dass es sehr appetitlich aussähe, was er da zubereite und dass es bereits lecker duftete und ähnliches.

Den Silvesterabend verbrachten die Vier allein unter sich bei einem gemütlichen Fondue-Abend. Henning und Dorothea bereiteten dafür in der Küche eine Vielzahl verschiedener Saucen und Salate und diverse Beilagen vor. Der ovale noch von den Vorbesitzern stammende Couchtisch mit seiner hochwertigen Marmorplatte war bestens geeignet für ein festliches Menü zu viert. Die Frauen hatten zu diesem Anlass ihre Landhauskleider angelegt und die Männer ihre Trachtenhemden. Das erinnerte an die Galadinner-Abende in Oberstaufen im Frühjahr. Dorothea und Hans wie auch Elise und Henning waren die zwei unzertrennlichen Paare geblieben, als die sie Hans in den ersten Tagen des Sylturlaubs so treffend bezeichnet hatte. Für den Jahreswechsel gingen sie auf die Terrasse, füllten die Sektgläser und freuten sich an dem Anblick des Feuerwerks in Nah und Fern. Hans zündete die eine oder andere von ihm mitgebrachte Rakete. Damit ging das erste Jahr ihrer Liebe zu viert zu Ende. –

11. Schwanensee und Diebstahl im ICE

Es war ein angenehm sonniger Junitag. Mit strahlenden Gesichtern und einem Glas Champagner in der Hand genossen sie das Ablege-Manöver ihres Kreuzfahrtschiffes in Rostock-Warnemünde. Elises Herzenswunsch, noch ein weiteres Mal mit ihrem Liebsten eine Kreuzfahrt zu machen, ging tatsächlich in Erfüllung. Hell und warm sah es in Elises Seele aus, und hinter ihrer dunklen Brille, die sie inzwischen ständig trug, strahlten ihre Augen voller Glück. Henning legte seinen Arm um sie, und miteinander schauten sie auf die Weite der vor ihnen liegenden Ostsee. Sie fühlten sich in diesem Moment so, als gäbe es nur sie beide und ihr gemeinsames Glück auf der Welt.

Dreieinhalb Jahre wundervoller Liebe zu viert lagen hinter ihnen. Gelegentlich meinten sie im Überschwang ihrer Gefühle sogar, es seien die schönsten ihres Lebens. Vor vier Monaten, am 14. Februar 2013, begingen sie zu viert den dritten Jahrestag ihrer ersten Begegnung. Im September desselben Jahres fand in der Elchinger Villa ein großes Fest zum vierzigsten Ehejubiläum von Elise und Hans statt. Friederike hatte dazu eine Torte gebacken mit einem essbaren farbigen Hochzeitsfoto der beiden auf der obersten Schicht. Es zeigte Elise mit langen blonden Haaren und einem wunderschönen Blumenkranz anstelle eines Schleiers. Kurz nach der ersten Kreuzfahrt durch die Fjorde Norwegens im Sommer 2012 verlegten Dorothea und Henning ihren Wohnsitz ganz nach Waltenhofen. Dort hatten die vier Liebenden längst ihre eigentliche Heimat gefunden. Hinter dem Haus war eine großzügige Blockhaussauna und ein Stückchen weiter am Waldrand ein achteckiger Pavillon errichtet worden. Dort gab Henning gelegentlich am Samstagabend ein kleines Oldie-Konzert, zu dem meist auch Nachbarn und Freunde kamen. Anfang des Jahres war Babette nach mehreren Operationen und etlichen Klinikaufenthalten in völliger Demenz gestorben. Dorothea hatte sich liebevoll und wirklich aufopfernd um sie gekümmert und auch die eine oder andere Nacht bei ihr im Krankenhaus verbracht. Auch diese schwere Zeit meisterten die Vier miteinander. Sie fühlten sich rundum glücklich in ihrem Anwesen in Waltenhofen, das sie immer noch „Ferienhaus" nannten. Und doch lag es wie eine Last auf ihrer Seele zu sehen, wie Elises Erkrankung unaufhaltsam voranschritt und sie immer unbeweglicher wurde. Henning hatte Sorge, dass seine Kräfte schon bald nicht mehr ausreichen würden, sie zu halten und zu stützen. Vor allem die nächtlichen Gänge zur Toilette, für die er ihr aus dem Bett helfen und sie bei jedem Schritt stützen musste, fielen ihm immer schwerer. Schon nach der ersten Kreuzfahrt vor einem Jahr schien es ihm, als wäre das der letzte große Urlaub für Elise gewesen. Unendlich glückliche Tage in den malerischen Fjorden Norwegens waren es gewesen, aber er kam dort immer wieder an die Grenze seiner Kraft. Als Elise dann im Januar den Wunsch äußerte, auch in diesem Jahr mit einem Kreuzfahrtschiff unterwegs zu sein, brachte er es nicht übers Herz, ihr das auszureden. Er überlegte hin und her, wie das bewältigt werden könnte. Ohne Dorotheas tatkräftige Unterstützung wäre die Kreuzfahrt im vorigen Jahr schon nicht durchführbar gewesen. Ihre Mithilfe allein würde aber ein weiteres Mal nicht mehr ausreichen. Hans wollte nicht wieder auf ein Schiff gehen. Das hatte er auch dieses Mal unmissverständlich zum Ausdruck gebracht. Ohne eine weitere helfende Hand, die auch kräftig genug war, um Elise zu halten und zu stützen, würde es nicht gehen. Nach ein paar Tagen kam ihm eine Idee. Wenn Sohn Christian mitreiste und diese Aufgabe übernahm, könnte das auch für ihn ein wunderschöner Urlaub werden. Immerhin hatte er nach seinem Auslandseinsatz als Zeitsoldat keinen wirklichen Urlaub mehr machen können. Seine nicht ganz einfache Lebenssituation forderte ständig alle seine Kräfte. Das ging Henning durch den Kopf, als er überlegte, ob er Christian bitten sollte, mit auf die Kreuzfahrt zu kommen. In der gemieteten geräumigen Suite gab es in getrennten Räumen je zwei Doppelbetten. Der Aufpreis für eine weitere Person war kaum der Rede wert, so dass Henning und Dorothea übereinkamen, mit diesem Anliegen auf ihren Sohn zuzugehen. Was den Partnertausch seiner Eltern betraf, hatten sie ihn schon sehr früh ins Vertrauen gezogen, und er konnte sich von Anfang an von Herzen an ihrem Glück mitfreuen. Sie besprachen sich mit ihm, und er war augenblicklich begeistert von der Möglichkeit einer solchen Reise. Für die Zeit vom 7. bis 17. Juni würde er sicher Urlaub nehmen können. Dass man ihn brauchte, um zusammen mit seinem Vater und seiner Mutter Elise zur Seite zu stehen, tat ihm überaus gut; denn auch er hatte diese wundervolle Frau ins Herz geschlossen.

Und jetzt standen sie alle Vier mit ihren Champagnergläsern auf dem zu ihrer Suite gehörenden eigenen Sonnendeck. Ihre Gesichter spiegelten die ganze Vorfreude auf den gemeinsamen Luxusurlaub. Mit dem Austrinken mussten sie sich fast schon ein wenig beeilen; denn die Uhr zeigte bereits 16:45 Uhr. Um 17:00 Uhr sollten sich alle Passagiere auf Deck Fünf zur vorgeschriebenen Evakuierungsübung versammeln. Die Prozedur zum Anlegen der Schwimmwesten hatten sie von der letzten Kreuzfahrt noch gut in Erinnerung, und schon bald waren sie auf dem Weg zum Deck der Rettungsboote. Henning fiel auf, dass sich Christian mit dem Schieben von Elises Rollstuhl auf den letzten Metern unerwartet schwer tat. Er schaffte es fast nicht, ihn über die kleine Schwelle des letzten Durchgangs zu bringen. Henning wollte sogleich behilflich sein, doch Christian zeigte nur auf das rechte Rahmenrohr des Rollstuhls, das in der Mitte durchgebrochen war. Elise saß zwar immer noch sicher, aber das Gefährt ließ sich so kaum mehr dirigieren. Während der ganzen Rettungsübung ging Henning durch den Kopf, dass die geplanten Landausflüge und später auch die Rückreise per Bahn mit einem havarierten Rollstuhl sie vor unlösbare Schwierigkeiten stellen würde. Ganz anders als er blieb Christian völlig locker. Ihn amüsierten die aufgeregten Kommandos der Stuarts, die alle Hände voll zu tun hatten, um die Vollzähligkeit der Passagiere an dieser Sammelstelle zu ermitteln. Wieder in der Suite angekommen, beruhigte er als erstes seine Eltern und sagte ihnen, dass sie Probleme dieser Art einfach vertrauensvoll ihm überlassen dürften. Dazu sei er mitgekommen und als erfahrener Soldat auch gewohnt, unerwartet auftretende Probleme zu lösen. Während Henning noch ein wenig skeptisch schaute, verließ Christian die Suite mit den Worten: „Ich regele das jetzt!" Es vergingen nicht einmal zwanzig Minuten, dann kam er mit einem wunderschönen Rollstuhl zurück. Die beiden großen Räder waren mit Kunststoff verkleidet und zeigten jeweils vier Dreiecke in Grün, Blau, Rot und Gelb, die mit ihren Spitzen auf der Radnabe zusammen liefen. Auf jedem fand sich ein Emblem der Reederei als Zeichen, dass es sich um deren Eigentum handelte. „Wir können den während der gesamten Kreuzfahrt nutzen und auch für die Landausflüge mit von Bord nehmen!" Christian sagte das nicht ohne Stolz und fügte hinzu, dass sich der Schiffsmechaniker um eine Reparatur des gebrochenen Rahmens am mitgebrachten Rollstuhl kümmern werde, so dass dieser wenigstens für die Rückreise mit dem Zug wieder zu verwenden sei. Sehr erleichtert gingen die Vier nun noch einmal auf ihr kleines Sonnendeck und erfreuten sich am Anblick der blauen Ostsee und der langsam auf der Backbordseite untergehenden Sonne.

Als Premium-Gäste waren sie am ersten Abend zu einem Begrüßungsdinner mit einem Sechs-Gänge-Menü im Restaurant „Rossini" eingeladen, wo die Speisen stets von einem Sternekoch zubereitet wurden. Es bestand aus Kalbstatar „Thai-Style", Kartoffel-Steinpilz-Süppchen, Taubenbrust auf Champagner-Risotto, Blutorangen-Sorbet, Hereford Dry Age Rib Eye und Haselnuss Passionsfrucht. Wie immer suchte Elise mit sicherem Geschmack den passenden Wein aus. Während des Essens konnten sie durch die Fenster sehen, dass es langsam dunkel wurde auf der Ostsee. Ausgelassen und glücklich suchten die Vier ihre Suite auf und bereiteten sich auf die erste Nacht ihrer Ostseekreuzfahrt vor. Die Suite bestand aus zwei großzügigen Wohn- und Schlafräumen auf einer Fläche von siebenundachtzig Quadratmetern. Das war der höchste Komfort, den dieses Schiff zu bieten hatte. Es gab einen kleinen Flur mit geschmackvollen Einbauschränken, ein Bad mit Whirlpool-Badewanne und Dusche und noch ein separates WC. Beide Zimmer hatten Panoramafenster und konnten für die Nacht durch eine breite Schiebetür voneinander getrennt werden. Die Ausstattung der Suite war hochwertig und stilvoll. Über dem

Bett von Henning und Elise hing ein gelber Stoffhimmel, der mit dazu beitrug, dass sie sich hier wie im Paradies fühlten. Dorothea und Christian schliefen in dem anderen nicht minder luxuriösen Raum. Die Unterbringung der Vier ließ eigentlich keine Wünsche offen. Ein Problem gab es allerdings, das ihnen immer wieder einiges abverlangte, nämlich die Tatsache, dass Elises Rollstuhl zwar bis zu ihrem Bett geschoben werden konnte, von dort aber nicht durch den Durchgang zum Bad passte. So musste Elise bei jedem Gang dorthin gestützt werden. Bei ihrer vorangeschrittenen Erkrankung ging das nicht ohne ein erhebliches Sturzrisiko. Auch der Weg vom Bett zur Toilette war nur zu Fuß möglich, es sei denn, man würde Elise mit dem Rollstuhl durch das andere Zimmer schieben, was nachts natürlich nicht ginge, ohne Dorothea und Christian zu stören. Nach kurzer Diskussion erklärte sich Christian bereit, die Verantwortung für diese Aufgabe zu übernehmen. Er spürte deutlich, dass sein Vater damit inzwischen überfordert war. „Ihr könnt mich dafür auch nachts jederzeit wecken! Das macht mir nichts aus! Elise darf auf keinen Fall etwas passieren!", sagte er und strahlte übers ganze Gesicht, als er die halbnackte Geliebte seines Vaters mit starken Armen an seine Seite nahm und sie zur Nachttoilette ins Bad führte, um sie dann in der Dusche auf den Kunststoffhocker zu setzen, den er dort zuvor platziert hatte. Elise vertraute ihm und genierte sich nicht. Im Bett hielten Henning und Elise einander noch lange die Hand und genossen das Glück dieser ersten Nacht in ihrer Luxussuite.

Der folgende ganze Tag auf See mit Kurs auf Tallin bot den Vieren die Möglichkeit, das Schiff zu erkunden und auszuloten, welche Freizeitmöglichkeiten sich boten. An Bord gab es sieben Restaurants. Neben den beiden Hauptrestaurants mit Namen „Markt Restaurant" und „Weite Welt" fanden sich zwei weitere als Buffet-Restaurants konzipierte, das „Bella Vista" und „Pizzeria Mare", außerdem noch drei Spezialitätenrestaurants, das „Rossini", das sie schon vom ersten Abend her kannten und das „Buffalo Steak House" und die „Sushi Bar", für die besonders Christian großes Interesse zeigte. Elf Bars mit den dazugehörigen Lounges fanden sich auf verschiedenen Decks. Im hinteren Teil von Deck 12 sahen sie ein Schild mit der Aufschrift „Diskothek Anytime". Dieses Schiff war das erste der Reederei mit einem Spielcasino auf der Steuerbordseite von Deck 10. Auf Deck 9 befand sich die „Kunstgalerie" mit Werken von internationalen Künstlern wie Janosch, James Rizzi, Udo Lindenberg und Robert Nippoldt. Den Wellness-Bereich auf Deck 12 mit seinem Zentrum, der „Wellness-Oase", planten sie so oft wie möglich zu nutzen. Der dortige Whirlpool hatte den beeindruckenden Durchmesser von vier Metern. Auf den Freidecks befanden sich die drei Swimmingpools. Im vorderen Bereich des Sonnendecks war ein abgetrennter FKK-Bereich mit zwei weiteren Whirlpools eingerichtet. Im Heck von Deck 14 gab es einen Joggingparcour sowie das Sportaußendeck mit Volleyball-, Basketball- und Squash-Feld hinter dem Schornstein. Das alles stellte für die Vier ein durchaus ungewohntes Ambiente dar, das für sie gerade darum einen besonderen Reiz hatte.

Am nächsten Morgen hatten sie schon früh Estland erreicht und legten im Hafen von Tallin an. Wiewohl die Stadt gleich einiges an Sehenswürdigkeiten zu bieten hatte, zogen sie es vor, auch diesen Tag noch an Bord zu verbringen, um sich im Wellness-Bereich verwöhnen zu lassen. Elise hatte sich eine Thalasso-Massage gewünscht. Dabei werden Meerwasser, Meersalz, Algen, Sand und Schlick in Kombination miteinander verwendet. Henning schob sie mit ihrem Rollstuhl in den Wartebereich des SPA-Decks und übergab sie in die Verantwortung einer kleinen Thailänderin, der er, so gut es ging erklärte, wie sturzgefährdet seine Liebste sei. In der Hoffnung, dass alles gut gehen würde aber immerhin mit einer Portion Unbehagen machte er sich dann bereit für seine eigene Anwendung, eine Ayurveda-Massage. In Indien und Sri Lanka beschreibt das Wort das „Wissen vom Leben". Dort gehört diese ganzheitliche Heilkunde wie selbstverständlich zum täglichen Leben. Körper, Geist und Seele sollen als eine Einheit ihre eigene Mitte finden. Dabei wird mit den wohlriechenden Ölen, die in die Haut einmassiert werden, nicht gespart. Er genoss diese Behandlung durch die sympathische kleine

Asiatin in vollen Zügen und fühlte sich danach wie neu geboren. „Hoffentlich ist bei Elise alles gut gegangen!", ging es ihm während des Ankleidens durch den Kopf. Er beeilte sich, dorthin zu gelangen, wo er Elise jener Thailänderin anvertraut hatte. Es erleichterte ihn über die Maßen, als er schon von weitem sah, dass sie dort bereits in ihrem weißen Bademantel im Rollstuhl saß. Sie strahlte trotz ihrer dunklen Brille ein gutes Maß an Wohlbefinden aus. Auch ihr hatte die Anwendung gut getan. Dorothea und Christian hatten sich für die „Wellness-Oase" entschieden, die täglich nur einem begrenzten Gästekreis zur Verfügung steht mit ihren Whirlpools, Ruheliegen, Hängematten und Erlebnisduschen und einem Tischchen mit erfrischenden Getränken und fruchtigen Snacks. Die beiden schwärmten noch beim Abendessen im „Buffalo Steakhouse" von der traumhaften Atmosphäre in diesem Wellness-Bereich. Die Prozedur für Elises Abendtoilette wurde genauso kompliziert wie an den beiden Abenden zuvor. Christian meisterte das wiederum mit großer Gelassenheit. Inzwischen wusste er ganz genau, wie er die Liebste seines Vaters sicher geleiten konnte und an welcher Stelle welche Hilfeleistung nötig war. Er strahlte dabei soviel Liebe und Fürsorglichkeit aus, dass Elise das nie unangenehm wurde. Seit dem frühen Abend hatte das Schiff Kurs auf St. Petersburg genommen. In der Vorfreude auf das, was sie dort erwarten würde, schliefen die Vier an diesem Abend glücklich ein.

Am nächsten Morgen mussten sie sich ein wenig beeilen, denn die gebuchte Panoramafahrt durch die Stadt von Peter dem Großen startete bereits um 9:45 Uhr. Bis dahin mussten sie von Bord sein und die russische Passkontrolle durchlaufen haben. Der schmale Kontrolldurchgang, durch den Henning Elise in ihrem geliehenen Rollstuhl schob, trug die Nummer 23. Christian hatte diese Prozedur als erster hinter sich und machte verbotenerweise ein Foto von den beiden im Augenblick der Passkontrolle. Glücklicherweise hatte die Grenzbeamtin gerade ihren Blick auf die Papiere gerichtet und davon nichts mitbekommen. Die russische Reiseleiterin, eine junge mittelblonde Frau, schritt sofort ein und erklärte in gutem Deutsch, Bildaufnahmen seien in diesem Bereich streng verboten.

Sie tat das überaus freundlich und mit Charme, so dass Christian sogar anfing, mit ihr zu flirten, was sie wohlwollend zuließ. Beim Einsteigen in den Bus war Elise dann wieder auf seine Hilfe und sein kräftiges Zupacken angewiesen, ein Kraftakt, den sein Vater schon im Vorjahr bei den Ausflügen während der Norwegen-Kreuzfahrt nur mit äußerster Mühe bewältigen konnte. Die Stadtrundfahrt führte zunächst auf die Ostseite der Wassili-Inseln im Newa Delta. Schon von weitem sahen sie die beiden Rostra-Säulen. Sie wurden 1811 erbaut, sind 32 Meter hoch, bestehen aus rotem Granit und fungierten als Leuchttürme, um die Navigation der Schiffe auf der Newa zu erleichtern. Die aus ihnen herausragenden Schiffsschnäbel symbolisieren die Siege über feindliche Schiffe. Nach einer Besichtigungs- und Fotopause fuhr der Bus weiter zu verschiedenen Sehenswürdigkeiten. Der Weg führte über den viereinhalb Kilometer langen Newskiprospekt, eine der berühmtesten Straßen Russlands, die zwischen 1711 und 1721 als Verbindung zwischen der Admiralität im Westen und dem Alexander-Newski-Kloster im Osten der Stadt angelegt worden war. Bald erreichten sie die Auferstehungskirche, auch „Blutkirche" genannt, denn an der Stelle fiel Zar Alexander II. 1881 einem Attentat zum Opfer. Die ornamentale bunte Dekorationsweise der altrussischen Kunst verlieh dieser Kathedrale schon äußerlich ein faszinierendes Bild. Auf dem großen Platz davor drängten sich Massen von Touristen, und vor dem Portal gab es eine schier nicht enden wollende Menschenschlange. Die zur Verfügung stehenden anderthalb Stunden hätten nicht einmal gereicht, um dort auch nur in die Nähe der Einlasspforte zu gelangen. So begnügten sich die Vier damit, die schillernden Eindrücke der Zarenzeit auf sich wirken zu lassen. Dorothea hatte in der Menge ein farbenprächtig als Zar und Zarin gekleidetes Paar entdeckt. Für ein Erinnerungsfoto konnte man sich zu ihnen stellen und die beiden dabei sogar umarmen. Diese Gelegenheit lies sie sich natürlich nicht entgehen. Elise saß während dessen gelassen und mit sehr zufriedenem Gesichtsausdruck in ihrem Rollstuhl. Wiewohl sie schon einmal in St. Petersburg gewesen war, genoss sie diesen Ausflug sichtlich. Das nächste Ziel war die Sankt Nikolauskirche mit ihrer hellblau-weißen Fassade und den goldenen Kuppeln auf allen Türmen. Um sich ein weiteres mühevolles Umsteigen vom Bus in den mitgeführten Rollstuhl zu ersparen, blieb Elise mit Dorothea im Bus. Henning und Christian stiegen aus, um ein paar Fotos zu machen. Der letzte Halt dieser „Panoramafahrt" war ein Souvernier-Laden. Elise nahm dieses Mal die Prozedur des Aussteigens und Umsteigens in den Rollstuhl gern in Kauf, weil es den Hinweis gab, dass in diesem Geschäft auch Toiletten seien. Betreten konnte man den Laden allerdings nur über einen Sockel mit einer vierstufigen Treppe auf allen drei Seiten. Noch bevor Christian überlegen konnte, wie dieses Hindernis bewältigt werden könnte, kamen zwei Männer aus der Tür, die eine hölzerne Rampe trugen und diese sogleich über die Stufen legten und halfen, den Rollstuhl darauf nach oben zu schieben. Die russische Freundlichkeit und Bereitschaft zu helfen fanden die Vier äußerst beeindruckend. Ihr sollten sie an diesem Tag noch ein weiteres Mal begegnen. In dem Laden gab es Kunst und Kitsch sowie alle möglichen Andenken und in jeder Menge und Größe jene bemalten Holzpuppen, „Matryoshka" genannt, die man öffnen kann und dann wiederum eine kleinere Holzpuppe findet und so weiter, bis die letzte dann nur noch einen Zentimeter groß ist. Sie entschieden sich für fünf Kaffeebecher mit Matryoshka-Aufdruck und ein kunstvoll gestaltetes hölzernes Schachspiel, das sie Hans mitbringen wollten. Beim Bezahlen zeigte sich die Frau an der Kasse unverhohlen enttäuscht. Statt der eingetauschten Rubel hätte sie lieber Euro genommen. Danach ging es zurück zum Schiff.

Für den Abend hatten sie die Fahrt zum Eremitage-Theater gebucht, wo das Ballett „Schwanensee" auf dem Spielplan stand. Darauf freute sich Elise ganz besonders. Vorsorglich fragte Dorothea auf dem Schiff an der Rezeption nach, ob diese Aufführung auch für Rollstuhlfahrer geeignet sei. Es beruhigte sie sehr, dass Ihr versichert wurde, da gäbe es überhaupt kein Problem. Doch das erwies sich später als eine verhängnisvolle Fehlinformation. Denn als die Vier gegen 19:00 Uhr Elise durch das Portal des Eremitage-Theaters schoben, standen sie zu ihrem Schrecken vor vier riesigen Treppenaufgängen, die zu bewältigen waren. „Nein!", hieß die niederschmetternde Nachricht auf ihre Nachfrage, es gäbe keinen Fahrstuhl und keine andere Möglichkeit, um in den Zuschauerraum zu gelangen. Henning begann sich schon innerlich darauf einzustellen, dass sie den Abend bis zum Ende der Vorstellung irgendwie würden herum bringen müssen. Es war ein eigentlich unlösbares Problem, das auch unlösbar geblieben wäre, hätte sich Christian nicht augenblicklich ein Herz gefasst und nach drei hilfsbereiten starken Männern Ausschau gehalten, die bereit wären, mit ihm zusammen Elise samt Rollstuhl ins dritte Stockwerk zu tragen. Er verschwand nur für kurze Zeit in der Menge der Theatergäste und kam dann mit drei freundlichen Russen zurück, die ihm kräftig genug für dieses abenteuerliche Vorhaben erschienen. Mit derselben herzlichen Hilfsbereitschaft, die sie schon am Morgen vor dem Souveniergeschäft erfahren hatten, packten die Männer an. Henning und Dorothea schauten angespannt zu, wie Elise mit ihrem Rollstuhl alle vier Treppen nach oben gehievt wurde. An manchen Stellen sah das wirklich halsbrecherisch aus. Nicht auszudenken, was geschehen würde, sollte einer der Träger für einen Moment den Halt verlieren oder wenn das Teil, an dem er den Rollstuhl hielt, abbräche. Elise ließ alles tapfer über sich ergehen und vertraute einfach Christian und seinen drei Russen. In ihrem schwarzen Kostüm und mit ihrer dunklen Brille sah sie aus wie eine Monarchin, die es gewohnt war, von ihrer Dienerschaft auf Händen getragen zu werden. Die Ballettaufführung entschädigte dann alle Beteiligten bei weitem für diese Mühe. Die Darsteller strahlten inmitten eines traumhaften Bühnenbildes so viel Harmonie und Ästhetik aus, dass man sich der Realität fast gänzlich enthoben wähnte. Gleichwohl ging es Henning immer wieder durch den Kopf, wie es werden würde, wenn seiner Elise nach der Aufführung noch einmal dieselbe Prozedur die Treppen hinunter bevor stand. Er hoffte inständig, dass alles gut gehen möge. Christian hingegen konzentrierte sich auf das Ballett und genoss die Musik. Er saß in der Nähe der Musiker und bewunderte die wunderschöne dunkelhaarige Violinistin in der ersten Orchesterreihe, die er sogleich ins Herz geschlossen hatte. Nach dem tosenden Schlussapplaus organisierte er Elises Weg nach unten mit derselben Souveränität und

Gelassenheit wie zuvor. Beim Verlassen des Theaters fanden sie das abendliche St. Petersburg in ein malerisches Abendrot getaucht. Ein wunderschöner ausgefüllter Urlaubstag lag hinter ihnen. Aber dieser Tag hatte für alle auch eine Menge Kraft gekostet. Deshalb kamen sie überein, die für den nächsten Tag gebuchte weitere Tour durch die Stadt von Peter dem Großen zu stornieren und stattdessen an Bord zu relaxen.

Nach zwei weiteren Tagen erreichte ihr Kreuzfahrtschiff Helsinki. Auch hier zogen sie es vor, an Bord zu bleiben und all die reichlich vorhandenen Annehmlichkeiten zu genießen. Christian organisierte vier Liegen mit flauschigen gelben Decken auf dem obersten Sonnendeck und half Elise, es sich dort bequem zu machen. Die Sonne schickte ihre warmen Strahlen herab, die zusammen mit der leichten Brise genau das richtige Flair ergab für ein paar Stunden im Liegestuhl. Von hier oben hatten sie eine gute Sicht auf das bunte Treiben im Hafen. Gegenüber lag die zitronengelbe Fähre „Tallink-Shuttle", in dessen Heck LKW auf LKW einfuhr. Unter ihnen war das Pooldeck zu sehen, welches sich an diesem Tag völlig menschenleer zeigte. Gleichwohl zeigte sich die dortige Bar als geöffnet, und Christian orderte im Vorbeigehen gleich vier Aperol-Drinks, die nach kurzer Zeit von einem Stuart serviert wurden. Die Vier fühlten sich rundum wohl und genossen es, beide Decks fast für sich allein zu haben. Nach einiger Zeit hatte Christian den Wunsch nach Abkühlung und stieg die Treppe hinab, die zu dem ersten Pool in der Deckmitte führte. Er wusste, dass alle Drei ihm von oben zuschauten und ließ sich mit erhobenen Armen nach rückwärts ins Wasser fallen, tauchte wieder auf und führte diese Übung dann immer von neuem aus. Elise, Henning und Dorothea sahen ihm schmunzelnd zu und freuten sich von Herzen mit, wie ausgelassen und gelöst er diesen Urlaub genoss. Henning ergriff Elises Hand und drückte sie zärtlich und fest zugleich und spürte dabei deutlich, dass dieses der letzte große Urlaub mit seiner Liebsten war und dass der Tag kommen würde, an dem er diese Hand für immer würde loslassen müssen. Er schaute voller Liebe in ihr Gesicht und hatte sich längst daran gewöhnt, dass ihre Augen ständig von ihrer dunklen Brille verdeckt wurden. Vor dreieinhalb Jahren, als sie einander kennen lernten, zeigte ihr Gesicht anders als jetzt kaum Falten. Ihm entging das nicht, aber er sah in ihr immer noch die wunderschöne Frau, die zur Erfüllung aller seiner Träume geworden war und zu der er bis ans Ende stehen würde.

Am frühen Abend nahm das Schiff Kurs auf Stockholm. Christian wusste, dass um 20:00 Uhr im Spielkasino ein Poker-Turnier geplant sei. Das war so ganz nach seinem Geschmack. Er fand früher zwar nur sehr selten Gelegenheit zum Pokern, hatte aber immerhin den einen oder anderen erfahrenen Pokerspieler mit seiner Kaltschnäuzigkeit verblüfft. „Ist das in Ordnung, wenn ich heute Abend da mitpokere? Ich werde auch früh genug zurück sein, um Elise ins Bad zu bringen!" Mit diesen Worten zog er ein weißes Oberhemd an, band seine gelbe Krawatte um und machte sich auf den Weg zu Deck 10. Die Drei wünschten ihm viel Glück. Henning ging durch den Kopf: „Hoffentlich wird dieser Abend nicht zu teuer!" Alle staunten dann nicht schlecht, als Christian gegen 23:00 Uhr die Tür der Suite öffnete und mit einem lachenden Gesicht erklärte: „Ihr glaubt's nicht, ich habe das Poker-Turnier gewonnen!" Voller Stolz zeigte er die hundertzwanzig Euro, um die er sich an diesem Abend bereichert hatte. Sein Blatt sei gar nicht mal viel versprechend gewesen, aber seine Bluffs mit undurchschaubarem Pokerface hätten seinen Mitspielern den Schneid abgekauft und ihn erfolgreich sein lassen.

Am nächsten Morgen nahm das Kreuzfahrtschiff seinen Weg durch den Stockholmer Schärengarten. Der Himmel leuchtete strahlend blau und kündigte einen wohlig warmen skandinavischen Sommertag an. Das Panorama von Hafen und Stadt zeigte sich ihnen genauso malerisch wie in den Herzkino-Filmen von Inga Lindström. In bester Urlaubsstimmung gingen die Vier von Bord. Wie eigens für sie bestellt, stand etwa hundert Meter entfernt ein blaues Taxi, in dessen Kofferraum sogleich Elises Rollstuhl verstaut wurde, nachdem Christian ihr geholfen hatte, auf dem Beifahrersitz Platz zu nehmen. Für die Strecke bis zum Schloss wurde eine Pauschale vereinbart. Stockholm im Sommersonnenschein ist traumhaft

schön. Der Weg führte fast durchweg an den nie enden wollenden Was-
serstraßen des Hafens vorbei mit großen und kleinen Schiffen darauf und
ringsherum farbenfroh und dezent zugleich die Häuser, Kirchen und
amtlichen Gebäude mit ihren typisch skandinavischen Fassaden. Überall
dazwischen wuchsen Büsche und Bäume. Die Taxifahrt war ein tolles
Erlebnis. Bald schon hielt das Auto auf der Insel Stadsholmen direkt vor
dem Schloss. Beim Aussteigen sahen sie in einiger Entfernung an der
Hausfassade ein Schild mit dem Straßennamen „Slottbacken". Genau hier
sollte um 18:00 Uhr der Taxifahrer zur Abholung wieder bereit stehen. In
den Sommermonaten findet an besonderen Tagen die Parade zur Wach-
ablösung in aufwendigerer Form statt. Sie dauert in dem Fall nicht wie
üblich zwanzig Minuten, sondern nimmt eine ganze Stunde in Anspruch.
Dann sind auch berittene Militärkapellen beteiligt. Heute war zufällig
solch ein besonderer Tag. Bis zum Beginn um 12:00 Uhr dauerte es noch
eine gute halbe Stunde, so dass sie sich einen Platz in der ersten Reihe
würden sichern können. Rechterhand trat in diesem Moment eine schwarz
uniformierte Gardeabteilung an. Christian, der selbst Soldat war, machte
sich den Spaß und fuhr den Rollstuhl direkt neben den ersten aufgestellten Soldaten, stellte sich selbst dazu, nahm Haltung an und
salutierte, was Elise sichtlich Vergnügen bereitete. Als sich der Schlossplatz
langsam zu füllen begann, wurde erkennbar, wo man stehen musste, um
die Parade gut verfolgen zu können. Henning schob seine Liebste direkt
an die vorderste Absperrung, so dass die Fußstützen ihres Rollstuhls unter
der Kette hervorragten, die Zuschauer und Akteure von einander trennte.
Noch vor Beginn der Zeremonie, kam ein Gardesoldat und wies
freundlich aber bestimmt darauf hin, dass das nicht sein dürfe und der
Rollstuhl dreißig Zentimeter nach rückwärts zu verschieben sei. Die
Königliche Ehrengarde ist für den Schutz der schwedischen Königsfamilie
zuständig. Sie setzt sich aus den Regimentern des ganzen Landes zusammen und bewacht den Königspalast seit 1523 und nimmt heute im
Auftrag der Schwedischen Streitkräfte auch an den Zeremonien bei offiziellen Staatsbesuchen teil. Was es dann zu sehen gab, war wirklich
beeindruckend. Berittene Soldaten in leuchtend blauen Uniformen mit

aufgepflanztem Bajonett trabten in Stellung, gefolgt von Infanteristen mit tief dunkelblauen Jacken und weißen Hosen. Die eigentliche Ablösung der Leibwache erfolgte zu Fuß. Mehrere berittene Militärkapellen wirkten mit und spielten sogar „Preußens Gloria" und den „Fehrbelliner Reitermarsch", auch „Kaiser-Wilhelm-Marsch" genannt, was besonders die deutschen Zuschauer belustigte, so dass einige zu singen begannen: „Wir wollen unsern alten Kaiser Wilhelm wieder haben". Als Platzkonzert gab es noch einen Medley mit Abba-Songs, wofür leidenschaftlich applaudiert wurde. Dann löste sich die Zuschauermenge langsam auf.

Die Vier machten sich nun auf den Weg. Sie hatten vor, diesen vielleicht schönsten Teil Stockholms zu Fuß zu erkunden. Christian schob den Rollstuhl und unterhielt Elise mit dem ihm eigenen Humor. Als erstes suchten sie ein Speiserestaurant auf, um sich ein wenig zu stärken. Danach wollte Christian ein neues Armband für seine Uhr besorgen und hatte bald einen kleinen Uhrenladen gefunden, aus dem er nach kurzer Zeit ganz stolz mit einer komplett neuen Uhr heraus kam. Die sollte sein Andenken an diesen besonderen Urlaubstag in Stockholm sein. Wie schon letztes Jahr im norwegischen Bergen hatte Henning auch hier vor, seiner Liebsten einen Silberschmuck zu kaufen; denn demnächst würde sie ihren einundsechzigsten Geburtstag feiern. In einem kleinen sehr feinen Juwelierladen suchte sie sich einen wunderschönen silbernen Armreif aus, der hervorragend zu dem Schmuck aus Bergen passte, den sie auch an diesem Tag trug. Die Inhaberin war eine junge Frau mit langen blonden Haaren etwa in Christians Alter. Während sie Elise sehr liebevoll und einfühlsam beriet, flirtete er ausgiebig mit ihr. Das schien ihr durchaus zu gefallen, denn nach dem Bezahlen ließ sie sogar zu, dass Henning ein Foto von den beiden machte, wie sie die Köpfe aneinander hielten, als wären sie ein Paar. Die Vier setzten ihren Weg durch die Altstadt fort und freuten sich an dem Flair, das die Schwedische Metropole überall ausstrahlte. Als sie den „Slottbacken", den Platz vor dem Schloss, wieder erreichten, blieb ihnen noch eine gute Dreiviertelstunde, bis das Taxi sie abholen würde. Ihr Blick fiel auf eine einladende Konditorei mit einem aufgestellten grünen Schild davor, auf dem in weißer und gelber Schrift zu lesen war, was für Leckereien dort feilgeboten wurden. Etliche runde Tische standen da, an denen sich Touristen und Einheimische Kaffee und Kuchen schmecken ließen. Henning zeigte in der vordersten Reihe auf ein paar noch freie Plätze und sagte: „Die sind für uns!" Er machte eine einladende Handbewegung, und sie rangierten Elises Rollstuhl so, dass ihr ein guter Blick auf den Hafen ermöglicht war. Die beiden Frauen bestellten sich je ein Stück Pistazien-Sahnetorte, Christian und Henning zogen einen pikanten Krabbensalat vor. Es war der vielleicht schönste Tag ihrer Ostseekreuzfahrt, in jedem Fall der wärmste und sonnigste. Pünktlich um 18:00 Uhr sahen sie ihr blaues Taxi kommen, mit dem sie zum Schiff zurückkehrten.

Für den nächsten Tag hatten Vater und Sohn an Bord ein besonderes Highlight gebucht: einen Sushi-Workshop. Beide waren schon lange begeisterte Hobbyköche, und Christian hatte sich die Zubereitung von Sushi selbst schon beigebracht. Hier wollte er seine Kenntnisse nun noch etwas verfeinern. Tatsächlich gab es dann aber nichts, das er nicht schon kannte und auch technisch beherrschte. Für Henning war das sehr von Vorteil; denn die Demonstrationen des Sushi-Meisters konnte er mit seinen von Geburt an schlechten Augen nicht wirklich verfolgen. So wiederholte er auf seinem Arbeitsplatz einfach die Handgriffe, die er direkt neben sich bei Christian sah. Die Ergebnisse der beiden konnten sich durchaus sehen lassen und mundeten auch später Elise und Dorothea in ihrer Suite.

Am nächsten Morgen legte das Kreuzfahrtschiff schon morgens um 5:00 Uhr in Stockholm ab und nahm Kurs auf das polnische Gdingen in der Nähe von Danzig. Hier blieben die Vier an Bord, weil an diesem Tag der Sterne-Kochkurs statt fand, den sich Vater und Sohn auf keinen Fall entgehen lassen wollten. Pünktlich um 11:30 Uhr fanden sich die Teilnehmer im „Buffalo Steak House" ein, wo sie der Chefkoch freundlich begrüßte. Der Workshop war so konzipiert, dass der Sternekoch für alle ein Drei-Gänge-Menü zubereitete, wobei er jeden Arbeitsschritt genau erklärte und hinsichtlich der Qualität der Zutaten hervorhob, auf was es jeweils ankommt. Es gab eine ganze Menge Kniffe zu lernen, und Henning und Christian bemühten sich, alles gut im Gedächtnis zu behalten. Nach einer knappen Stunde war das Menü fertig: Carpaccio vom Black Angus, Rinderfilet an Trüffel-Sellerie-Mousseline und Pistaziencrunch und als Nachtisch Tonkabohnen-Crème-Brûlée. Dazu wurde ein hochwertiger Weißwein serviert. Henning bedauerte nur, dass seine Elise nicht mit dabei sein und mit genießen konnte. Sie hatte zusammen mit Dorothea das Mittagsmahl im „Bella Vista" eingenommen. Für den Nachmittag kam Christian die Idee, an dem Shuffleboard-Turnier teilzunehmen, das auf einem der Freidecks angeboten wurde. Da sollten seine Eltern und natürlich auch Elise unbedingt mit dabei sein. Man müsse mit einer Art Schrubber einen Puck beschleunigen, damit er in einem bestimmten Feld liegen bleibt, womit dem betreffenden Team dann eine entsprechende Punktzahl angeschrieben wird. Da könne Elise bestimmt sogar vom Rollstuhl aus mitmachen. Alle hatten viel Spaß dabei, obwohl die Stoßtechnik mit dem „Schrubber" sich als schwieriger erwies als gedacht. Deshalb schaute Elise doch nur von ihrem Rollstuhl aus zu. Der Wind hatte etwas aufgefrischt, und die Stelle des Freidecks, auf dem sich das Shuffleboard-Feld befand, lag nicht sehr geschützt. Die Mannschaft von Dorothea gewann mit deutlichem Vorsprung vor der Mannschaft, zu der Henning und Christian gehörten. Alle zogen es nun vor, sich wieder ins Warme zu begeben.

Am 16. Juni lief das Kreuzfahrtschiff Kopenhagen als letztes Etappenziel auf dieser Kreuzfahrt an. Dorothea wollte unbedingt von Bord und ein paar Schritte durch die Dänische Hauptstadt machen und fragte Elise, ob sie nicht auch Lust dazu hätte. Sie nahm das Angebot gern an. Christian hingegen zog es vor, an Bord zu bleiben, und Henning meinte, dass ihm zu einem Landausflug heute die Kraft fehle. Er schaute den beiden Frauen mit sorgenvollen Gedanken nach, als die sich scherzend und guter Dinge mit dem Rollstuhl auf den Weg machten. Um 20:00 Uhr sollte das Schiff wieder ablegen. Mit ehrlicher Sorge schaute Henning vom Sonnendeck der Suite immer wieder auf den lang gezogenen Kai, an dem das Schiff festgemacht hatte, aber Dorothea und Elise kamen nicht in Sicht. Er konnte sich das nicht anders erklären, als dass irgendetwas passiert sein musste. Erst zehn Minuten vor Abfahrt zeigte ihm ein Klopfen an der Kabinentür die Rückkehr der beiden an, was ihn über alle Maßen erleichterte. Sie sahen etwas gestresst und vom Wind zerzaust aber sonst wohlbehalten aus. Dorothea war davon ausgegangen, dass der Bus, in den sie gestiegen waren, sie auch zurück zum Schiff bringen würde und hatte sich zuvor erkundigt, ob dem so sei. Die Antwort muss sie irgendwie missverstanden haben, was dazu führte, dass sie irgendwo in Kopenhagen selbst herausfinden mussten, mit welchem Bus sie zum Schiff zurück gelangen würden. Glücklicherweise gehörte es zu Dorotheas besonderen Eigenschaften, dass sie in schwierigen Situationen über sich selbst hinauswuchs und auch diese Aufgabe meistern konnte. Die Drei machten es sich nach dieser Aufregung in ihrer Suite erst einmal bequem und bemerkten dann, dass sich das Schiff bereits in Bewegung gesetzt hatte. Das war wirklich knapp!

In der letzten Nacht, in der das Schiff Kurs auf Warnemünde genommen hatte, zeigte sich die See etwas unruhiger als die anderen Nächte. Es gab einen spürbaren Wellengang. Die Vier schliefen trotzdem recht gut und wollten für die lange Zugfahrt, die der nächste Tag bringen würde, ausgeruht sein. Als sie aufwachten, war die deutsche Ostseeküste längst in Sicht, und sie beeilten sich mit der Morgentoilette und begaben sich ein letztes Mal auf Deck 11 zum Frühstück im „Bella Vista". Christian hatte schon am Vortag den ausgeliehenen Rollstuhl zurück gebracht und Elise saß nun wieder in ihrem inzwischen reparierten Reiserollstuhl. Es wurde ein sehr herzlicher Abschied vom Restaurant-Personal, denn man war sich in diesen zehn Tagen auch menschlich recht nahe gekommen. Glücklicherweise brauchten sie sich auch für die Rückfahrt nicht um ihr Gepäck zu kümmern; denn damit war wie schon bei der Hinfahrt der Gepäckservice beauftragt worden. Nach Verlassen des Schiffes fanden sie bald ein Großraumtaxi, das sie zum Rostocker Hauptbahnhof brachte. Die Bahnfahrt, die ihnen jetzt bevor stand, hatte es in sich. Der IC 2417 nach Hamburg, auf dessen Abfahrt sie über zwei Stunden warten mussten, war völlig überfüllt und die Gänge mit Gepäckstücken zugestellt, so dass es eine gute halbe Stunde brauchte, um Elise nach einiger Zeit mit ihrem Rollstuhl zur nächsten Toilette zu bringen. Wie gut, dass Christian dabei war, der energisch half, den Weg frei zu bekommen. Beim Umsteigen in Hamburg in den ICE 1689 nach Nürnberg hielten sie vergeblich Ausschau nach einem Mitarbeiter des Mobilitätsservice der Deutschen Bahn, der mit einem speziellen Hubwagen Rollstuhlfahrern das Einsteigen in den Zug ermöglicht. Zum ersten Mal klappte dieser Service, mit dem sie sonst nur gute Erfahrungen gemacht hatten, nicht. Christian hatte jetzt einen solchen Hubwagen entdeckt und da die Zeit drängte, löste er dessen Bremse mit Gewalt, schob Elise darauf und schob das Gefährt so schnell er konnte zu der Wagennummer 9, in dem ihre Plätze reserviert waren. Noch bevor er ihn erreichte, kam ein aufgeregter Bahnbediensteter und schimpfte, was ihm einfiele, eigenmächtig dieses Hilfsmittel zu nutzen. Mit Charme aber auch mit großer Entschiedenheit entgegnete Christian, er möge, anstatt sich aufzuregen, doch bitte mit anfassen, denn man müsse sich mit dem Einsteigen ja bereits beeilen. Das hatte Wirkung, und bald saßen die Vier in dem reservierten Großraumabteil der 1. Klasse. Nun begann eine Fahrt mit Hindernissen und Unannehmlichkeiten. Zwischen Kassel-Wilhelmshöhe und Frankfurt stoppte der Zug wegen eines technischen Defekts, wodurch fünfundvierzig Minuten Verspätung entstanden. Henning wollte Hans, der sie in Nürnberg abholen würde, diese Verspätung telefonisch mitteilen, bekam jedoch keine Verbindung. In Würzburg stieg eine junge Dame zu, die sich bei ihnen ans Fenster stellte. Da sie keinen Sitzplatz einnahm, konnte man darauf schließen, dass sie in der 1. Wagenklasse eigentlich nichts zu suchen hatte. Sie fiel zwar auf, aber da sie nicht im Weg war, ließ man sie gewähren. Außerdem waren die Vier nach der langen Bahnfahrt und so kurz vor dem Ziel viel zu abgespannt und geschafft, um sich mit etwas zu befassen, was sie ohnehin nichts anging. Vor dem Erreichen des Nürnberger Hauptbahnhofs musste

Elise noch einmal zur Toilette. Henning und Dorothea schoben sie mit ihrem Rollstuhl vorbei an jener Dame durch den Gang. Elise hatte sich zuvor ihre hellbeige Handtasche umgehängt, die sonst in der Gepäckablage über Hennings Platz deponiert war. Christian blieb sitzen, um ein Auge auf das Gepäck zu haben. So hatten sie es vereinbart. Immer sollte einer von ihnen beim Gepäck sein. Als Elise wieder auf ihrem Platz saß, gingen Dorothea und Christian in den Speisewagen, um noch einen kleinen Snack für alle zu holen. Henning sah im Augenwinkel, wie jene Dame aufgeregt mit ihrem Handy telefonierte, konnte aber kein Wort verstehen. Zwanzig Minuten später kam die Durchsage, dass der Zug in Kürze Nürnberg erreichen würde, und die Vier machten sich sogleich zum Aussteigen bereit. Denn bis Elise sicher im Rollstuhl saß und alle Gepäckstücke umgehängt oder in die Hand genommen waren, dauerte es stets einige Zeit. „Wo ist denn Elises Handtasche?" Dorotheas Stimme war ein tiefer Schrecken anzumerken. „Die kann nicht weg sein! Die war doch eben noch hier!" Henning schaute überall nach, aber die Tasche blieb spurlos verschwunden, und auch jene Dame war nicht mehr zu sehen. Sie alarmierten den Zugbegleiter, der zusammen mit Dorothea und Christian augenblicklich begann, die Waggons zu durchsuchen nach jemandem mit einer beigefarbenen Damenhandtasche. Gleich würde der Zug zum Stehen kommen, und Henning stand mit Elise in ihrem Rollstuhl allein da. Er hoffte inständig, dass der bestellte Mobilitätsservice pünktlich am Ausstieg bereit sein würde. Als sich die Türen öffneten, sah er weit und breit keinen Hubwagen. Er begann zu schwitzen, denn es war ganz und gar unmöglich, Elise ohne jenes Hilfsmittel aus dem Zug zu bekommen. Dann hörte er von weitem ein rollendes Geräusch auf dem Bahnsteig und sah eine Bahnbedienstete so schnell sie konnte, dieses spezielle Vehikel herbei zu schieben. In der Zwischenzeit war Christian nach vergeblicher Diebesjagd durch die Zugabteile als erster ausgestiegen, gerade noch rechtzeitig, um die Verfolgung eines jungen Mannes aufzunehmen, der im Laufschritt vom Bahnsteig aus die Treppen hinauf lief. Auf dem oberen Teil der Treppe stellte er ihn und forderte ihn auf, seinen Koffer zu öffnen, was jener zu seiner Überraschung auch bereitwillig tat. Aber es fand sich keine

Damenhandtasche darin. Christian ging durch den Kopf: „Wenn er der Täter ist, hat er natürlich die Tasche schon im Zug entsorgt, die Wertsachen zuvor an sich genommen oder an einen Komplizen übergeben." Jetzt war auch Dorothea von ihrer vergeblichen Suche zurückgekehrt, und alle Vier standen ziemlich aufgelöst auf dem Bahnsteig. Keiner machte dem anderen einen Vorwurf. Jeder von ihnen wusste, dass sie alle besser hätten aufpassen müssen. Es wollte ihnen nicht in den Kopf, dass ein so wunderschöner Urlaub auf diese Weise endete. Hans, der versprochen hatte, sie abzuholen, war auch nirgendwo zu sehen. Dorothea bemerkte zwei Beamte der Bahnpolizei, die sie über den Vorfall informierte und sogleich Strafantrag gegen Unbekannt stellte. Dann sahen sie von weitem, dass Hans ihnen entgegen kam. Der Intercity aus Hamburg war auf einem anderen Gleis eingefahren, und Hans hatte vergeblich an dem Bahnsteig gewartet, der ihm seinerzeit von Henning mitgeteilt worden war. Er freute sich, die Seinen gesund wieder zu sehen, bemerkte aber sofort, dass irgendetwas nicht stimmte. Kleinlaut informierte Henning ihn über das Geschehene. „Was war denn drin in der Tasche?" Es wurde eine lange Aufzählung: Personalausweis, Reisepass, Führerschein, Krankenversicherungskarte, Behindertenausweis samt Parkberechtigung, der Transponder für die Alarmanlage der Elchinger Villa samt Hausschlüssel, die Checkkarten für beide Konten, eine Geldbörse mit siebenhundert Euro und Elises Iphone. Hans griff sofort zu seinem Handy und ließ umgehend die Konten sperren. Auch er machte niemandem einen Vorwurf. Leider würde es eine Menge Mühe machen, wieder zu beschaffen, was alles verloren gegangen war. Henning versprach, davon soviel wie möglich selbst zu übernehmen, um Hans zu entlasten. Auf der Fahrt von Nürnberg nach Elchingen wurde nicht viel geredet. Erst bei der abendlichen Runde am Kamin hatten sie sich soweit beruhigt, dass wieder ein gutes Maß an Begeisterung aus dem sprach, was sie von ihrer Ostseekreuzfahrt berichteten. –

12. Herbst im Ostallgäu und Albumblatt für Elise

In der folgenden Woche feierte Elise ihren einundsechzigsten Geburtstag wie in den Jahren zuvor mit einem großen Fest in der Elchinger Villa. Henning hatte ihr als Geschenk eine neue beigefarbene Handtasche besorgt und ein neues Handy hineingelegt und die gleiche Geldbörse, die ihr gestohlen worden war. Bis die Papiere und Checkkarten neu ausgestellt waren, dauerte es natürlich etwas länger. In ihrem wunderschönen Waltenhofener Anwesen genossen Elise, Henning und Dorothea die warmen Tage des langsam zu Ende gehenden Sommers. Hans richtete es stets so ein, dass er an den Wochenenden mit ihnen zusammen war. Er kam nach Möglichkeit am Freitagmittag, manchmal sogar schon am Donnerstagabend und blieb bis Montagmorgen. Sie waren unendlich glücklich in ihrer Liebe zu viert, wie sie ihre Beziehung weiterhin nannten. Dabei entging ihnen nicht, wie Elise zusehends schwächer wurde. Ihre Stürze geschahen immer häufiger, weil Henning oder auch Hans, wenn er mit ihr an den Wochenenden die Runde ums Haus machte, es nicht schafften, sie noch rechtzeitig zu halten. Am 2. November feierte Friederike ihren fünfzigsten Geburtstag. Sie hatte in Thalfingen einen Saal gemietet, eine Kapelle bestellt und alle Verwandten und Freunde dazu eingeladen. Es wurde in der Tat ein rauschendes Fest. Friederike tanzte mit ihren Freundinnen auf dem Tisch, und alle hatten viel Spaß. Elise bemühte sich rechtschaffen, diese Ausgelassenheit auch ihrerseits zu genießen und machte sogar bei den rhythmischen Bewegungsspielen mit, zu denen der Frontmann der Stimmungs-Band immer wieder animierte, wiewohl ihr das durchaus nicht leicht fiel. Henning blieb die ganze Zeit an ihrer Seite. Ihm waren solche Feste eigentlich eher zuwider, aber er freute sich von Herzen mit seiner Liebsten mit; denn es tat ihm gut, sie so ausgelassen zu erleben. Immer wieder hielt er ihre Hand, streichelte sie und flüsterte ihr seine Liebe ins Ohr. Sie war eine so wundervolle Frau, auch wenn sie von ihrer unheilbaren Krankheit gezeichnet war

Der Herbst verging wie im Flug. Die Bäume und Sträucher hatten längst alle Blätter verloren und die Farbe des Waldes war nun eher trist als bunt. Für die beginnende Adventszeit hängte Henning wie in den Jahren zuvor die beiden beleuchteten Herrnhuter Sterne auf, einen im Esszimmer an der Oberkante der Terrassentür und einen im Flurfenster. Seit einiger Zeit hatten er und seine Liebste die Gewohnheit, einander vor dem Einschlafen im Bett Geschichten aus der Zeit ihrer Kindheit zu erzählen. Es war kurz vor Weihnachten, und sie erzählte, wie sie als Schulkind bei einem Weihnachtsspiel die Rolle der Maria hatte. „Meine Eltern haben mich natürlich begleitet, und als ich dann auf die Bühne musste, haben sie mir mit strengem Blick gesagt: ‚Blamier uns nicht!'" „Ja, so war die Generation unserer Eltern", sagte Henning. Elise erzählte weiter und trug einen Großteil ihrer damaligen Rolle vor und sang: „Wer klopfet an?" „O zwei gar arme Leut." „Was wollt ihr dann?" „O gebt uns Herberg heut …" Sie hatte alles noch auswendig parat, was Henning so sehr rührte, dass er Tränen in den Augen hatte. Unendlich viel kindliche Freude lag in ihrer Stimme. Fast schien es, als würde sich die Szene in diesem Augenblick wieder ereignen. Elise erzählte auch, was nach der Aufführung geschah. Während alle aufzubrechen begannen, sei sie von der Bühne aus direkt zu ihren Eltern hin und habe sie herausfordernd gefragt: „Na, hab' ich Euch blamiert?" „Das war goldrichtig!", pflichtete ihr Liebster ihr bei und zog sie noch dichter zu sich heran. Obwohl er nicht einmal vier Jahre mit ihr zusammen war, wusste er ganz genau, wie sie als Kind gewesen sein musste. Trotzdem, dass ihre unheilbare Krankheit sie gezeichnet hatte, konnte er in ihr das wundervolle kleine Mädchen sehen, das sie einmal war. Nie hatte sie für ihn aufgehört, die wunderschöne Frau zu sein, die er Anfang 2010 kennen gelernt hatte. Fast Nacht für Nacht beschenkten sie einander mit ihrer Liebe und Hingabe und ließen einander immer wieder wissen, dass sie beide in ihrem ganzen Leben zuvor nie solch traumhaft schönen Sex hatten. Bis zum letzten Atemzug wollte er mit ihr in solcher Liebe verbunden sein. In den zurückliegenden Jahren hatte er mit all seiner Kraft für sie gehofft und gleichzeitig ein Ja dazu finden müssen, dass er sie verlieren würde. Aber auch wenn es so käme, wusste er, dass jene

Hoffnung, die aus der Liebe kommt, die er sein Leben lang als Pfarrer verkündigt hat, niemals vergeblich ist.

Den Heiligen Abend verbrachten Hans und Elise wie immer in Elchingen, um mit ihren Enkelkindern zusammen zu sein. Dorothea musste zuvor deren Geschenke besorgen und weihnachtlich verpacken. Sie und Henning blieben zum ersten Mal ganz allein in Waltenhofen und erwarteten die beiden am 1. Weihnachtstag zurück. Es wurde eine ganz kleine Feier allein für die Vier. Hans hatte für Henning und Elise wie auch für Dorothea und sich selbst je ein Set Badehandtücher besorgt und mit ihren Vornamen besticken lassen. Er selbst bekam von Henning ein Fotobuch mit Bildern des zu Ende gehenden Jahres 2013.

Für den Silvesterabend waren die Vier zusammen mit einer ganzen Reihe von weiteren Nachbarn und Freunden eingeladen bei Maren und Sepp. Die hatten ein Buffet mit kulinarischen Köstlichkeiten aufgebaut und ließen es an nichts fehlen. Henning und Elise saßen unten an der Tafel nebeneinander, Hans und Dorothea an der Seite in ihrer Nähe. Die beiden Frauen trugen ihre Dirndl, die ihnen Hans seinerzeit in Oberstaufen gekauft hatte. Er und Henning trugen passend dazu ihre Trachtenhemden und Trachtenjacken. Es war eine harmonische bunte Runde. Da wurde gelacht und gescherzt, gegessen und getrunken, und in einem weiteren Raum konnten alle, die wollten, gemeinsam an einem Bild malen, über das man sich später intensiv austauschte. In diesem Raum gab es auch die Möglichkeit zum Tanzen, wovon etliche mit einer Ausgelassenheit Gebrauch machten, die man kaum für möglich gehalten hätte. Als es auf Mitternacht zuging, hatten Maren und Sepp ein Schreibspiel vorbereitet, in dem ermittelt werden sollte, was für jeden für das neue Jahr wichtig sein könnte. Henning legte als einziger seine Gedanken nicht offen, denn er hatte an nichts anderes denken können als daran, was 2014 für seine Elise bringen würde. Dabei war ihm in großer Klarheit vor Augen, dass sie Elise im neuen Jahr wohl verlieren würden. „Liebe zu viert ohne Elise!" Das war ein furchtbarer Gedanke, der ihm die Kehle zuschnürte, und er drückte Elises Hand nur umso fester. Dann wurde es Zeit, nach draußen zu gehen und das Feuerwerk anzuschauen und die eigenen Raketen abzufeuern.

Am Neujahrsmorgen half Henning seiner Liebsten aus dem Bett in den Rollstuhl: eine Prozedur, die von Tag zu Tag schwieriger zu werden schien. Als sie dann endlich richtig saß, gab Henning ihr einen Kuss und sagte: „Du, ich hab Dich von ganzem Herzen lieb!" „Mich kann man doch gar nicht mehr lieben!" Es lag etwas tief Trauriges in Elises Stimme. Diese Worte trafen Henning wie ein Pfeil in sein Herz. „Ich werde Dich immer lieben bis ans Ende!" Er konnte das nur sehr halbherzig herausbringen, so weh tat es ihm, wie Elise sich angesichts ihrer unheilbaren Erkrankung inzwischen fühlte.

Für diesen Tag war der Besuch eines Weihnachtszirkus in Füssen geplant, zu dem auch Christian mit Anastasia und Antonius eingeladen waren. Henning zog es schweren Herzens vor, daheim zu bleiben. Liebend gern wäre er an der Seite seiner Liebsten gewesen, doch er fühlte sich einfach kraftlos und schlapp. Bei Hans, Dorothea und Christian wusste er sie immerhin in sicherer Obhut. Als sich alle für die Fahrt nach Füssen fertig machten, half Dorothea Elise beim Ankleiden und schob sie dazu mit ihrem Rollstuhl ins Bad. Dabei war sie etwas zu schwungvoll und konnte nicht verhindern, dass Elise nach vorwärts heraus stürzte. Ganz furchtbar sah das aus, und doch blieb sie völlig unverletzt und trug nur zwei kleine blaue Flecken davon. Gott sei Dank! Im Zirkus saßen alle in der ersten Reihe, und Elise verfolgte das Programm mit ganz starker innerer Beteiligung, so ähnlich wie sie bei Friederikes Geburtstag bemüht war, die Ausgelassenheit um sich herum auch ihrerseits auszuleben. Als sie dann zusammen mit den anderen wieder zu Hause ankam, zeigte sie sich allerdings in hohem Maße erschöpft und bat darum, sie möglichst bald ins Bett zu bringen. Die Nachtruhe ließ ihre Kräfte tatsächlich zurück kehren. Sie meinte nur, es sei für sie vielleicht doch alles etwas zu viel gewesen. Ansonsten sprach sie an diesem und auch am folgenden Tag sehr wenig und war noch stärker in sich gewandt. Henning suchte immer wieder das Gespräch mit ihr. Das Wenige, das sie ihm dabei antwortete zeigte aber, dass ihre Gedanken völlig klar waren und ihr Erinnerungsvermögen messerscharf wie eh und je. Sie konnte sich stets an Details erinnern, die anderen längst entfallen waren. Am nächsten Tag hatte Hans seinen einundsechzigsten Geburtstag. Er mochte es nicht wirklich, dieses Datum mit einer Feier zu verbinden und sah keinen Anlass, es irgendwie besonders zu begehen, wenn er ein Jahr älter wurde. „Ich feiere nur runde Geburtstage: den Siebziger, den Achtziger, den Neunziger, den Hunderter und dann höchstens noch den Hundertzehner!" Hinsichtlich des Altwerdens hatte er sich schon immer viel vorgenommen. Henning ließ es sich gleichwohl nicht nehmen, Hans eine Flasche mit dessen Lieblingsweinbrand zu überreichen. Elise genoss es sichtlich, dass sie an diesem Tag alle zusammen waren. Auch zu viert war sie weiterhin glücklich mit ihrem Hans, wie auch Henning und Dorothea weiterhin miteinander glücklich waren. Auch wenn nicht wirklich gefeiert wurde, gab es an diesem Tag zum Nachmittagskaffee ein Stück Torte am großen ovalen Tisch vor dem Kaminfeuer. „Und nächsten Monat feiern wir am 10. unser vierjähriges Jubiläum!", meinte Henning, und seinen Worten konnte man ehrlichen Stolz abspüren. Dieses Datum war in den Ring eingraviert, den er seiner Liebsten am ersten Jahrestag geschenkt hatte, und so stand es auch in dem Ring, den Dorothea von Hans erhalten hatte.

Am folgenden Morgen fühlte sich Elise gar nicht gut und verbrachte den Vormittag im Bett. Sie sagte kaum ein Wort. Henning fiel zum ersten Mal auf, dass ihr Gesicht inzwischen das Gesicht einer viel älteren Frau war. Er schaute in ihre lieben Augen und erinnerte sich an seine Gedanken vom Silvesterabend, als ihm durch den Kopf ging, dass sie Elise im neuen Jahr wohl verlieren würden. Sie erwiderte seinen Blick. Beide wussten in diesem Augenblick, dass zwischen ihnen alles gut ist, ja, dass zwischen allen Vieren alles gut ist, was immer geschehen würde. Am Nachmittag halfen sowohl Henning als auch Dorothea ihr im Bad und beim Ankleiden. Sie wollte nicht länger im Bett liegen, sondern mit den anderen zusammen im Wohnzimmer sein. Als sie dort dann endlich in ihrem Sessel saß, war ihr anzusehen, dass sie das viel Kraft gekostet hatte. Ihr Liebster saß neben ihr und hielt ihre Hand. „Wenn es ihr morgen nicht deutlich besser geht, sollten wir den Arzt rufen!"" Dorothea machte ein ernstes Gesicht, während sie das sagte. Später nahm Henning sie beiseite: „Ich wüsste nicht, was der Arzt für Elise tun könnte. Er wird sie vielleicht in die Klinik einweisen, doch genau das will Elise nicht, und wir müssen alles tun, um ihr das zu ersparen!" Auch Hans war entschieden dieser Meinung. Alle Drei hofften für den nächsten Tag auf eine erneute Besserung. Denn da wollte Dorothea ihren Liebsten eigentlich zum Skiausflug begleiten. Henning nickte, als sie darüber sprachen, dachte aber bei sich: „So wie es Elise geht, schaff ich das doch morgen gar nicht allein mit ihr!" Die Kraft, die ihn die letzten Tage und Wochen gekostet hatten, ließ ihn sich ziemlich elend fühlen. Nach dem Abendessen, das ausnahmsweise im Wohnzimmer eingenommen wurde, bemühten sich Hans und Dorothea sehr darum, Elise behutsam vom Sessel in den Rollstuhl und von dort weiter ins Bett zu helfen. Henning blieb noch einen Moment bei ihr, drückte und küsste sie, während sie ihm ins Ohr hauchte: „Lass mich jetzt einfach schlafen und gib mir einen Kuss, wenn Du nachher kommst." Er ließ die Schlafzimmertür und auch die Tür des Wohnzimmers weit geöffnet, um sie zu hören, wenn es ihr schlechter gehen und sie seine Hilfe benötigen würde. Hans und Dorothea hatten sich bereits miteinander in ihr Schlafgemach im unteren Stockwerk begeben. Henning war noch nicht wirklich müde. Er schaute sich noch einen Fernsehfilm an und merkte erst an dessen Schluss, dass er die Handlung gar nicht wirklich hatte verfolgen können, weil seine Gedanken allein bei seiner Liebsten waren. Es war schon kurz nach Mitternacht, als er sich selbst zur Ruhe begab. Beim Betreten des Schlafzimmers wurde er augenblicklich hellwach. Elise lag mit dem Gesicht nach unten auf ihrem Kopfkissen. Schlagartig schoss ihm durch den Kopf: „Sie lebt nicht mehr!" Er drehte ihren Kopf zur Seite, rief ihren Namen, fühlte ihre Halsschlagader, konnte aber keinen Puls mehr ausmachen. So schnell er konnte, eilte er nach unten und betrat nach kurzem Anklopfen das Zimmer von Hans und

Dorothea, die beide noch wach waren. „Elise atmet nicht mehr!" rief er ihnen zu. Alle Drei stürmten sofort die Treppe hinauf ins Erdgeschoss. Während Hans ins Schlafzimmer eilte, ging Dorothea zuerst ins Büro und rief von dort aus den Rettungsdienst an. „Sofort mit der Herzdruckmassage beginnen, bis die Rettung eintrifft", wurde ihr gesagt und hinzugefügt, „nach jeweils dreißig Druckbewegungen zwei Atemspenden!" Aufgeregt kniete sie sich links neben Elise ins Bett und begann kraftvoll mit dem Versuch, sie wieder zu beleben, während Hans auf der rechten Seite seine bewusstlose Ehefrau in den vorgeschriebenen Intervallen beatmete. Nun übernahm er die Druckmassage selbst, da seine Hände und Arme natürlich viel kräftiger waren als die von Dorothea, die immer wieder rief: „Komm zurück, Elise! Komm, mach die Augen auf!" Henning stand dabei, fühlte sich ganz und gar hilflos und sah zu, wie sich die beiden bemühten, Elise ins Leben zurück zu holen. Dann beeilte er sich, nach draußen zu gehen, um den Rettungssanitätern nach deren Eintreffen zu zeigen, wo sie gebraucht wurden. Nach gut zehn Minuten waren Notarzt und Rettungssanitäter vor ort, bauten ihre Apparaturen auf und begannen mit der professionellen Reanimation. Immer wieder hatte Henning den Eindruck, der entscheidende Stromimpuls könne nun endlich ausgelöst werden, aber anstelle der Aufforderung dazu, ertönte aus dem Gerät die Anweisung: „Fortfahren mit der Reanimation!" Er ging nun ins daneben liegende Esszimmer, um mit seinen Gedanken allein zu sein. Immer entschiedener begann er zu hoffen, die Versuche der Rettungssanitäter mögen vergeblich bleiben. Denn ihm war schlagartig klar geworden, wenn das durch die Erkrankung ohnehin geschädigte Gehirn von Elise eine Zeit lang keinen Sauerstoff bekommen hatte, dann würde es das, was ihre Person ausmachte, nicht mehr geben, wenn es gelänge, sie ins Leben zurück zu holen. Er ging zurück ins Schlafzimmer und hörte jetzt den Notarzt sagen: „Wir hören auf. Sie ist hirntot." Henning fühlte sich einerseits erleichtert, weil seiner Liebsten damit ein schlimmes Siechtum erspart geblieben war, und gleichzeitig meinte er, ihm sei der Boden unter den Füßen weggezogen. Sie hatten Elise verloren. Ihr Viererpack ohne Elise! Was es vor kurzem nur als einen furchtbaren Gedanken in seiner

Seele gab, war Wirklichkeit geworden. Er nahm sich vor, tapfer zu sein, aber es gelang ihm nicht. Alles um ihn herum erlebte er, als sei es ein Film. Dann holten ihn die Worte des Notarztes wieder in die Realität zurück, der ihnen versicherte, dass Elise nach allem, was sich medizinisch erkennen ließ, nicht hatte leiden müssen. Sie sei nicht erstickt, sondern habe einfach in der Einschlafphase aufgehört zu atmen. Als Todeszeitpunkt sei 0:15 Uhr anzusetzen. „Erlösender kann ein Tod nicht mehr sein!", sagte er mehr zu sich selbst als zu den Anwesenden. Das Rettungsteam verabschiedete sich. Sie hatten alles versucht, was ihnen möglich war. Die drei gingen miteinander ins Wohnzimmer. Sie trösteten sich ohne Worte, einfach nur dadurch, dass sie beieinander saßen. Hans versuchte Hartwig telefonisch zu erreichen, um ihn über den Tod seiner Mutter zu informieren, aber es hob niemand ab. Henning ging noch einmal ins Schlafzimmer, um über seiner Liebsten den Sterbesegen zu sprechen. Dabei weinte er so bitterlich, dass er nicht ein einziges klares Wort heraus brachte. Hans und Dorothea wollten die Nacht nebeneinander sitzend im Wohnzimmer verbringen. Henning ging nach einiger Zeit hinunter ins Untergeschoss, um in seinem Arbeitszimmer zu übernachten. Allerdings machte auch er in dieser Nacht kein Auge zu.

Als Henning am nächsten Morgen nach oben kam, saßen die beiden immer noch im Wohnzimmer. Hans hatte Hartwig inzwischen erreichen können. Er wolle sogleich nach Waltenhofen kommen und auch Friederike mitbringen. Henning sah nun noch einmal nach seiner verstorbenen Liebsten. Sie zeigte bereits dunkle Flecken im Gesicht. Aus seiner Berufserfahrung wusste er, dass nach ihrer Abholung durch den Bestatter ihr Sarg nicht mehr geöffnet werden würde, so schnell wie ihr Verfall aufgrund der starken Medikamente voranschritt, die sie täglich hatte nehmen müssen. Gut, dass Hartwig und Friederike heute noch kommen würden, so konnten sie die Verstorbene noch ein letztes Mal sehen. Sie kamen fast zeitgleich mit dem Eintreffen des Bestatters. Als Elise dann in dem provisorischen Sarg über das Kopfsteinpflaster gerollt wurde, schaute Henning ihr nach. Das Geräusch der Räder, erinnerte ihn schmerzlich an das, was seine Liebste und er so gern als „Bergen-Feeling" bezeichneten. Nun würde er dieses Feeling nie wieder haben.

Beim gemeinsamen Kaffeetrinken kam Friederike mit einer ganz eigentümlichen Sache heraus. Sie sei damals 1990, als Katharina ihren tödlichen Autounfall hatte, am nächsten Tag noch einmal zum Auto ihrer Nichte gegangen und habe deren Ohrring gefunden und seitdem aufgehoben. Ihre Idee war nun, dass man Elise zu ihrer Beerdigung diesen Ohrring in die Hand geben könnte als ein Symbol dafür, dass Mutter und Tochter wieder beieinander sind. Das gefiel allen Anwesenden wirklich gut. Klar war, dass die Beisetzung in Elchingen sein sollte auf dem Friedhof, auf dem auch Katharina vor 24 Jahren bestattet worden war. Am Abend fuhren Friederike und Hartwig nach Hause zurück.

Um genügend Zeit für alle notwendigen Vorbereitungen zu haben, brachen Hans, Henning und Dorothea schon am Montag, den 6. Januar, auf, um alles Notwendige an Ort und Stelle zu regeln. Am Abend fanden sich außer der Familie von Hans noch etliche Freundinnen und Freunde von Elise ein. Als sie auf die Frage kamen, welche Lieder sich Elise wohl für ihre Beerdigung gewünscht hätte, waren zunächst alle ratlos. Henning fiel nur ein, dass sie das Klavierstück „Albumblatt für Elise" in a-Moll von Ludwig von Beethoven sehr liebte. Er schlug vor, es bei der Trauerfeier spielen zu lassen. Dann erinnerte sich Hans: „Was sie auch liebte, ist ‚Time To Say Good Bye'". In diesem Moment stand Henning ganz klar vor Augen, dass dieses Lied auch das leitende Thema für die Trauerfeier sein könne. Während er diesen Gedanken äußerte, schnürte es ihm die Kehle zu, dass er kaum sprechen konnte. Aber genau das war's! Das passte hundertprozentig zu Elise! Exakt so hätte sie es gewollt!

Für den Mittwoch kündigte Christian seinen Besuch in Elchingen an. Er wollte in dieser schweren Zeit auf jeden Fall an der Seite seiner Eltern sein. Vor allem sein Vater würde es brauchen, dass er einfach mit da ist. So wie er ihn dann antraf, hatte er ihn allerdings noch nie erlebt. Henning war nur noch ein Schatten seiner selbst und unendlich dankbar für die Nähe seines Sohnes.

Für Freitag, den 10. Januar 2014, dem Tag der Beerdigung, prognostizierte der Wetterbericht Eisregen im Großraum Ulm und also auch für Elchingen. Aus diesem Grund sagten die Musiker der „Oldies of the Sixties" ihr Kommen schon am Morgen ab. Sie hätten Elise gern diese letzte Ehre erwiesen, doch bei den herrschenden Straßenverhältnissen wäre es einfach zu gefährlich. Der Weg von der Elchinger Villa bis zum Friedhof konnte gut zu Fuß zurückgelegt werden. Eisregen hatte es hier zwar nicht gegeben, aber es war doch so rutschig, dass Henning es dankbar annahm, von Christian bei jedem Schritt gestützt zu werden. Zum Einzug in das Gotteshaus erklang das „Albumblatt für Elise". Vater und Sohn hielten einander fest an der Hand. Henning hatte als Pfarrer sicher weit über vierhundert Beerdigungen gehalten, bei dieser allerdings fühlte er sich zum ersten Mal überfordert, wiewohl er hier ja gar keine Aufgabe hatte. So ging es ihm noch nie, selbst bei der Beerdigung seiner Eltern nicht. Als dann der wunderschöne Soprangesang „Time To Say Good Bye" erklang, konnte er seine Tränen nicht mehr zurück halten. Draußen am offenen Grab gelang es ihm dann nicht einmal, das Vaterunser mitzubeten. Nie hätte er sich eine Situation vorstellen können, in der er nicht einmal ein Gebet über die Lippen brachte. Ihm war genommen, was sein Leben in den letzten vier Jahren so unendlich reich und glücklich gemacht hatte. Nicht nur ihm war Elise genommen, sondern auch Hans und Dorothea und der ganzen Familie Zerger, deren verlässlichen Mittelpunkt und Zusammenhalt sie stets verkörperte. Die Zeit, ihr „Good Bye" zu sagen, war für alle viel zu schnell gekommen. Und auf einmal lag alles hinter ihnen, die organisatorische Vorbereitung der Trauerfeier, das ausführliche Gespräch mit dem bestellten Redner, die Beerdigung selbst und auch das anschließende Zusammensein im Gasthaus. Elise war nun Geschichte, wie auch ihre wunderbare Liebe zu viert nur noch Geschichte war.

Als die Drei am nächsten Tag wieder in ihr Ferienhaus in Waltenhofen zurückgekehrt waren, ging Henning auf Hans zu und sagte ihm: „Ich möchte, dass Du weißt, dass sich zwischen Dir und Dorothea jetzt nichts ändern muss!" Hans nickte und sagte: „Ihr seid jetzt meine Familie!" Für alle stand fest, dass sie bis ans Ende zusammen bleiben und zusammenhalten würden. Ganz sicher!

Ein paar Tage später setzte sich Henning an seinen Schreibtisch und formulierte einen persönlichen Nachruf auf Elise. Es wurde dann ein sehr persönlicher Brief an seinen Freund Hans. Ihn wollte er mit seiner Trauer nicht allein lassen, aber auch für sich selbst, dachte er, wäre es gut, zu Papier zu bringen, was ihm in dieser einschneidenden Lebenssituation durch den Kopf ging. Er überlegte, wie er beginnen könnte. Hans hatte es verschiedentlich eine Fügung genannt, dass ihre Liebe zu viert zustande gekommen war. Wenn das als eine Fügung bezeichnet werden konnte, dann stellte sich damit die Frage nach dem Sinn, und ohne eine Antwort darauf würde es keine Hoffnung geben. Dazu wollte er dem Freund seine Gedanken mitteilen und schrieb:

„Lieber Hans,
ohne Elise haben wir Drei das Gefühl, das uns der Boden unter den Füssen weggezogen wurde. Nichts wird mehr so sein wie es war. Viele Überzeugungen habe ich in einem langen Leben als Theologe hinter mir lassen müssen. Das einzige, das sich gehalten hat, ist das Vertrauen darauf, dass wir Menschen uns nicht uns selbst verdanken, sondern dass wir gewollt sind von einem, der größer ist als wir, und dass also unser Leben Geschenk ist. Dem entspricht, dass wir Menschen den einen oder anderen Umstand unseres Lebens als Fügung empfinden, die überraschend und manchmal alles wendend eingetreten ist: Ereignisse, ohne die alles anders gekommen wäre; Situationen, die uns – mal stärker, mal weniger stark – ahnen lassen, dass wir irgendwie in der Hand eines Größeren sind, der es gut mit uns meint.

Keine Frage, dass es gleichermaßen stark auch die gegenteilige Erfah-
rung gibt, die uns mit unserem Schicksal hadern lässt, so dass wir
Verzweiflung empfinden und nichts von einer Hoffnung spüren. Das
Leben ist immer zugleich etwas Zwiespältiges, manchmal enorm Brutales;
jedenfalls etwas, das keine einfachen Antworten auf die entscheidenden
Fragen zulässt. So wie es sprachlos und hoffnungslos macht, wenn das
,blühende Leben' der eigenen Tochter ,einfach ausgelöscht' wird durch die
Schuld eines anderen. ,Seit dem konnte ich nie mehr beten', sagte Elise
mir Anfang 2010, als sie mir zum ersten Mal daran Anteil gab, was der
Verlust Eurer lieben Katharina mit ihr gemacht hat. In solcher Situation
ist nichts zu spüren von einem Größeren, der es gut mit einem meint.

Beide Erfahrungen, sowohl die unerwartete Eröffnung von Hoffnung
wie auch der abrupte Sturz in die Hoffnungslosigkeit gehören zum
menschlichen Leben. Beides ist eigentlich unvereinbar miteinander. Es
müsste ein Wunder geschehen, dass beides sich vereinen kann. Zu unseren
Erfahrungen in der Vergangenheit kommen immer wieder neue hinzu –
gelegentlich auch solche, von denen wir selbst überrascht sind und als
glückliche Fügung empfinden. Es sind Erfahrungen, die unerwartet dann
doch jene Ahnung befestigen, dass wir in der Hand eines Größeren sind,
der uns gewollt hat, der unser Leben so entschlossen gewollt hat, dass auch
der Tod nichts daran zu ändern vermag. Wir können darauf nicht selber
kommen, sondern es bedarf des Wunders und der Fügung dessen, der uns
gewollt hat und es gut mit uns meint selbst im tiefsten Leid noch.

Dieses Wunder ist in Elises Leben geschehen. Sie konnte nach so vie-
len Jahren wieder Vertrauen fassen zu dem, der uns gewollt hat und es gut
mit uns meint. Das geschah, wie Du weißt, ausgerechnet, als ihr eröffnet
wurde, dass sie unheilbar krank war. Sie hat damals sogar sehr ernsthaft
erwogen, sich taufen zu lassen und in die Kirche einzutreten. Ich habe sie
darin sehr bewusst nie bestärkt. Zum einen weil ich vermeiden wollte, dass
ihre Familie argwöhnt, ich hätte sie zu solchem Schritt manipuliert; zum
andern, weil es meine tiefe Überzeugung ist, dass Gottes Liebe ganz und

gar unabhängig von der Zugehörigkeit zu einer Konfession oder Kirche gilt. Ich sehe es als ein Wunder an, das nur der Geist Gottes in einem Menschen bewirken kann, dass dann die vier Jahre, die ihr noch blieben, zu den vielleicht zuversichtlichsten Jahren ihres Lebens wurden, zu Jahren voller Glück und Liebe und Hoffnung; dass alles gut wird durch den, der ihr Leben gewollt hat und es deshalb auch vollenden wird. Es wurde ihr selbstverständlich, dass wir uns gelegentlich nach dem Frühstück im Gebet Gott anvertraut haben. Sie hat dabei wie von anderswoher Hoffnung in sich hineinlassen, und ich habe versucht, ihr zu erklären, dass Jesus nicht an eine unsterbliche Seele glaubte, sondern an Auferstehung und dass er damit meinte, dass wir auch im Tod immer noch in den Händen Gottes sind. Das ist schon der ganze Kern der christlichen Botschaft. Und der Mut zur Hoffnung ist zugleich der Mut zur Liebe. Gott ist zuzutrauen, dass er mit seiner Liebe alles zum Guten wendet. So behalten wir uns im Herzen und haben einander nie wirklich verloren. Das ist die Hoffnung, mit der ich lebe und die ich mit Dir und Dorothea teilen möchte.

Herzlichst
Dein Henning"

Im Sommer 2015 lief die Zeit für das Bestehen von Katharinas Grab auf dem Elchinger Friedhof ab. Als Hans das in einem Schreiben der Gemeinde mitgeteilt wurde, hatte er augenblicklich die Idee, ihren Grabstein für das Grab von Elise zu verwenden, auf dem bis dahin nur das provisorische Holzkreuz stand. Er beauftragte einen Steinmetz mit dieser Aufgabe und ließ zusätzlich auch Elises Namen und ihr Geburts- und Sterbedatum einsetzen. Über allem stand nun die Inschrift: „Auf immer vereint."

Nachwort

Die Idee eines Buches stand keineswegs am Anfang. Vielmehr war es so, dass ich nach dem plötzlichen Tod von Elise irgendwie festhalten wollte, was mir ebenso wie Dorothea und Hans mit dieser ungewöhnlichen Liebe zu viert geschenkt worden war. Da hatte zu unserer eigenen Überraschung trotz vorangeschrittenen Alters noch einmal eine völlig neue Lebensphase begonnen mit neuem Schwung und einem neuen Zuhause. Wir haben darin sehr ernsthaft so etwas wie eine Fügung oder ein Wunder gesehen. Obwohl wir wussten, wie begrenzt die Lebenserwartung von Elise nach jener niederschmetternden Diagnose war, erlebten wir diese vier Jahre geradezu uneingeschränkt als Zeit des Glücks. Dass ihre unheilbare Krankheit dieses Glück einmal viel zu früh beenden würde, war uns stets bewusst und lies uns dankbar sein für jeden Tag. Und doch traf uns ihr Tod mit plötzlicher Wucht. Solche Grenzerfahrung lässt uns gelegentlich nach Möglichkeiten suchen, das Verlorene wenigstens in unseren Gedanken und in unserer Erinnerung fest zu halten. Auf diese Weise begann ich mit meinen Aufzeichnungen als Teil meiner Trauerarbeit. Beim Schreiben erlebte ich all das Wunderbare noch einmal, und es tröstete mich in einer Weise, die ich eigentlich nicht für möglich gehalten hätte. Da alle Briefe und E-Mails, die wir einander geschrieben hatten, noch vorhanden waren, konnte ich sie mit einbeziehen, so dass Elise selbst in ihrer unverwechselbaren Art immer wieder das Wort hatte. Über Monate hin wurde es dann beinahe zu einem Ritual in unserem Miteinander, dass wir uns immer wieder an Samstagabenden vor dem Kaminfeuer zusammen setzten, und Dorothea Hans und mir vorlas, was in meinen Aufzeichnungen neu hinzugekommen war. Erst dabei entstand die Idee zu diesem authentischen Roman, den wir unserer wundervollen Elise voller Dankbarkeit gewidmet haben. Dank gebührt auch meiner Dorothea für unzählige Stunden aufopfernden Korrektur Lesens.

Henning Hennich, im Februar 2019